Os Guardiões do Sangue

CARTER ROY

Os Guardiões do Sangue

Tradução
Yuri Riccaldone

ROCCO
JOVENS LEITORES

Título original
THE BLOOD GUARD

Os personagens e acontecimentos retratados neste livro são fictícios. Qualquer semelhança com pessoas físicas, vivas ou não, é mera coincidência e não intencional por parte do autor.

Apesar de a escultura *The Awakening* de J. Seward Johnson Jr. ser real, o autor tomou liberdades ao descrever seu tamanho, sua dimensão e até sua localização atual. Hoje em dia pode ser encontrada não mais em Hains Point em Washington DC, mas em National Harbor, Maryland.

Copyright do texto © 2014 *by* The Inkhouse
Todos os direitos reservados.

Nenhuma parte desta obra pode ser reproduzida ou transmitida por qualquer forma ou meio eletrônico ou mecânico, inclusive fotocópia, gravação ou sistema de armazenagem e recuperação de informação, sem a permissão escrita do editor.

Edição brasileira publicada mediante acordo com Inkhouse Media Group, Corp. e Sandra Bruna Agencia Literaria, S.L. Todos os direitos reservados.

Direitos para a língua portuguesa reservados
com exclusividade para o Brasil à
EDITORA ROCCO LTDA.
Av. Presidente Wilson, 231 – 8º andar
20030-021 – Rio de Janeiro, RJ
Tel.: 3525-2000 – Fax: 3525-2001
rocco@rocco.com.br / www.rocco.com.br

Printed in Brazil/Impresso no Brasil

preparação de originais
MARIANA MOURA

CIP-BRASIL. CATALOGAÇÃO NA PUBLICAÇÃO
SINDICATO NACIONAL DOS EDITORES DE LIVROS, RJ

R792g Roy, Carter
Os guardiões do sangue / Carter Roy; tradução Yuri Riccaldone.
– Primeira edição – Rio de Janeiro: Rocco Jovens Leitores, 2017.
(Os guardiões do sangue; 1)

Tradução de: The blood guard
ISBN: 978-85-798-0344-4 (brochura)
ISBN: 978-85-798-0351-2 (e-book)

1. Ficção americana. I. Riccaldone, Yuri. II. Título. III. Série.

16-38645   CDD: 813
                                        CDU: 821.111(73)-3

O texto deste livro obedece às normas do
Acordo Ortográfico da Língua Portuguesa.

*para Beth,
tão somente tudo*

PRÓLOGO:
BRINCANDO COM FOGO

Não fui *eu* quem botou fogo na casa.
Não era nem para eu estar lá. A escola havia me mandado de volta, por causa de uma febre, e fui tirar um cochilo. Quando dei por mim, as labaredas estavam lambendo a soleira da minha porta e uma fumaça branca se espalhava pelo cômodo. Pouco depois, eu estava agarrado à parede de pedras, no terceiro andar, ao lado da janela do meu quarto, desejando muito ter vestido umas roupas antes de sair.

Estava nevando. Pra valer. Para completar, a cornija na qual eu me apoiava estava escorregadia. Lá embaixo, a entrada da casa estava em chamas, línguas de fogo enormes se projetando de cada uma das janelas.

Então, peguei o caminho oposto. Subi.

Que tal escalar um prédio em chamas, no meio de uma nevasca, só de pijama e pés descalços? Não é a coisa mais divertida do mundo. Mas, às vezes, não temos escolha.

Por fim, alcancei o beiral e me puxei para o telhado. *São e salvo*, pensei. Senti a superfície fuliginosa quentinha e macia sob meus pés. Eu poderia me deitar e voltar a dormir ali mesmo.

Então, despertei num estalo.
Está quente, pensei. *No meio de uma nevasca.*
Saí correndo.

Eu mal tinha pulado para o telhado do vizinho quando o da minha casa desabou. Uma linda pluma de fagulhas irrompeu nos ares e chuviscou sobre a vizinhança, as cinzas se misturando à neve.

Contemplei a cena e me perguntei como explicaria aquilo à mamãe.

Tudo parecia irreal, e não apenas porque eu estava febril, descalço, coberto de fuligem e vestindo um pijama chamuscado. Mas porque nossa casa era a única do quarteirão pegando fogo.

Trabalho de profissional, foi o que disseram os investigadores mais tarde, mas era só um palpite. Nunca encontraram evidência que indicasse que o incêndio tinha sido criminoso. Tampouco imaginaram um motivo para eu ou meus pais querermos destruir nossa própria casa. Então, passado um tempo, desistiram e ficharam o caso como um acidente bizarro.

Nós nos mudamos para uma casa nova, em uma vizinhança nova, em um estado novinho em folha. Fui para uma escola nova, com garotos novos que não me apelidaram de menino que brinca com fogo.

Imaginei que tivesse sobrevivido ao pior episódio da minha vida. E nada mais chegaria perto do horror que foi aquele dia.

Eu estava enganado. E como.

CAPÍTULO 1

NÃO CONFIE EM NINGUÉM

Podem me chamar de Ronan.

É meu nome do meio. O primeiro é *Evelyn* e o último é *Truelove*, ou seja, o maior vacilo em todos os sentidos, tendo em vista que sou homem. Evelyn era um tio da mamãe, nascido na Grã-Bretanha, onde imagino que o nome não soe tão esquisito em um cara. Ele tinha uma casa no mato, à beira de um grande lago, na parte norte de Michigan. Daí que mamãe gostava de passear de canoa no lago quando tinha nove anos e, por isso, me deu um nome de menina.

Foi uma ideia tão errada que fico sem palavras para explicar.

Meu nome chama muita atenção. Quando entrei no jardim de infância, já estava acostumado às provocações; as brigas é que foram novidade. Um garoto enorme chamado Dennis Gault decidiu que queria minha merendeira.

— Passe para cá, *Evelyn*! — mandou ele.

Dennis ainda estava no segundo ano, mas parecia um gigante, tinha mãos grandes feito melões.

A merendeira não era lá grandes coisas, um troço barato de plástico com um desenho do *Dragon Ball Z*, mas eu não abriria mão dela tão fácil assim.

— Não me chame de Evelyn — respondi.

Cheguei em casa uma hora depois, sem merendeira, sangue escorrendo pelo nariz. Não sei o que pensei que mamãe fosse fazer. Ligar para o diretor e reclamar, quem sabe?

Em vez disso, ela me matriculou no judô.

— É hora de você aprender a lutar! — disse ela.

— Eu não *quero* lutar!

— Não me venha com chororô. Vai ser bom para você.

Eu tinha *cinco* anos.

Agora tenho treze e, por causa da minha mãe, fiz tudo quanto é coisa: desde judô a aiquidô; de krav magá a quendô. (Quendô é uma arte marcial japonesa na qual você arrebenta o adversário com um pedaço de pau. Parece divertido, até começarem a lhe descer o cacete.) Mamãe não me colocou só em aulas de autodefesa. Ela me pôs em aulas de dança de salão, equitação e sobrevivência na selva, enfim, ela fez questão de ocupar bem meu tempo.

Graças a todos esses cursos, hoje em dia, sei me virar no meio de uma briga. Agora, ninguém me zoa. E ninguém me chama de Evelyn.

Quase ninguém me chama de jeito nenhum, na verdade.

Não tenho tantos amigos assim na escola nova. Quando nos mudamos para Connecticut, depois do incêndio, as outras crianças já tinham amizades bem firmes. Não ajudou muito eu sair sempre correndo da escola para minhas aulas esquisitas de esgrima, metalurgia e ginástica olímpica. Quer dizer, imagine ter que explicar ao seu novo amigo em potencial que você não pode ir jogar PS3 com ele porque tem que vestir um collant e aperfeiçoar seu salto ao sair das barras paralelas.

Era para a ginástica que eu estava indo na tarde em que tudo começou. A escola tinha acabado de liberar a gente e os corredores estavam na maior algazarra. Do meu armário, ouvi o pessoal conversando sobre a festa de fim de ano que um garoto muito popular do oitavo ano ia dar na piscina da casa dele, no fim de semana. Praticamente todo mundo tinha sido convidado.

Todo mundo, menos eu.

Troquei o livro de matemática pelo de sociologia e então o enfiei na mochila, por cima do collant.

— Você vai nesse lance do Cassie, sábado? — Nathan Romaneck estava na minha turma de honra, na qual só entravam os melhores alunos. Ele era meio CDF e o cabelo raspado dos lados e a camiseta velha o faziam parecer ter oito anos, mas ele era um dos poucos garotos que eu podia considerar como amigo.

— Perdi meu convite — respondi.

— Também não fui convidado — confessou ele, dando de ombros. — Mas vou mesmo assim. Vamos ficar invisíveis no meio daquele tanto de gente.

— Eu queria muito ir — comecei a dizer —, mas tenho...

— Aula de trapézio ou seja lá o que for até às oito. Aí, domingo de manhã, esgrima — completou ele. — Eu sei. Sua mãe manda e você obedece. Quer que você entre em uma faculdade boa, blá-blá-blá.

— Também não é assim, Nate — falei, mas ambos sabíamos que ele tinha razão. Mamãe me mantinha exageradamente sobrecarregado. Isso não me deixava louco de felicidade, mas tampouco me incomodava. Não é tão difícil ser um excluído quando se está sempre ocupado.

Eu havia fechado meu armário e estava me acotovelando através daquele mar de gente, na saída da escola, quando ouvi alguém me chamar:

— Evelyn Ronan Truelove!
Só tem uma pessoa que me chama assim.
Mamãe.

Ela estava escorada no seu fusquinha amarelo, desobedecendo na cara de pau à placa de VAGA DOS PROFESSORES. Vestia uma camisa social masculina azul com as mangas arregaçadas até os cotovelos, calça jeans manchada de tinta e os longos cabelos pretos estavam amarrados em um rabo de cavalo desleixado. Mamãe se destaca no meio da multidão, principalmente por causa do brilho intenso de seus olhos: quando ela olha para alguém, é como se o sol resolvesse jogar toda a sua luz em cima de uma só pessoa. Não existe mais nada, nem ninguém.

— Você vai me dar carona para a ginástica? — perguntei, enquanto me aproximava. Achei estranho vê-la ali. Ela trabalha como curadora de museu em tempo integral e geralmente não sai a tempo de me buscar na escola. Joguei minha mochila no fusca e entrei no carro.

— Porque, se for isso, eu posso ir andando numa boa.

— Vou lhe fazer um mimo — disse ela, olhando de um lado para outro. Eu também olhei, mas não havia nada de mais para se ver, apenas o movimento rotineiro de saída da escola: centenas de alunos transbordando na maior gritaria, uma fila de ônibus amarelos à espera na ponta do estacionamento.

— Ponha o cinto, meu docinho de coco — mandou mamãe. — Estamos com muita pressa.

Assim que fechei a porta, ela deu a partida e saiu em disparada. Algumas curvas bruscas depois, já havíamos dado a volta na escola e estávamos voando através do vale, rumo ao centro da cidade.

— A ginástica fica pro outro lado. Você não acha que está correndo demais?
— Obrigada por indicar o caminho, Cristóvão Colombo. Só que você não vai à aula. — Ela olhava para o retrovisor toda vez que ultrapassava os carros mais lentos.
— Excelente! — Não escondi minha alegria; eu odiava usar *lycra*. — Quer dizer, não vou?
— Nananinanão. — Havia algo de novo no rosto dela, dava para ver no cenho franzido e nos lábios apertados: medo.
— Aconteceu alguma coisa?
Em vez de me explicar, ela disse "segure firme", pisou no freio e virou o volante para a esquerda de uma vez só. Os pneus guincharam e derraparam, e eu vi tudo rodando pela janela, enquanto o carro girava 180 graus. Achei que fosse vomitar.
Viramos na direção contrária. Em uma rua de mão única.
— Essa manobra se chama cavalo de pau — explicou ela, avançando contra os outros carros na contramão. — Um dia, vou lhe ensinar como se faz.
— Mãe! — gritei. — O que você está fazendo?
— Tentando despistar nossos perseguidores — disse ela, mordendo o lábio inferior e se inclinando para a frente. Ela passou a marcha e desviou do caminhão de lixo que avançava buzinando. Logo atrás dele, vinham dois SUVs vermelho-escuro a mil por hora, um em cada faixa.
— E esta se chama desafio do covarde — retomou mamãe, pisando fundo, bem na reta dos SUVs —, quem desviar primeiro perde.
No último segundo, os dois SUVs se jogaram na calçada e passaram feito raios, um de cada lado. Olhei pelo vidro traseiro e vi os dois dando meia-volta.

— Por que estão perseguindo você? — perguntei.

— Nós — corrigiu ela, apertando meu braço. — Estão atrás de *nós*. E estão nos perseguindo porque querem nos capturar e, provavelmente, nos matar, meu filho. Mas eu não vou deixar.

— Qual é, mãe? — Eu ri, como se aquilo fosse uma piada de mau gosto. — Querem nos *matar*? — Ela me lançou um olhar breve e percebi que estava falando sério.

Então, ela furou um sinal vermelho: mais buzinas, mais pneus guinchando. Fez uma curva brusca à esquerda, entrando na Reserva Florestal Brickman, onde havia me matriculado no curso de escalada em árvores, no outono passado. Inclinando-se sobre o volante, ela zuniu através da belíssima estrada, sob a sombra do arvoredo, morro acima.

— Não tem saída no topo do morro — recordei-a. Às nossas costas, vislumbrei o clarão do sol refletido em um para-brisa: um dos SUVs vermelhos que estavam nos perseguindo.

Chegamos a um estacionamento minúsculo no alto do morro, mamãe encostou o carro ao meio-fio e botou o fusca no ponto morto. Deixou o motor descansando. Abaixo de nós, estendiam-se os morros verdejantes e, lá longe, o aglomerado de prédios que formava o centro de Stanhope, a cidade que nos acolheu depois que deixamos o Brooklyn.

O parque estava lotado de ciclistas, gente passeando com o cachorro e criancinhas brincando. Uma longa escadaria de concreto descia pelo gramado, levando a outro estacionamento e a um laguinho, um feixe prateado que mal se via por trás das árvores.

Pelas janelas abertas do fusca, ouvimos o som de motores subindo o morro a toda velocidade: os SUVs.

Quem quer que fossem, ainda estavam na nossa cola. Só havia uma saída: a estrada pela qual viéramos.

Estávamos encurralados.

— Quer me fazer o favor de dizer o que está acontecendo? — perguntei, levando a mão à maçaneta.

— Vamos pegar as escadas. É melhor se segurar, filhote. — Ela pisou fundo no acelerador.

Eu estava aos berros quando o carro decolou. Assim que os pneus abandonaram o pavimento, o motor rugiu alto, eu senti meu corpo se erguer nos ares, os cintos me apertaram, e eu vi uma revoada de pássaros em V batendo asas no azul do céu...

Então, o carro se estatelou na escadaria.

As portas rasparam o corrimão e os retrovisores laterais foram arrancados. O air bag se abriu e me empurrou contra o banco.

De alguma forma, mamãe continuou dirigindo.

O carro encaixava certinho entre os corrimãos, era a conta exata para não ficarmos entalados. Contornando o air bag, mamãe manejava o câmbio e os pedais, e o fusquinha ia no embalo, quicando, sacolejando e estrondeando a cada degrau.

Ao chegar ao patamar entre um lance e outro da escadaria, nós reduzimos. Os air bags desinflaram um pouco, mas tudo no carro, inclusive eu e mamãe, estava coberto por um pó cinza que fedia a borracha nova.

— Você está doida? — perguntei, tossindo. — Por que não para e conversa...

Mas lá fomos nós de novo. O carro raspou no chão e, em seguida, desceu mais um longo lance de escadas aos trancos e barrancos.

Durante esse tempo todo, mamãe esmurrava a buzina, como se alguém não fosse perceber o carro descendo a escadaria, fazendo o maior estardalhaço. Através do para-brisa, vi várias pessoas saltando o corrimão e correndo aos berros.

Por fim, com um baque de trincar os dentes, chegamos ao pé da escadaria e mamãe parou o carro.

— Tudo bem com você, filhote? — perguntou ela, acariciando meus ombros e meu rosto. — Me responda, Ronan.

— Estou ótimo — respondi. Então, limpei o rosto com o moletom e coloquei a cara para fora da janela. As laterais do fusca estavam amassadas, uma fumaceira irrompia do capô. O motor estalava e, lentamente, uma poça se espalhava sob o carro. — Mãe, o que você está fazendo? — perguntei. — A gente podia ter *morrido*.

Mas ela não estava olhando para mim. Olhava para o outro lado, de onde havíamos vindo.

No topo do morro, contrastando com o azul do céu, um dos SUVs havia arriscado a mesma manobra e acabou entalado entre os corrimãos. O outro estava estacionado ao lado, praticamente encostando na grade do corrimão. Cinco homens e uma mulher, todos de terno azul-escuro, ficaram nos observando lá do alto.

— Que pessoal é esse? — indaguei.

— Gente do mal — respondeu mamãe. — É complicado. — Por mais estranho que pareça, ela falou num tom bem calmo; porém, ao ligar o carro, vi que tremia.

— Alguém virou nossa casa de cabeça para baixo, procurando alguma coisa, e seu pai... desapareceu...

Aquilo foi a gota d'água, foi o que me convenceu de que mamãe estava delirando. Ela anuncia que estamos sendo perseguidos por um pessoal que quer nos matar. *Beleza*. Arrisca nossas vidas e detona o fusca. *Certo.*

Mas essa história de que papai, um pai certinho, pacato e ausente, auditor (seja lá o que isso for) de um conglomerado multinacional (o que quer que isso seja) foi sequestrado? *Fala sério.*

— Por que alguém sequestraria o papai? — perguntei. — Ele é só um contador chique.

Ela não respondeu. Em silêncio, percorremos devagar a calçada de concreto que margeava as curvas suaves do lago, rumo ao estacionamento, do outro lado.

— Pode ter sido *ele* — insisti. — Pode ser que estivesse procurando algo e tenha feito uma bagunça. Já pensou nisso?

— *Já*, eu já pensei nisso, Ronan! — esbravejou mamãe, usando seu tom de fim de papo. — Tem algumas coisas que você precisa saber — continuou, buzinando para uma ruiva com um carrinho de bebê. A mulher saiu correndo com carrinho e tudo. — Primeiro, a verdade sobre mim. Eu faço parte de um grupo chamado Guardiões do Sangue. Nós protegemos o mundo de gente do mal. — Então, ela bufou com força. — Isso é o mais importante. Eu sou do bem, Ronan. E você também é.

— Guardiões do Sangue? — repeti. — O papai sabe disso?

Eu fui jogado contra o cinto, devido a uma freada brusca. O carro parou estridulando.

— Não sei. — Ela suspirou. — Talvez saiba.

Chegamos a um pequeno estacionamento. Ele estava vazio, exceto pelo carro da polícia que bloqueava a saída, as luzes azuis e vermelhas da sirene giravam. Agachados atrás do capô, estavam um homem e uma mulher.

Eles tinham pistolas. E estavam apontando-as para a gente.

Mamãe se inclinou para trás e revirou algumas coisas. Quando voltou para a frente, estava segurando um objeto comprido, curvado e escuro: uma espada, em uma bainha de couro bastante sofisticada.

— O que é isso? — perguntei, apesar de saber a resposta; eu fazia esgrima desde o quarto ano. No banco de trás, havia uma sacola cheia de espadas e outros objetos de aspecto ameaçador. E uma mala azul. *Minha* mala azul.

— Um sabre de abordagem — disse, fechando os olhos e murmurando alguma coisa para si mesma.

— Mãe, eles são da *polícia*. Eles têm *armas*.

— Não são policiais de verdade, Ronan — disse ela, descansando a mão em meu braço.

Pois pareciam de verdade para mim. Confesso que *era* um pouco estranho não estarem de uniforme. Nem de quepe. Não dava para vê-los muito bem atrás do carro, mas a mulher tinha cabelos curtos e castanhos, e o homem era careca.

— A segunda coisa é que as pessoas quase nunca são o que aparentam — retomou mamãe, cerrando os dentes de raiva. — Elas mentem. Aqueles dois ali? — Ela meneou a cabeça na direção do carro de polícia, abriu a porta e desembainhou o sabre. A lâmina soltou um sibilo metálico. — São assassinos. Se quiser sobreviver, Ronan, ouça bem o que lhe digo: *Não confie em ninguém*.

— Pode deixar — respondi, pensando que talvez não devesse confiar *nela*.

— Fique abaixado e não saia do carro, filhote. As balas podem ricochetear.

Sem mais nem menos, mamãe disparou estacionamento afora, sabre em punho.

CAPÍTULO 2

A MÃE MAIS PERIGOSA DO MUNDO

Ela correu direto para o carro de polícia. A lâmina que empunhava emitia um brilho azul, como se tivesse absorvido a luz da lua cheia. A cada movimento, sua ponta traçava um arco luminoso no ar.

Mas não foi isso que me deixou de queixo caído.

Quando mamãe correu, ela virou um *borrão*. Primeiro, suas pernas estavam visíveis; depois, não sei como, ela virou uma mancha colorida e voou através do estacionamento, reduzindo a distância entre nós e o carro de polícia pela metade em um fôlego só. Ninguém normal corre tão rápido.

Ainda assim, ela não foi rápida o bastante: antes de chegar aos policiais, vi um clarão irromper da boca das pistolas.

Mamãe nem ligou para os tiros.

Ela girava o sabre, formando um halo prateado ao seu redor. Em seguida, ouviu-se uma série de clangores de perfurar os ouvidos. Ela saltou aos ares, percorrendo dez metros num piscar de olhos.

Então, deu uma pirueta no ar e, quando finalizou a manobra, desferiu um chute com a perna direita, atingindo o careca bem na lateral do rosto. Ele foi ao chão, ao passo que mamãe aterrissou no capô do carro, com a ponta da espada espetando o pescoço da mulher.

A policial largou a arma e levantou as mãos.

Eu me arrastei para fora do fusca. Quando os alcancei, mamãe já tinha algemado a mulher e seu parceiro no portão enferrujado do estacionamento.

— Você vai arder em chamas! — grunhiu a mulher entredentes.

Mamãe vasculhou os bolsos do homem desmaiado.

Olhando de perto, eles não tinham nada a ver com policiais. Vestiam ternos escuros, feito agentes do Serviço Secreto, e tinham duas tatuagens idênticas gravadas no pulso esquerdo: um olho bem aberto.

— Tatuagem maneira — elogiei.

Mamãe levantou a cabeça de sobressalto.

— Ronan! Eu *mandei* você ficar no carro. Você tem que me obedecer.

A mulher se debatia no chão, tentando alcançar duas espadas imensas guardadas em bainhas de pano que estavam sobre o pavimento ao lado do carro. Mamãe chutou as armas para longe e a mulher cuspiu nela.

— Você vai arder em chamas!

— É, você já falou. — Então, ela se voltou para mim: — Ronan, pegue nossas malas.

Corri para o fusca, joguei a mochila nas costas, apanhei minha mala, a sacola cheia de armas e corri de volta para o outro lado do estacionamento.

Mamãe jogou a bagagem no banco de trás da viatura e, em seguida, arremessou a chave do fusca no meio das árvores. Nós entramos no carro.

— Veja se descobre como ligar a sirene.

— É sério que você vai roubar um carro de polícia? — perguntei. — O que diabos está acontecendo?

Mamãe sorriu, tirou o cabelo do meu rosto, e então conduziu o carro para a saída.

— Ronan, filhote, faça-me um favor e coloque o cinto. Ah, e não use a palavra *diabo*. Não é linguajar para um rapaz da sua idade.

Ligar a sirene realmente faz a diferença.

Os carros se jogavam no acostamento quando nos ouviam chegando e ficavam fora do caminho até passarmos. Mamãe saiu do parque, atravessou o rio e chegou ao centro de Stanhope praticamente sem precisar dirigir abaixo de sessenta.

Até que teria sido divertido se um bando de gente não tivesse tentado nos matar.

Se me restava alguma dúvida, ela desapareceu no instante em que vi mamãe dar uma surra nos policiais de mentira do parque. Estudei seu rosto enquanto ela dirigia, procurando... não sei bem o quê. Alguma pista de que mamãe *sempre* tivera uma vida secreta, na qual roubava carros de polícia, arrebentava caras armados sem fazer esforço e pertencia a uma sociedade secreta chamada Guardiões do Sangue.

Mas tudo o que vi foi minha boa e velha mãe.

— Droga! — xingou ela, estreitando os olhos enquanto olhava o retrovisor.

— O que foi?

— Eles perceberam que trocamos de carro. — Ela girou o volante e o carro virou noventa graus perfeitos, espremendo-se em um beco entre dois arranha-céus. Passamos de um beco a outro e, de repente, desembocamos em uma rua monótona do centro, onde fachadas de vidro se enfileiravam de um lado a outro. Algumas pessoas andavam pela calçada.

— O papai... vai ficar bem? — Não era justo. Papai era inofensivo. O tipo de cara que não parecia ficar à vontade, a menos que estivesse vestindo um terno. Usava óculos toscos e uma barba mais tosca ainda que havia deixado crescer depois que começou a ficar careca. Trabalhava muito, a ponto de ter ficado praticamente desaparecido nos últimos anos. Depois que nos mudamos para Connecticut, eu quase não o via mais.

— Não vão fazer nada com ele, filhote. Eu vou encontrá-los e botar fim nessa palhaçada antes disso.

— Eu vou com você! — garanti. — Sei manusear uma espada. Lembra? Você me colocou na aula de esgrima! — De repente, anos de atividades extracurriculares fizeram sentido. Mamãe sempre dissera que os cursos eram para meu crescimento pessoal, que iam "aparar minhas arestas" e me ajudar a entrar em uma faculdade boa. Mas, na verdade, ela estava me treinando, me preparando para quando aquele dia chegasse.

— Infelizmente, você não tem como ajudar, Ronan — vetou mamãe, sorrindo. — Vou ter que fazer isso sozinha, e só serei capaz se souber que você está em segurança. É por isso que estou levando você à estação de trem. — Ela fez uma curva, passou devagar por uma ruela cheia de lixo e embicou num estacionamento subterrâneo.

No tempo em que meus olhos levaram para se acostumar à falta de luz, mamãe já tinha descido a rampa e estacionado em um canto escuro.

— Tem um bilhete no bolso de cima da mala, para o trem de 3h41 em direção a Washington. Não o perca por nada, sua escolha vai estar nele.

— Escolta? — As coisas estavam caminhando rápido demais. — Quem?
— Alguém dos Guardiões. Não deu tempo de descobrir quem exatamente — respondeu ela, mordendo o lábio. Então, balançou meu ombro de leve e acrescentou: — Preste atenção! Sua escolta vai lhe dizer as horas, se você perguntar.
— As *horas*? Mamãe, *qualquer pessoa* vai me dizer as horas se eu perguntar com educação.
— Só que sua escolta vai dizer que são doze para meia-noite. — Ela apontou para a porta da escada, que mal se podia ver naquele breu. — Quando terminarem as escadas, são só alguns quarteirões até a estação. Não fique fazendo hora.
— Você vai me largar aqui e ir embora?
Mamãe tomou meu rosto nas mãos e olhou-me nos olhos, então eu vi que ela estava com medo, talvez não das pessoas que estavam nos perseguindo, mas de que eu fosse embora sem mais ninguém.
— Alguém terá que mantê-los longe de você, e este alguém sou eu. Entrarei em contato o quanto antes, prometo. — Ela me deu um abraço de partir as costelas. — Você não faz ideia do quanto eu amo você, Ronan.
Meus olhos se encheram d'água e, por um instante, achei que ela não fosse me soltar nunca. Então, ela me deixou, limpou o nariz com o dorso da mão e disse:
— Agora vá e obedeça a sua mãe.
— Espere...
— Não temos tempo para *esperar*, Ronan. Você tem que pegar o trem.
Como eu permaneci imóvel, ela insistiu:
— Filhote. Por favor.

Pus a mochila e a mala para fora do carro, levantei-lhe a alça e a puxei até as escadas. Olhei para trás e mamãe sorriu para mim, do outro lado da porta. Eu pude ver o rastro reluzente de suas lágrimas, mesmo à luz escassa do subsolo. Por fim, ela deu a partida no motor e foi embora bem devagar.

Foi aí que percebi que aquilo tudo era pra valer e que havia uma grande chance de eu nunca mais ver mamãe nem papai outra vez.

CAPÍTULO 3

PAUSA PARA O BANHEIRO

A estação ficava a apenas dois quarteirões. Andavam pela calçada executivos, mães acompanhadas dos filhos e velhinhos que deviam ter saído para aproveitar o dia bonito. O mundo parecia normal.

Até que, quando só faltava atravessar uma rua para chegar à estação, um SUV vermelho passou zunindo.

Eu congelei e alguém trombou nas minhas costas.

— Foi mal, velho — desculpou-se o cara. Ele era jovem, devia ter uns dezoito anos, e era tão magrelo que sua jaqueta de couro marrom escorregava pelos ombros e o cinto mal prendia a calça jeans preta. Sob a jaqueta, vestia uma camisa vermelha bem suja, que tinha a estampa de um gatinho cansado abraçando uma caneca enorme de café, e a frase: DORMIR, SÓ DEPOIS DA MORTE.

Ele puxou os cabelos loiros e despenteados para trás da orelha, sorriu de leve e me fez uma recomendação:

— Melhor ir andando, não queremos perder o trem! — Então, atravessou o cruzamento e desapareceu por trás das portas da estação.

Respirei fundo, atravessei a rua atrás dele e o segui estação adentro.

* * *

O Grande Terminal de Stanhope é uma típica estação ferroviária da Costa Leste: grandiosa, imponente e meio abandonada.

Pilares gigantescos sustentavam o teto vários andares acima, e através das janelas arqueadas adentrava uma luz gris que conferia ao piso encerado de mármore um aspecto reluzente, como se fosse o piso de um palácio. Por mais que digam que, antigamente, ouvir o apito do trem era a maior sensação, hoje as estações fedem a poeira e verniz, os bancos de madeira são velhos e desconfortáveis, e o murmurinho que se ouve entre as paredes parece o eco de todas as pessoas que por ali passaram. É meio sinistro, especialmente se você já estiver com medo.

E eu estava apavorado.

Joguei minha mala em um dos bancos e me sentei, revirando o bolso da frente em busca do bilhete. Mamãe não estava brincando: havia de fato uma passagem só de ida para a capital e um envelope grosso, no qual ela escreveu: *Entregue isto à sua escolha dos Guardiões. tenha cuidado. É muito valioso. Amo você, mamãe.* O envelope era pesado e volumoso. Quando o abri, um disco roxo de vidro do tamanho e da grossura de um biscoito escorregou para minha mão. Uma armação espiralada e desgastada de prata revestia suas bordas, e havia um aro de metal na lateral. Parecia um monóculo muito antigo.

Eu o levei ao olho: por trás da lente violeta, as pessoas se tornavam vultos, e a luz ondulava feito óleo na água, mas isso era tudo. Conferi o relógio imenso sobre a bilheteria: 15h27. Catorze minutos para o trem sair. Devolvi a lente ao envelope e o guardei no bolso junto com a passagem.

Tirei o celular da mochila e liguei-o, então ele começou a vibrar que nem doido por causa das chamadas perdidas e mensagens que mamãe enviara enquanto eu estava na escola. Tinha um monte de mensagens, cada uma mais alarmante que a outra. Coisas do tipo:
ME LIGUE ASSIM QUE RECEBER ISSO!
e
NÃO VÁ PRA CASA DE JEITO NENHUM!!!
e, por fim, a mensagem que mais me assustou:
NÃO CONFIE EM NINGUÉM.
As mensagens me deixaram tão perturbado que quase não vi a mulher.

Mesmo estando do outro lado da vasta área de espera, não havia dúvidas de que ela estava me encarando. Era alta e loira, e parecia trabalhar em um escritório, do jeito que estava arrumada, de terno escuro, camisa branca bem-passada e mocassim preto, ao que mamãe se referia como "sapatos confortáveis". Havia algo nela que me causava arrepios, mas demorei a perceber o que era: ela nunca desviava o olhar. Era difícil dizer daquela distância, mas eu tinha quase certeza de que ela nem sequer piscava.

Bizarro.

Assim que me levantei para fingir que conferia o gigantesco painel com as informações de partidas, lá no alto, ela levou um celular ao ouvido.

Óbvio que não estava sozinha.

Do longo balcão de mármore da bilheteria, dois homens vestindo ternos azuis idênticos começaram a marchar na minha direção. Do outro lado da sala, sob o arco que levava às plataformas de embarque e desembarque, apareceram outros dois engravatados. Então, um quinto homem veio da rua.

Os seis cercaram meu banco casualmente, como se por acaso.

O pânico apertou meu peito. Mamãe confiou em mim para pegar o trem e eu não era capaz sequer de sair da área de espera.

Eu não tinha a menor chance de conseguir passar por eles para chegar às plataformas, nem de correr para a rua, tampouco de alcançar o guarda na ponta da bilheteria.

— Me desculpe, mãe — murmurei.

Os cinco caras se detiveram a uns seis metros do banco, formando um semicírculo e eliminando qualquer esperança de fuga. A loira, que era claramente a chefe, veio até mim.

— Evelyn Ronan Truelove — disse ela em tom ameaçador —, não há para onde fugir.

Mas a mulher estava enganada. Eu dei meia-volta e disparei rumo ao único lugar onde ela não poderia me seguir.

Lutei contra a porta do banheiro para passar a mala. Não tinha quase ninguém. Um velho lavava as mãos na longa fileira de pias encardidas. Em um canto, um cara com uniforme de faxineiro apoiava-se em um esfregão. Fui até a dobra do corredor, na esperança de encontrar outra saída.

Não encontrei. Tudo o que vi foi um cesto de lixo transbordando e oito cabines ancestrais ao longo de uma parede cujas janelas não deviam ser limpas desde o ano em que nasci. Todas as cabines estavam ocupadas.

Ou quase todas. Puxei a mala para a terceira, fechei o trinco e me sentei. A parte interna da porta estava coberta de pichações, anos e mais anos de rabiscos, como pinturas rupestres. Em cima disso tudo, alguém escrevera NAO OLHE PRA TRÁS!!! com tinta prateada. *Faltou o til*, pensei.

A loira não podia entrar no banheiro masculino, mas os cinco capangas certamente podiam. Será que teriam coragem de arrancar um garoto de dentro da cabine na frente do Fera da Faxina? Acho que não. Eles provavelmente ficariam vigiando a saída para se certificar de que eu não pegasse o trem.

Tudo o que tinham que fazer era me esperar do lado de fora. Eu não poderia ficar sentado na privada para sempre.

Só que eles não estavam interessados em exercitar a paciência.

A porta se abriu num estrondo, ao que se seguiu o som dos sapatos batendo nos ladrilhos. Afastei a mala da porta da cabine com cuidado e me esforcei para não ofegar.

Um par de sapatos bicudos de couro preto passou devagar pela minha cabine. No fim do corredor, esmurraram uma porta. Alguém gritou:

— Tem gente, não está vendo?

Mais alguns passos, outra batida e a voz de outra pessoa, em espanhol:

— *Ocupado!*

Conferi o celular. O trem saía em quatro minutos. Eu tinha que sair dali.

Fitei a porta da cabine. NAO OLHE PRA TRÁS!!!

Por que não?

A janela atrás da privada tinha vidro duplo fosco e enorme e nenhuma trava. Eu girei o trinco, tentando não fazer barulho, e levantei a janela até onde deu. Uma brisa fresca soprou no meu rosto, e vi que a parte de fora do banheiro dava para uma espécie de via de acesso exclusiva para os funcionários da estação.

Tinha espaço suficiente para eu passar, mas não ia ser fácil. Mesmo ficando em pé em cima da privada, o parapeito da janela batia no meu ombro. Escalar aquilo faria a maior barulheira.

Passei a mochila pela janela e soltei-a no chão.

Bateram na cabine vizinha. Em vez de responder, o sujeito deu descarga.

Rezei para que o barulho fosse alto o bastante para mascarar minha fuga, fechei os olhos e me lembrei da ginástica.

É, eu sei, você está preso em um banheiro público, tem um bando de gente estranha atrás de você e seus pais estão lutando por suas vidas sabe-se lá onde. Collants, aterrissagens nota dez e acrobacias nas barras paralelas são a última coisa que vão passar pela sua cabeça.

Porém, meu treinamento tomou conta de mim: eu só tinha que botar o peso nas mãos e pegar impulso para uma cambalhota. Se ao menos eu não estivesse em uma posição tão desconfortável, com os pés na borda de um vaso... Eu não ia conseguir pular alto daquele jeito por nada no mundo.

Esmurraram a porta da minha cabine.

Respirei fundo, visualizei o movimento...

E, sem mais nem menos, eu estava voando janela afora. Desenhei um arco sobre o parapeito e fiz um pouso suave, na via de acesso.

— Nunca fiz *isso* antes — murmurei, desejando que meu treinador tivesse visto aquilo.

Pela janela, ouvi outra batida.

— Evelyn — disse o homem, num tom monótono, como se estivesse imitando um robô. — Sei que está aí. Pode sair. Estamos aqui para ajudar.

Eu apoiei as mãos no parapeito e ergui a cabeça ficando na altura da janela. Então, vi minha mala. Eu tinha me esquecido dela.

— Só um minuto! — gritei. — Aliás, pode me fazer um favor? Sério mesmo, não me chame de Evelyn.

Então, me ocorreu algo. Talvez eu tivesse entendido tudo errado e *aqueles* fossem os caras do bem. Talvez fossem eles quem eu devia encontrar. Limpei a garganta.

— Ei, sabe que horas são?

Não houve resposta.

Após um instante, a porta balançou e o homem respondeu:

— É *hora* de você abrir essa porta, Evelyn. Não precisa fazer cena. Temos informações importantes para você. Sobre seu pai.

Não eram os caras do bem afinal.

Só mais dois minutos para o trem sair. Eu não ia recuperar a mala de jeito nenhum. Ainda bem que eu tinha guardado a passagem no bolso.

O cara bateu na porta com tanta força que as dobradiças quase se quebraram.

— Você vai sair daí e vai ser agora. Ou nós vamos tirá-lo à força.

— Deixe o garoto terminar em paz. Eu vou chamar o segurança! — gritou alguém no banheiro.

Eu já tinha ouvido o bastante, então me soltei do parapeito, apanhei a mochila e corri no embalo para a plataforma.

O trem era daqueles supernovos, o interior lembra muito uma nave espacial, com paredes brancas de plástico e portas de vidro que se abrem silenciosamente ao apertar um botão. Tentei fazer uma cara de naturalidade e me afundei num banco azul royal, virado para os fundos do trem. Queria ver se tinha alguém vindo atrás de mim.

Respirei fundo, esbaforido. O celular marcava 15h40.

No último minuto, embarcou tudo quanto é tipo de gente, carregando malas aos tropeções e procurando lugares vazios, mas a loira da estação não apareceu, nem nenhum de seus capangas.

Por fim, as portas do trem se fecharam. Uma gravação soou dos alto-falantes anunciando a partida, e o trem aos poucos foi acelerando, partindo pontualmente na hora marcada.

Observei a plataforma deslizando pela janela e tentei acalmar meu coração. Eu estava a salvo. Tinha escapado. Está certo que havia perdido a mala que mamãe arrumara e só levava doze contos na carteira, mas ainda tinha o celular, a mochila e a passagem do trem. A capital ficava a poucas horas de distância; eu encontraria a pessoa com quem devia me encontrar e esclareceria algumas coisas.

Então, vi um dos engravatados zunindo através da plataforma, acompanhando o trem com facilidade. Ele corria à beça, mas os cabelos pretos continuavam perfeitamente alinhados, o rosto pálido.

Ele se aproximou de uma das janelas do trem, bisbilhotou o interior e acelerou o passo até alcançar a seguinte. Uma janela após a outra, ele foi se aproximando do meu assento.

Havia algo de sobrenatural no modo como seus braços disparavam para cima e para baixo, feito pistões, enquanto o homem corria. Ele não estava fazendo esforço algum.

Foi então que ele me viu.

Seus olhos se estreitaram e ele se lançou na minha direção. Assim que alcançou a janela, recuou a mão, cerrou o punho e martelou o vidro.

O barulho foi tão alto que eu me encolhi. O vidro trincou no meio, formando um desenho de teia de aranha.

— Irado! — exclamou uma criança, do outro lado do corredor.

— Alguém chame o condutor! — pediu a mãe da criança.

O cara recuou o punho para dar mais uma pancada.

Mas ele não viu onde estava indo e, no momento em que ia atingir a janela, a plataforma terminou. Sem fazer ruído, ele sumiu de vista.

Eu me recostei no banco e respirei fundo várias vezes, até minhas têmporas pararem de latejar.

Era aquilo que mamãe estava enfrentando. Sozinha. E onde eu estava? Seguro em um trem. Eu devia estar com ela, ajudando a resgatar papai. Ela estava por aí, dirigindo uma viatura roubada, com uma bolsa cheia de espadas ao lado, e malucos feito aquela loira e seus amigos na sua cola. E o pior, papai estava sabe-se lá onde, sem saber se aquela gente ia matá-lo ou não.

Olhei para o lugar onde o cara de terno tinha desaparecido.

— Tomara que tenha doído — murmurei.

CAPÍTULO 4
BATER CARTEIRA FAZ PARTE

Esvaziei minha mochila amarela velha e surrada no banco ao lado.

Não tinha nada útil, se aqueles caras me encontrassem. Um livro escolar enorme de capa dura. Um romance chamado *Fahrenheit 451*, que estávamos lendo para a aula de literatura. Um monte de canetas e um fichário cheio de anotações para as quais eu não dava a mínima. E, amarrotado no fundo, meu vergonhoso uniforme de ginástica, como se *aquilo* fosse servir para alguma coisa caso eu precisasse trocar de roupa.

Verifiquei no telefone se tinha mensagem da mamãe, mas não havia nada de novo. Então, fiz uma coisa muito idiota: liguei para o celular do papai.

Não sei no que eu estava pensando. Que papai fosse atender, quem sabe, e me dizer que tudo não passava de um engano, que mamãe estava confusa, que ele não estava encrencado. Que ele fosse rir e me dizer que estava tudo bem.

Alguém atendeu no terceiro toque.

— Evelyn — disse uma voz que não era a do papai. — Onde é que você está?

Desliguei. Quase imediatamente, o telefone vibrou na minha mão: quem quer que fosse, estava me ligando de volta. Em pânico, desliguei o celular, enfiei-o com o resto da tralha de volta na mochila e guardei-a no bagageiro.

Foi então que o vi: o garoto magrelo que tinha trombado em mim, em frente à estação. Ele estava dando uma de bom samaritano, ajudando duas velhinhas de cabelo branco a carregar suas bolsas imensas.

Enquanto observava a cena, me perguntava o que as vovós guardam na mala que ocupa tanto espaço. Linha e agulha? Gatos sobressalentes? Todos os cobertores do mundo? De repente, vi o magrelo surrupiar algo de uma das bolsas e esconder na jaqueta.

Uma passagem. Ele roubou a passagem de trem de uma das velhinhas.

Depois de guardar as malas, o magrelo fez uma mesura. As velhinhas o agradeceram e ele foi saltitando para o carro seguinte.

Não hesitei; fui atrás dele. Talvez eu não pudesse ajudar papai e mamãe, mas eu podia, pelo menos, cuidar daquele ladrão. Eu o obrigaria a devolver a passagem e o jogaria para fora do trem.

A porta de vidro que separava os vagões se abriu silenciosamente e eu avancei, fitando os passageiros.

No final do carro seguinte, quase tropecei nos pés do garoto. Ele estava ocupando uma fila inteira, suas pernas de espantalho esticadas sobre os bancos, as botas gastas da Doc Martens suspensas no corredor. Ele estava reclinado contra a janela, absorto sobre um caderninho vagabundo amarelo, desenhando.

— Você! — chamei, apontando. Eu não tinha pensado muito bem no que diria depois daquilo.

— Aham, eu — respondeu ele, erguendo a sobrancelha enquanto enfiava o caderninho na jaqueta de couro.

— Quer saber as horas? — Ele tinha um ligeiro sotaque, um quê de britânico.

— Vi você roubando a passagem daquela senhora.

— Ah, ela não vai precisar. Não mesmo. Mas sabe quem precisa? *Eu*.

— Óbvio que ela vai precisar! — Não ia? — De toda forma, foi ela quem comprou.

— Sente-se. — Ele recolheu as pernas e fez um gesto. — Não gosto desse negócio de gente por cima de mim. Só de olhar para você já me dá torcicolo.

Eu não sabia o que fazer, de modo que me sentei ao lado dele. O garoto fedia um pouco, como se não tomasse banho havia alguns dias.

— Eu vou contar pro condutor — ameacei. — Ele vai jogar você para fora do trem.

— É isso que você quer? — Ele puxou os cabelos loiros e imundos para trás da orelha, coçou a barbicha e continuou: — Olhe, que mal há nisso? Ninguém vai pegar no pé de uma velhinha por ter perdido a passagem, as pessoas não são tão ruins assim. Vão achar que ela a guardou no lugar errado e vão lhe dar um passe. Além disso, eu a ajudei a carregar as malas e...

— Passagens, por favor.

Eu não tinha sequer notado a presença do condutor. Sem pensar duas vezes, dei por mim entregando-lhe a passagem. O homem marcou-a, devolveu-a e enfiou um cartão verde na prateleira sobre minha cabeça.

— Demora muito para chegar a Washington? — indagou o ladrão, entregando a passagem dele, quer dizer, da velhinha.

— Ah, pouco menos de três horas. Tempo o bastante para dois adolescentes arrumarem confusão. — Por trás do bigode espesso e grisalho, o condutor abriu um sorriso simpático. — Espero que não seja o caso.

— Sim, senhor — respondeu o ladrão.

E então o maquinista seguiu em frente.

— Acabo de ser cúmplice de um crime — balbuciei. Eu não servia para nada, a menos que alguém como mamãe me dissesse o que fazer. Não era à toa que ela havia me tirado do caminho.

— Não se preocupe. Eu estou bem, você está bem, as velhinhas faladeiras vão ficar bem. É a sobrevivência do mais safo.

— Apto — corrigi. — O correto é "sobrevivência do mais apto".

— Você tem muito que aprender, Evelyn Ronan Truelove. — O ladrão estendeu a mão imunda para mim. — Jack Dawkins a seu dispor.

Meu coração disparou. Tudo o que mamãe tinha feito para me proteger, tudo pelo que eu tinha passado, mas eu sou tão idiota que escolho me sentar logo ao lado de um...

— Não adianta ficar branco que nem fantasma agora. Você não me perguntou *as horas*. Era para você ter perguntado, daí eu responderia que são doze para meia-noite.

Desabei no banco.

— Por que não *disse* nada quando me viu na rua?

— Não sabia ainda o que íamos encontrar na estação. — Ele deu de ombros e assumiu um ar pensativo. — Não faz sentido estarem atrás de você. Tem algo muito estranho acontecendo.

— Atrás de *mim* — repeti.

— É, mas não se preocupe, se tivessem pegado você antes de entrar no trem, eu teria entrado em cena e salvado o dia. — Seu rosto se abriu num outro sorriso enorme e eu me vi sorrindo de volta.

— Quase me pegaram no banheiro.

— Não me diga! — Ele riu. — Quem você acha que ameaçou chamar a segurança? Aliás, bom trabalho ao escapulir do banheiro daquele jeito. Não sei como conseguiu, mas deixou aquele pessoal em pânico.

— Obrigado. — Pela primeira vez no dia, me senti um tiquinho orgulhoso de mim mesmo.

De repente, ouvimos um estrondo, como se tivesse uma fera rugindo sob o banco.

— Que barulho foi esse? — perguntei, me agarrando aos braços do assento.

— Meu estômago, Ronan. É assim que ele me diz que está faminto. — Dawkins se levantou e me fez sinal para sair da frente. — Venha. Deve ter uma lanchonete em algum lugar desta porcaria de trem.

Enquanto ele atravessava o corredor, o trem sacudiu. Uma balançadinha à toa, nada de mais, mas, de algum modo, isso derrubou Dawkins do meio de uma família em férias. Ele praticamente caiu em cima do pai, que o ajudou a se pôr de pé.

— Perdão! — desculpou-se Dawkins, endireitando o casaco do homem.

Ao chegar à ponta do carro, Dawkins girou a mão, revelando uma carteira chique que tinha afanado da jaqueta daquele senhor. Após pescar um bolo de notas de vinte, jogou a carteira no lixo e disse:

— Avante! Tem um vazio em mim que não há cachorro-quente no mundo que preencha.

* * *

Poucos minutos depois, Dawkins pediu, segundo ele, um "lanchinho": oito cachorros-quentes, o mesmo tanto de hambúrgueres, cinco barrinhas de chocolate, dois pratos de *nachos*, um punhado de sacos de salgadinhos e seis refrigerantes diet.

— Estou de regime — brincou ele, dando uma piscadinha.

No carro-restaurante, bancos azuis de vinil defrontavam-se ao longo de uma carreira de mesas brancas de fórmica; no centro, havia uma lanchonete, conduzida por uma mulher mais velha de cabelos oxigenados. No crachá lia-se BRENDA.

— Esse tanto de comida só pra você? — questionou ela. — Vou ter que arranjar uma bandeja maior!

Ela sacou uma bandeja turquesa de fibra de vidro do armário e Dawkins empilhou tudo sobre ela. Ele se sentou à primeira mesa e eu me acomodei no banco da frente.

— O que são esses tais de Guardiões do Sangue? — perguntei. — E quem era aquele pessoal na estação?

— Tudo a seu tempo. — Ele afofou um guardanapo e o enfiou na gola da camisa. Dawkins não era tão jovem quanto eu tinha imaginado. Ele *parecia* estar no ensino médio, mas algo em seus olhos o traía e entregava sinais de... não tem outra palavra para descrever: *velhice*.

— Nos Guardiões, compensa mais comer rápido, antes que um sujeitinho sórdido resolva lhe dar uma facada.

Então, ele foi dobrando os cachorros-quentes no meio e botando-os goela abaixo. Mastigava com vigor, tomava uma golada de refrigerante e engolia tudo num sonoro *glupe*. Empurrou o último cachorro-quente para mim e disse:

— Você deveria comer um pouco.

Fiz que *não* com a cabeça, sentindo-me nauseado.

— Você que sabe, meu velho. — Ele se recostou, pôs as mãos na barriga e soltou um arroto. — Muito bem. Para entender o que são os Guardiões do Sangue, você precisa entender quem eles protegem. Dentre as sete bilhões de pessoas neste planeta, existem trinta e seis que são melhores do que o resto todo junto. Trinta e seis almas puras. Lá no fundo, essas pessoas são genuinamente *boas*, tanto que compensam pela escuridão e pelos pecados cometidos pelos outros seis bilhões e tanto de pessoas na Terra. — Ele tirou um resto de comida dos dentes com a língua. — Não são um bando de carolas. É mais como se irradiassem uma espécie de... pureza de espírito, digamos assim.

— Aham — ironizei —, trinta e seis pessoas incríveis num canto qualquer do mundo.

— Não é num *canto*, não estão todas juntas, como se fosse uma turma cheia de alunos nota dez. Não, estão espalhadas pelo planeta, como diamantes em um caminhão de lixo cheio de cascalho. — Ele sugou um dos refrigerantes ruidosamente. — Está me acompanhando?

— Trinta e seis diamantes no meio do cascalho. — Fiquei ouvindo o som estrondoso das rodas do trem correndo nos trilhos por um instante e continuei: — Mas o que isso tem a ver com o sequestro do meu pai? Ou com a minha mãe ser... — Eu não sabia bem como definir. *Foda?*

— Estou chegando lá. — Ele abriu um saco de salgadinhos e mandou metade boca adentro. — Os trinta e seis figuram em muitas escrituras místicas como os Justos, ou os *Tzadikim Nistarim*, ou simplesmente os Puros.

Dawkins engoliu antes de continuar:

— Todas as fontes concordam em um ponto. Os Puros são a única coisa que impede Deus de dizer "basta!" e fazer a limpa no mundo para recomeçar do zero. — Ele limpou a boca com o guardanapo dobrado. — O dilúvio de Noé aconteceu porque havia muito poucos Puros no mundo. Toda vez que *um* Puro morre, o mundo inteiro sofre.

— Você acredita que Deus vai destruir o mundo se trinta e seis pessoas não estiverem aqui? — Mamãe talvez não estivesse louca, mas aquele cara era obviamente biruta.

— Pense nos raios da roda de uma bicicleta. Se quebrar um, a roda continua com a mesma forma, não é? Se faltarem três, ela começa a empenar. Sete, a coisa vai ficando feia. Não é preciso remover todos os raios para a roda quebrar. A Segunda Guerra Mundial aconteceu porque *cinco* Puros foram encontrados e assassinados. A Idade das Trevas? Oito Puros foram mortos e, como resultado, o mundo afundou em séculos de miséria, ignorância e pestes.

— Mas essas trinta e seis pessoas vão morrer alguma hora. Ninguém vive para sempre.

— Isso é o que você pensa — retrucou Dawkins, com um sorriso. — A morte natural não é problema; a alma do Puro reencarna quase instantaneamente. É quando o Puro morre *antes* da hora, quando ele é assassinado, que o mundo sofre durante a longa espera pelo regresso de sua alma.

Brenda deu a volta no balcão da lanchonete e veio até nós.

— Guarde a bandeja quando terminar. Vou fazer um intervalo.

Ele fez sinal de joia e o carro-restaurante ficou vazio, exceto por nós.

— Enfim, como eu dizia, os Puros são de importância vital. É aí que entram os Guardiões do Sangue. Os Guardiões foram criados para proteger os Puros, pois eles não são capazes de proteger a si mesmos.

— Por que não? Eles são um bando de molengas, por acaso?

— Porque eles não sabem quem são.

— Vocês não podem juntar todos e escondê-los num castelo ou algo parecido?

— Os Puros não podem saber *o que* são, pois isso mudaria *quem* são. Parte do que os torna tão especiais é que eles não participam do jogo, percebe? Já viu como algumas pessoas belíssimas podem se tornar horrendas depois que *descobrem* que são belas? Pois então. Quando um dos trinta e seis descobre que é puro, ele perde essa bondade essencial e deixa de ser puro. E, como resultado, o mundo se torna um pouquinho mais sombrio e fica um passo mais próximo da ruína. Por isso não podemos contar nada a eles e não podemos deixar ninguém saber quem são. Ninguém conhece a identidade deles, exceto os Guardiões do Sangue. Os Guardiões trabalham em segredo, seus membros levam vidas normais e, ao mesmo tempo, vigiam e protegem os Puros.

— Não entendo o que isso tem a ver com meu pai e minha mãe.

— Sua mãe faz parte dos Guardiões do Sangue. A identidade dela foi exposta e sua casa foi saqueada em busca de pistas sobre a identidade do Puro que ela estava protegendo.

— E papai foi sequestrado para pressionar mamãe? Para fazer com que ela revelasse quem é esse tal Puro?
— Faz sentido — concluiu ele, remexendo a comida na bandeja.
— Então por que estão me perseguindo?
— Esse é o grande mistério. Nossos inimigos estão armando alguma, e tem a ver com você. É tudo o que sei.
— E qual é o plano? Você me leva à capital e encontramos mamãe lá?
— Vou entregar você a outro Guardião na capital, e então vou procurar sua mãe. Você estará seguro com Ogabe — revelou ele, após tomar um gole de refrigerante. Então, começou a abrir a embalagem das barras de chocolate como se descascasse bananas.

Do lado de fora da janela, a paisagem passara do cinza urbano ao verde das árvores. Connecticut e Nova York tinham ficado para trás. O banco balançava suavemente, e uma estranha paz reinava sobre tudo. Pensei no homem esmurrando a janela, mas aquilo parecia quase irreal naquele momento.

— Não acredito nessa história — confessei.
— Acredite no que quiser, Ronan Truelove. Sua fé não muda nada. Só estou lhe dizendo como as coisas são. — Ele começou a comer os *nachos*.
— Quer dizer que roubar velhinhas faz parte de pertencer aos Guardiões do Sangue?

Uma barra de chocolate desapareceu em duas bocadas.

— Um Guardião deve ser furtivo e, às vezes, sim, agir como um reles ladrão. — Ele ergueu as sobrancelhas finas. — Eu caminho pelo mundo feito uma sombra, não deixo rastros.

Ele deu uma piscadinha, e então...

— Ladrões! — gritou uma garota de repente.

Ela estava em pé no vão da porta, tinha mais ou menos minha idade, era magra e assustadoramente pálida, com cabelos longos e ruivos amarrados no cocuruto por um treco de plástico e um punhado de grampos e tique-taques. Vestia calça jeans e uma blusinha verde sem mangas, nada muito chique. Talvez até fosse bonita, mas estava com uma expressão tão brava que era difícil dizer.

Eu a reconheci na hora.

— Você roubou a carteira daquele cara quando caiu em cima dele. Eu vi *tudo*! — acusou ela, apontando para Dawkins.

— Caminha pelo mundo feito uma sombra? — murmurei. — Estou vendo.

Dawkins não me deu atenção. Em vez disso, fitou a garota enquanto mastigava um hambúrguer, claramente alarmado.

— É melhor vazar daqui e voltar para seu lugar — avisou ele.

— O condutor já está à procura de vocês dois e, quando os encontrar, vão ser presos — prosseguiu ela, ganhando confiança ao ver quão transtornado Dawkins estava. — Quem sabe ele não algema vocês em um banco ou algo do tipo? Ou, então, interrompe a viagem e entrega vocês à polícia.

— Greta Sustermann — falei, decidindo que era hora de intervir.

Greta devia ser a aluna mais inteligente da minha antiga escola, no Brooklyn.

— Ronan Truelove? — indagou ela, franzindo o cenho. — O CDF piromaníaco pirado?

E, às vezes, a mais irritante.

— Não fui eu quem botou fogo na casa! — protestei. — E você estava na mesma turma de honra que eu. Logo, se eu sou CDF, você também é.

— Foi para isso que largou a escola? Para correr trilhos com batedores de carteira imundos? — Ela bufou bem alto.

— Correr trilhos? — repeti. — Que jeito de falar é esse?

— Você *conhece* essa menina? — Dawkins limpou a boca com o guardanapo e escorregou para a beirada do banco. — Ninguém aqui vai para a cadeia, mocinha.

— Não me chame de *mocinha*, seu maluco! — xingou Greta, tirando um smartphone da bolsinha azul dependurada no ombro.

— Meu nome é Jack Dawkins — disse ele. — O que você acha que está fazendo?

— Mandando uma mensagem para meu *pai*, que por acaso é da polícia, para ver o que *ele* aconselha o condutor a fazer. Você vai responder pelos seus crimes, senhor.

— Eu prefiro que você não faça isso — pediu Dawkins.

— E eu preferia que você não fosse um ladrão safado — devolveu Greta, com os dedos fuzilando o celular. — Em questão de horas, você vai colher o que plantou.

— Acho que essa hora já chegou — falou Dawkins, franzindo o cenho. Ele jogou o último pedaço da barrinha de Butterfinger na boca, levantou-se e acenou. — Oi, tudo bem?

Um homem de terno azul havia entrado no carro tão silenciosamente que eu não tinha sequer notado. Ele passou a centímetros de Greta, ignorando-a. Não era o mesmo cara que tinha acompanhado o trem correndo. Para começar, o cabelo era fino e completamente branco, que nem fio dental, mas o cara estava vestido igualzinho: terno azul elegante e camisa branca.

— Greta, seja uma menina obediente e sente-se com Ronan — pediu Dawkins, pegando a bandeja turquesa e recuando. O Fio Dental o seguiu até o centro do carro.

Um *silvar* abafado veio da outra ponta do veículo, por trás da lanchonete, e eu vi que o Fio Dental não estava sozinho.

Outro engravatado apareceu. Ele era silencioso e impassível, como o Fio Dental, mas era careca feito o dr. Faxina, o cara que fazia comercial de detergente na TV. E assim como o Fio Dental, empunhava um objeto comprido, brilhante e afiado, com um fio metálico que refletia a luz.

Greta se sentou à minha frente, o telefone esquecido nas mãos.

— O que é isso na mão deles...? — perguntou ela.
— Espadas — respondi.

CAPÍTULO 5

UM EMPURRÃOZINHO

— *Spadroons*, para ser mais específico — corrigiu Dawkins. — Sem querer ser técnico demais, mas precisão é fundamental. — Ele olhou sobre os ombros para o careca, que avançava na sua direção. — Dois contra um? — perguntou ao Fio Dental — Isso é jogo sujo.

Ele sequer respondeu, limitando-se a erguer a arma.

— Mas *por que* eles têm espadas? — perguntou Greta.

— Não é exagerado demais para reles ladrões de passagem?

— Nós não somos ladrões de pas... — comecei a dizer, mas logo me corrigi. — Digo, Dawkins pode até ser, mas eu, não. De qualquer forma, esses caras não têm nada a ver com isso.

— Então quem são eles?

Dei de ombros e respondi:

— São... caras do mal, pelo jeito.

— Pelo *jeito*? Você adivinhou pelas espadas, foi?

— Eis uma lição para você, Ronan — interrompeu Dawkins. — Os Guardiões do Sangue transformam em arma tudo o que tiverem à mão.

Na hora em que o Fio Dental deu o bote, ele levantou a bandeja e usou-a para rebater a lâmina, em meio a uma chuva de embalagens de chocolate e guardanapos ensopados de mostarda e molho de *nachos*.

O Fio Dental girou, desferindo um contra-ataque, mas Dawkins estava preparado para o golpe e fez a bandeja de escudo, bloqueando a lâmina.

— Atrás de você — alertei. O dr. Faxina estava a meio carro de distância, mas avançava a toda.

— Ainda está longe — avaliou Dawkins, olhando por sobre os ombros. — Tem tempo de sobra para...

Ele desviou de outra estocada do Fio Dental, usando a bandeja para esquivar-se da lâmina. O Fio Dental deu um passo atrás, mas Dawkins foi rápido demais: ele bateu com a bandeja no queixo do homem, provocando um estalo. O Fio Dental girou os olhos e desabou no chão, desmaiado.

Meio segundo depois, Dawkins empunhava a espada do homem em sua mão direita e a girava a tempo de defletir a lâmina do careca às suas costas.

O dr. Faxina pulou para longe e foi contornando a lanchonete.

— Agora, sim, dá para brincar — comemorou Dawkins, brandindo a espada no ar. Com a mão esquerda, arremessou a bandeja, como se fosse um frisbee.

Ela acertou o dr. Faxina na canela, produzindo outro estalo. Pelo barulho, deve ter doído, mas o homem não disse uma só palavra. Tudo o que fez foi se dobrar e cair de joelhos.

— Cadê sua Mão? — perguntou Dawkins ao homem.

— Do que ele está falando? — indagou-me Greta.

— Sei lá, de mãos? — sussurrei, confuso.

Em resposta, o homem levantou o braço esquerdo, fez um gesto no sentido da lanchonete, cerrou o punho e então revelou a palma da mão para Dawkins. Uma rajada de vento lançou todo o lixo do balcão pelos ares: guardanapos, mexedores de café, sachês de sal e pimenta e uma cafeteira.

— *Abaixem-se!* — berrou Dawkins.

Eu e Greta nos jogamos debaixo da mesa.

Vislumbrei Dawkins rodopiando a lâmina ao seu redor, produzindo um halo luminoso de aço, o braço que manejava a espada se movia incrivelmente rápido à medida que ele abria caminho em meio ao lixo suspenso no ar. Nada o tocava.

Ouviu-se um súbito *frip-frip-frip* e o banco em que estávamos sentados pouco antes foi cravado por um monte de espinhos. Eram os mexedores de café que perfuravam o estofado.

— Vocês não fazem ideia da confusão em que se meteram — sussurrou Greta.

Ouviu-se o clangor estridente de aço contra aço, um entrebater-se ensurdecedor de espadas.

Espiei pela beirada do banco. Dawkins e o dr. Faxina lançavam golpe atrás de golpe, bufando e arquejando a cada cutilada e estocada desferida. Em pouquíssimos segundos, eles se atacaram e defenderam umas dez vezes.

Mas Dawkins era o melhor espadachim entre os dois.

O dr. Faxina ficou encurralado na passagem estreita entre a lanchonete e a parede do vagão, sem espaço para manejar seu *spadroon*.

— Ronan? — chamou Dawkins por sobre os ombros.

— Diga — respondi, botando a cabeça para fora do esconderijo.

— Está vendo o sujeito oxigenado ao lado da janela? Reviste-o. — O Fio Dental tinha um ar sereno, como se fosse um executivo que tivesse resolvido tirar um cochilo no chão do trem.

— Revistar, tipo, fuçar os bolsos dele?

— É, Ronan, é isso que *revistar* significa normalmente. — Dawkins se lançou contra o dr. Faxina, desferindo golpes amplos, forçando o careca a recuar.

Fui rastejando pelo carpete até chegar ao Fio Dental e quase soltei um grito quando vi Greta agachada ao meu lado.

— Que foi? — perguntou ela. — Não vou ficar lá sozinha. — Havia um brilho selvagem no seu olhar. — Ande, reviste o cara.

Antes de começar, vi Dawkins bater o pé com força na ponta da bandeja que estava no chão. Ela voou para cima e ele a agarrou logo no instante em que o dr. Faxina desferiu uma estocada. A lâmina do homem perfurou a bandeja e ficou presa.

— Fibra de vidro! — gritou Dawkins, puxando a bandeja e arrancando a espada da mão do adversário. Ele largou a bandeja empalada e avançou casualmente, balançando a ponta do sabre de um lado para outro.

O dr. Faxina deu as costas, correu para o banheiro, fechou a porta sanfonada e a trancou.

— Beleza — disse Dawkins. — Pode ficar aí mesmo.

Os bolsos do Fio Dental estavam quase vazios: uma passagem de trem e um molho de chaves no bolso da frente; no de trás, uma carteira e uma foto minha no sétimo ano.

— Por que esse cara tem uma foto sua com cara de bocó? — perguntou Greta.

— Eu é que quero saber — respondi.

— A gente devia amarrá-lo — ponderou Greta. Ela tirou o cinto do homem, colocou os braços dele nas costas, enlaçou-lhe os pulsos com o cinto e deu um nó complicadíssimo.

— Onde aprendeu a fazer isso? — perguntei. Aquilo não era do feitio da Greta que eu conhecia. Ela era uma daquelas meninas que se senta na primeira fila e sempre está com a mão levantada antes mesmo de o professor terminar a pergunta.

— Meu pai trabalha no FBI — disse ela. — Conforme você devia saber, se prestasse atenção nos outros na escola.

— Minha mãe me mantinha muito atarefado — protestei, mas a desculpa soou fajuta até mesmo para mim.

Enquanto isso, Dawkins havia enfiado a espada através do puxador da porta do banheiro, como se fosse um ferrolho. O cara balançava a porta; a espada tremia, mas não saía do lugar.

Dawkins se aproximou de nós, espanando as mãos. Ele arregalou os olhos ao ver o Fio Dental amarrado pelo cinto.

— A ideia foi sua? — perguntou a Greta. Ao vê-la aquiescer, ele sorriu e elogiou: — Bom trabalho.

Logo em seguida, o trem deu um solavanco e o ar foi preenchido por um longo lamento metálico.

— Ah, santa paciência — reclamou Dawkins. — Estão parando o trem. — Ele nos ajudou a levantar. — Venham, temos que estar prontos para desembarcar assim que ele parar. Antes que mais dos nossos amigos subam a bordo.

— Vão em frente — disse Greta. — Eu vou ficar aqui.

— Sinto muito, querida, mas você vem conosco.

Ela cruzou os braços pálidos e empinou o nariz.

— Não vou, não.

Ao ver sua face enrubescida e os olhos verdes cintilando, percebi que ela era teimosa o bastante para enfrentar Dawkins.

— Vamos deixar ela pra lá.

Mas Dawkins balançou a cabeça. Ele se curvou e arrancou a espada que estava fincada na bandeja.

— Olhe só, Greta. Sabe esses dois paspalhos? Eles são apenas dois membros de um exército. — Como se quisesse confirmar a informação, a porta do banheiro estremeceu. — O pessoal que está vindo aí *depois* dessa leva vai ser muito pior.

— Eu vou cuidar deles — assegurou ela. — Conte a ele, Ronan.

— Ela é dura na queda mesmo — confirmei, lembrando-me de quando, no início do sétimo ano, ela humilhou três garotos imensos que estavam judiando de um menino menor. (*Eu*, no caso. Falei que não precisava de ajuda, que sabia brigar, apesar de não parecer, mas ela mandou que eu calasse a boca e a deixasse me salvar.)

— Não tenho dúvidas de que Greta é mais sinistra que mil tretas, mas isso não vem ao caso. — Dawkins se virou para ela. — Eles vão achar que você está comigo e Ronan. E eles vão machucar você. *Muito*. Eu não posso permitir isso, então, querendo ou não, você *vem* conosco.

Greta contemplou o pandemônio à nossa volta em silêncio.

— Tudo bem — concluiu ela.

— Isto era tudo que o cara tinha. — Eu estendi as chaves, a passagem, a carteira e, com uma sensação muito estranha, minha fotografia.

— Obrigado, Ronan — agradeceu Dawkins —, mas eu já sei como você é.

— Estava com *ele* — esclareci. — Por que ele tinha uma foto minha?
— Boa pergunta — devolveu Dawkins. Revirando o molho de chaves, encontrou um cilindro de metal preto com um botão. — Ora, vejam só o que temos aqui.
— O que é isso? — perguntei.
— Um alarme de bagagem — respondeu Dawkins. Ele embolsou o restante dos objetos e fez um gesto para que Greta fosse na frente. — Você primeiro, senhorita Sustermann. Nem pense em fugir ou o Ronan vai ficar todo esburacado. — Ele sorriu e fingiu que ia me espetar com a espada.
Greta revirou os olhos, abriu a porta e seguiu adiante; nós a seguimos.
— Qual é o lance do troço de bagagem? — perguntei.
— É tipo um alarme de carro — respondeu Greta.
— A mala apita se você apertar o botão. Ajudando a encontrá-la.
— Aqueles dois provavelmente foram colocados no trem para o caso de você escapar da emboscada na estação — explicou Dawkins. — O alarme significa que trouxeram brinquedos.
Enquanto estávamos no vagão-restaurante, a paisagem mudara novamente. Os subúrbios arborizados e verdejantes foram-se embora, substituídos por uma planície coberta de vegetação rasteira e escura. Uma rodovia movimentada alinhava-se paralelamente aos trilhos, com direito a todos aqueles prédios decadentes que brotam à beira da estrada: postos de gasolina, lanchonetes e estacionamentos imensos. A paisagem me lembrou de uma viagem que eu fiz com meus pais quando tinha nove anos, antes de meu pai mudar de emprego, antes de ele ser devorado pelo trabalho.

A lembrança de meu pai me fez pensar na família de Greta e na sua mensagem de celular interrompida.

— Onde estão seus pais, aliás?

— Eles se divorciaram ano passado — respondeu ela. — Agora papai mora na capital. Vou aproveitar o feriado prolongado para fazer uma visita.

— Que merda — falei, porque às vezes não há mais nada para se dizer.

— Sabe o que é mais merda ainda? — perguntou Greta. — Ser feita de refém por um garoto da minha antiga turma de escola e seu amigo batedor de carteira catinguento.

— Ele não é meu amigo! — insisti.

— Oi, eu *estou aqui*, viu? — disse Dawkins em voz alta. — Estou *ouvindo tudo*.

Foi então que me dei conta do silêncio absoluto: ninguém no vagão dizia nada. Os passageiros estavam todos calados, encolhendo-se o máximo possível, protegendo seus filhos, todos morrendo de medo de serem notados por...

Por nós.

Até que eu descobri o motivo: não só Dawkins estava coberto de queijo, ketchup e mostarda, como continuava empunhando aquela espada enorme. Uma espada que brilhava com luz própria. E, para piorar, ele exibia aquele sorriso de maníaco dele. Devíamos estar parecendo um desfile de lunáticos.

Um *bip* ecoou lá na frente em um bagageiro com duas bolsas pretas supercaras: um bornal de couro do tamanho de uma mochila e uma bolsa de viagem.

— São as nossas — disse Dawkins, jogando a bolsa para mim.

Por pouco não a deixei cair. Estava pesada e abarrotada de trambolhos metálicos.

— Você não pode simplesmente pegar a bagagem deles — protestou Greta.

— Posso sim. Eles tentaram nos furar com aquelas espadas. O mínimo que podem fazer é nos dar a bagagem deles em troca. — Dawkins apanhou o bornal e apontou para o fundo do trem. — Andando.

No carro seguinte, ficamos cara a cara com o condutor bigodudo. O homem levantou as mãos em sinal de rendimento.

— Sinto muito, senhor, mas vamos precisar das suas chaves — disse Dawkins, com a espada apontada para o coração do condutor. Sem dizer uma só palavra, o homem desprendeu um molho de chaves enorme do cinto e o entregou. — Muitíssimo obrigado! — agradeceu. — Pronto, não vamos mais aporrinhar você.

Passamos pela minha mochila no bagageiro, mas não havia nada dentro dela de que eu precisasse, apenas meu material escolar, de modo que resolvi deixá-la onde estava.

Atravessamos mais um vagão cheio de gente. Pela janela, a paisagem se arrastava devagar; mais alguns minutos e o trem ia parar de vez.

No fundo do carro, Dawkins destrancou uma porta e nos mandou entrar. No vagão-bagageiro, caixas e baús se empilhavam do chão até o teto. Entre as malas, um corredor estreito levava a uma porta com janela, na traseira do trem.

Eu e Greta olhamos através do vidro sujo e contemplamos os trilhos que se desenlaçavam atrás do trem, feito duas fitas de prata.

— É o fim da linha — adivinhou Greta. Ela arrumou os grampos nos cabelos vermelhos feito fogo. — Refleti bastante e não tem a menor chance de eu sair deste trem com vocês dois. — Ela fitou Dawkins. — Você vai enfiar essa espada em mim para me obrigar a cruzar essa porta? Acho que não.

— Não é por essa porta que vamos sair — revelou Dawkins. Ele puxou uma alavanca enorme e parte da parede correu, feito uma porta de minivan. Nós nos vimos pairando à beira do nada sem fim, sendo esbofeteados pelo vento. A linha do trem corria por um aterro de cascalho. Alguns metros abaixo, via-se o borrão de cores que era o chão.

O barulho era ensurdecedor: o guincho agudo dos freios, o rugir das rodas do trem, o ar batendo-se vagão adentro. O rabo de cavalo de Greta se desfez, escondendo seu rosto atrás de uma nuvem vermelha.

— Calculo que estejamos a menos de quinze quilômetros por hora — berrou Dawkins. — O trem vai parar em alguns minutos. — Ele jogou o bornal para fora do trem. O objeto caiu em cima de um arbusto de espinhos e desapareceu. Então, ele pegou minha bolsa e a jogou também, junto da espada que estava segurando.

Dawkins descansou a mão no meu ombro e se inclinou para perto do meu ouvido:

— O truque para não se machucar é trazer os braços e as pernas para perto do corpo e rolar.

— Como assim, machucar? Depois que parar não vai...

Com uma das mãos, Dawkins apertou meu ombro com força e, com a outra, me agarrou pela cintura da calça. Antes que me desse conta do que estava acontecendo, eu já estava voando.

Ele havia me jogado do trem.

CAPÍTULO 6

FERRADOS, SEM TER PARA ONDE IR

Meio segundo depois, meus pés bateram no cascalho e caí de frente. Eu poderia chamar o que aconteceu a seguir de "rolamento", mas isso daria a impressão de que eu tinha algum controle sobre o que estava acontecendo.

Eu berrava o tempo todo.

Alguns segundos depois, parei de rolar e fiquei arfando, sem fôlego. Havia esfolado as mãos e estava com os olhos e a boca cheios de terra, mas parecia que não tinha quebrado nada.

Quando o guincho do freio do trem sumiu ao longe, comecei a perceber outro som: gritos indignados. A uns cinco metros de distância, Greta estava sentada no chão, de pernas cruzadas, batendo os punhos nos joelhos e xingando até ficar sem ar.

Por fim, foi Dawkins quem pulou do trem. Ele se encolheu até virar uma bola, deu uma cambalhota perfeita, que nem ator de filme de kung fu, e parou em pé. Ele limpou as mãos na roupa e correu na nossa direção, acenando alegremente.

— Desculpem pelo mau jeito, mas não havia tempo para convencê-los da ideia — esclareceu ele, assim que chegou mais perto.

— Você me jogou do trem! — urrei.

— Joguei. Por isso pedi desculpas. Agora vamos pegar a bagagem e nos limpar. — Ele espanou meus ombros. — Você me parece bem. Como está se sentindo?

— Machucado.

— Vocês não fazem ideia da confusão em que se meteram — resmungou Greta. Ela tirou o telefone do bolso e começou a digitar de novo, provavelmente terminando a mensagem para o pai.

Soltando um berro, Dawkins arrancou o aparelho das mãos dela, jogou-o no chão e o pisoteou. Ouviu-se o som triste do celular se partindo.

Greta ficou boquiaberta por alguns instantes e, por fim, explodiu:

— Você arruinou meu telefone!

— É, foi mal — desculpou-se Dawkins. — Tem GPS nessas coisas, sabe?

— O quê? Você acha que eles não vão perceber que você pulou do trem? — acusou ela, erguendo os punhos e desferindo murros contra ele, como se soubesse o que estava fazendo.

— Calma lá, boxeadora! — pediu Dawkins, recuando e levantando a palma das mãos. — Óbvio que vão perceber que caímos fora, mas prefiro que não seja *tão* fácil assim nos localizar. Então, nada de telefones. — Ele apontou, através das moitas, para uma parada de caminhões que se estendia à beira da estrada. — Vamos, acho que é melhor irmos para aquele posto de gasolina. — Havia várias construções baixas e bombas de gasolina, todas apinhadas de carretas sem carroceria e outros carros. O lugar estava movimentado. Mesmo de longe, dava para ver as pessoas para lá e para cá, feito formigas sobre uma mesa.

— Esse cara é completamente louco e não bate nada bem. Você sabe disso, não sabe? — disse Greta, ao meu lado.

— Nossa, você acha?

— Não se faça de engraçadinho, *Evelyn* Ronan Truelove.

— Ele nos salvou daqueles caras que nos atacaram com espadas.

— O que o faz pensar que eles estavam atrás de *nós*? Ele é um ladrão! Ele fede! E tem o sotaque britânico mais cafona que já ouvi na vida. Deve ter um *milhão* de pessoas loucas querendo abrir um buraco nele.

Enquanto me arrastava ao lado dela, não conseguia me decidir se contava sobre minha mãe e aquele pessoal na estação de trem. Em Nova York, nunca chegamos a ser amigos.

— É mais complicado do que parece.

— Não é, não. É simples. Nós o acompanhamos até a parada de caminhões e, quando surgir uma oportunidade, pedimos socorro. Papai vai nos salvar.

Observando as costas da jaqueta de couro marrom suja de Dawkins enquanto ele atravessava o aterro, refleti que talvez aquela fosse a razão da jaqueta estar tão suja. Ele devia pular de trens o tempo todo.

— Sucesso! — gritou Dawkins, lá na frente, erguendo o bornal com uma das mãos e a bolsa com a outra.

— Tenho um bom pressentimento sobre o que está guardado aqui. — anunciou ele. — Mas por que não atravessamos a estrada antes de verificarmos o que é?

— Beleza — concordou Greta, lançando um olhar para Dawkins. — Como quiser.

— Conforme você observou, não vai demorar para nossos inimigos deduzirem que saímos do trem — ponderou Dawkins. O trem havia parado nos trilhos, a centenas de metros de distância. Vários veículos haviam estacionado ao lado dele. Os conhecidos SUVs, reluzindo ao sol crepuscular. — Então, talvez fosse melhor a gente... correr! — Então, ele saiu em disparada.

Greta soltou um grunhido, mas nós dois fomos correndo atrás dele.

Quando estamos em um carro, não percebemos quão grande são os estacionamentos. Vamos rodando rua após rua, até encontrarmos uma vaga perto da entrada do lugar aonde estamos indo, daí reclamamos por ter que andar durante um minuto que seja. Agora, imagine partir da ponta mais distante do maior estacionamento de shopping que você já viu, um estacionamento que se estende feito a superfície abrasante de um planeta inteiro coberto de piche.

Correndo pelo interminável estacionamento da parada de caminhões com Dawkins e Greta, eu me senti nu, exposto, certo de que os SUVs vermelhos surgiriam derrapando bem na nossa frente, e nós não estaríamos nem na metade do caminho até os prédios.

Mas isso não aconteceu. Em vez disso, nós só ficamos cansados e encharcados de suor.

— Maravilha — resmungou Greta. — Agora, para completar, vou pegar uma insolação.

Chegamos ao prédio principal: um vastíssimo posto de gasolina/loja de conveniência/praça de alimentação/bazar. Havia outro prédio ao lado, na diagonal, uma garagem com meia dúzia de portões imensos levantados e outros quatro fechados, onde mal se via a silhueta colossal dos caminhões e dos carros. Em frente aos dois prédios, havia três fileiras de bombas de gasolina, oito em cada, com filas de carros e caminhões que estacionavam, abasteciam e zuniam estrada afora.

Dawkins nos levou a uma viela entre os dois prédios, onde havia duas caçambas fétidas contra a parede dos fundos.

— Acho que ninguém nos viu vindo para cá — avaliou ele, espiando pelo canto do prédio e soltando as duas bolsas no chão.

— Não sei, não. — Greta se abanava com uma das mãos. — Não se vê muita gente correndo em estacionamento. A gente deve ter chamado atenção.

— Certo — concordou ele, acocorando-se ao lado das bolsas. — Mas a gente tem uma coisa que os psicólogos chamam de "percepção seletiva". Quando vemos uma coisa que não faz sentido, nosso cérebro se esforça para encaixá-la no todo.

— Se você diz — desconversou Greta, refazendo o caminho pelo qual havíamos vindo.

— Vamos ver o que aqueles dois estavam carregando. — A primeira coisa que Dawkins tirou do bornal de couro preto foram: — Cuecas! — anunciou ele. Depois, camisetas e meias pretas, as quais jogou para trás, direto no lixo. As roupas faziam *flupt* ao cair na superfície metálica da caçamba.

— O que estamos esperando? — sussurrou Greta para mim. — Vamos fugir. *Agora*.

— Interessante — observou Dawkins, erguendo um troço que parecia uma pistola de plástico com um barril cubiforme, que nem uma pistola de laser saída de um filme antigo de ficção científica.

— O que é isso? — perguntei.

— Parece uma arma de choque — comentou Greta, mordendo o lábio.

— Não é uma arma de choque — disse Dawkins. — Já ouvi falar nisso, mas nunca tinha visto ao vivo. É uma arma de pulso elétrico chamada pistola Tesla.

— O que ela faz? — voltei a perguntar.

— Não faço ideia. — Ele depositou a pistola Tesla no chão e, em seguida, sacou umas algemas brilhantes e uma pistola preta imensa. A última coisa que tirou do bornal foi um isqueiro prateado das antigas. — Um Zippo. Difícil ver um desses hoje em dia. — Ele abriu a tampa do isqueiro e girou a roda. Uma chama surgiu.

— Já podemos entrar? — indagou Greta.

— Não enquanto não encontrarmos dinheiro — respondeu Dawkins, fazendo cara feia. Ele fechou o isqueiro e o enfiou no bolso, então puxou a bolsa de viagem.

Dentro, havia uma confusão de espadas. Seis no total.

— Vixe, aqueles caras estavam carregando um armamento pesado — comentou Dawkins, tirando-as da bolsa. Ele jogou as espadas na caçamba, junto com um celular que havia encontrado, não sem antes tirar a bateria. — Então, Greta Sustermann — retomou ele —, você deve achar que aqueles bacanas no trem estavam atrás de mim.

— Eu é que não os convidei para a festa — ironizou Greta, dando um passo atrás.

— Eles estavam atrás do Ronan. Por isso tinham uma foto dele. Porque a mãe dele faz parte de uma sociedade secreta de... guardiões, digamos assim. Os inimigos dela não sabem onde ela está, por isso estão perseguindo o filho.

— A sra. Truelove trabalha no museu, e não nisso aí que você falou, como guardiã secreta. E, se é tão secreto assim, por que você está me contando?

— Às vezes, segredos devem ser revelados por questões de segurança — justificou Dawkins, revolvendo a bolsa de cima a baixo.

— Não leve para o lado pessoal, mas você é completamente maluco — disse Greta, dirigindo-se à entrada do beco.

— Ele está dizendo a verdade — confirmei, em voz baixa, lembrando-me de mamãe ricocheteando balas com uma espada e saltando pelos ares. Se eu estivesse no lugar de Greta, também não teria confiado em Dawkins. Mas não duvidei de mamãe por um segundo sequer. — O nome da sociedade é Guardiões do Sangue. Mamãe me contou isso logo antes de desaparecer.

— Ronan! — interrompeu Dawkins. — Você não sabe que quando uma coisa é *secreta* nós não podemos ficar por aí tagarelando sobre ela?

— Mas você acabou de fazer isso! — protestei.

— É verdade. Estou ficando descuidado por causa da idade.

— Faz alguma diferença? — questionei, espantado.

— Não, nenhuma — retomou Greta. — Podem confiar, não vou contar para ninguém sobre um pessoal que guarda sangue.

— O nome não é *literal* — explicou Dawkins, exasperado. — Trata-se de uma guarda de honra clandestina, que existe há eras, cujos soldados dedicam suas vidas a proteger a identidade secreta dos Puros.

Ao ouvir aquelas palavras ditas por outra pessoa que não minha mãe, senti uma coisa presa na garganta. Tudo bem que ela levasse uma vida secreta, mas havia uma razão para tal. Pela honra. Para proteger alguém. *Eu sou do bem, Ronan*, disse ela. *E você também é.*

— A identidade secreta dos Puros? — repetiu Greta, voltando-se para mim. — Você está ouvindo as maluquices que esse cara está dizendo? Ele é paranoico e está doido.

— Não é, não — insisti. — Minha mãe pertence mesmo aos Guardiões do Sangue. Ela me contou. É por isso que levaram meu pai, para tentar localizar minha mãe. E é por isso que estão atrás de mim agora.

— Como é? — A raiva no rosto de Greta esvaneceu. — Aconteceu alguma coisa com seu pai?

— Aconteceu — confirmei, não me importando por estar com a voz trêmula. — Minha mãe disse que ele foi levado por... sequestrado... por aquele pessoal do trem.

— Sinto muito pelo seu pai, Ronan. Sinto muito mesmo. E também pelo o que quer que esteja rolando com sua mãe.

— Eles vão ficar bem — assegurei, mais para mim mesmo do que para Greta. Eu me lembrei novamente de como mamãe dera uma surra naqueles policiais de mentira. — Ela é muito mais forte do que parece.

— Que bom. Mas agora eu vou embora. Vou entrar e ligar para a polícia — finalizou Greta, esboçando um sorriso e virando-se para partir.

— Por favor, Greta — pediu Dawkins. — Agora não. Deixe a gente ir embora primeiro. Eu dou minha palavra que não permitirei que ninguém lhe faça mal...

— Você me arremessou para fora de um trem em movimento!

— Tudo bem, isso foi meio chato, mas ele não estava *tão* rápido assim. — Dawkins colocou a bolsa no chão, apanhou a pistola e virou a coronha para ela. — Aqui, fique com isto como garantia. Você sabe como usar, não sabe? Seu pai deve tê-la ensinado.

Sem hesitar nem por um instante, Greta pegou a pistola. Ouviu-se uma rápida sucessão de cliques e, dentro de poucos segundos, a arma se desfizera em uma pilha de peças nas mãos dela. Ela jogou a maioria no lixo, mas a parte principal, o barril, ela arremessou com toda a força no meio do mato, atrás do prédio.

— O que foi que você fez? — perguntei, confuso.

— Desmontei a arma. Arma é sinônimo de encrenca, Ronan. — Eu devia estar pasmo, porque ela olhou para mim e disse: — O que foi? Eu já lhe disse: meu pai trabalha no FBI. Como temos armas em casa, ele faz questão que eu saiba como usá-las. De modo *seguro*. — Ela apontou para Dawkins. — Está vendo, Ronan? Seu amigo dá *armas* para *adolescentes*. Que adulto responsável faria uma coisa dessas?

— Quero ver para que essa pistola vai servir agora — reclamou Dawkins, apesar de estar sorrindo de leve, quase como se estivesse satisfeito. Então, retirou a mão da bolsa, segurando um maço largo de notas de vinte dólares. — *Ka-ching!*

— *Ka-ching?* — repetiu Greta para mim, com um olhar de súplica. — Sério mesmo?

Dawkins enfiou o dinheiro e a pistola Tesla no bornal, levantou-se e jogou a sacola de viagem vazia no lixo. Ele passou a mão pelos cabelos sebosos e depois pelo rosto. Parecia exausto.

— Nossos inimigos não sabem quem você é, nem que você está conosco, Greta, de forma que você estará a salvo depois que eu e Ronan formos embora. Mas isso só vai funcionar se você concordar em adiar a ligação para seu pai até escaparmos. Trato feito?

Greta ficou olhando de mim para ele até que, por fim, soltou um grunhido de irritação:

— Trato feito. Mas só estou fazendo isso porque não quero piorar a situação dos pais do Ronan.

Dawkins abriu aquele sorriso insano dele e disse:

— Então é hora de botar o pé na estrada!

CAPÍTULO 7

O HOMEM CERTO PARA O TRABALHO ERRADO

Dawkins mandou nós nos limparmos enquanto ele cuidava de "tarefas mais urgentes".

— Desde quando você se importa com limpeza? — questionou Greta, fungando bem alto.

— Muito espertinha, você — provocou ele. — Se não quisermos levantar suspeitas, temos que estar limpinhos e não com essa cara de quem está pela hora da morte.

O banheiro masculino era enorme, com dezenas de cabines e chuveiros. Eu me lavei o melhor que pude em uma das muitas pias, e tentei não chamar atenção, lembrando-me do que havia acontecido na última vez que estivera em um banheiro público.

Quando saí, encontrei Greta à mesa, na praça de alimentação, com os cabelos ruivos ensopados. Ela estava botando as presilhas de volta e prendendo o cabelo com o elástico. Parecia complicado.

— Por que você não corta o cabelo curto de uma vez?

— Gosto dele comprido. — Ela me observava, enquanto ajustava um tique-taque. — Desembuche: quem eram aqueles caras com as espadas?

— Quisera eu saber — respondi, sentindo-me frustrado. — Tenho que perguntar ao Dawkins. Mas é o mesmo pessoal que está me perseguindo desde que mamãe me colocou no trem, em Stanhope.

Olhei ao redor, imaginando quanto tempo restava para os caras do mal nos encontrarem. Havia um monte de homens mais velhos, vestindo calça jeans encardida e bonés de beisebol, claramente caminhoneiros descansando da estrada. Mas também havia famílias, matando o tempo enquanto abasteciam o carro. Mais à frente, ecoava o tanger suave da música country. O lugar estava movimentado e barulhento, e ninguém dava a mínima para nós.

Os ponteiros do relógio antigo que pairava sobre o caixa marcavam as horas: seis e pouco.

— Hora da janta! — exclamei, desejando estar à mesa, junto de meus pais.

— É *hora* de ligar para meu pai — disse Greta. — Pode me emprestar o celular?

— Mas você fez um trato com Dawkins!

— Não vou quebrar minha palavra. Só quero que papai saiba que estou bem.

Dei uns tapinhas no bolso e então me lembrei: meu celular estava na mochila, no bagageiro, acima do meu assento. Fechei os olhos e disse:

— Eu sou muito burro: deixei o celular no trem.

— Maravilha — disse Greta, fazendo beicinho e assoprando a franja molhada para longe da testa. — Não confio nem um pouco nesse cara, Ronan. E você também não deveria. — A Greta que eu conhecia da escola sempre fora bonita, mas dura feito uma unha coberta de esmalte vermelho. Não era essa a impressão que eu tinha naquele momento. Seus olhos verde-claros pareciam preocupados. *Comigo*. — Eu vi uns orelhões perto do banheiro. Vou só ligar para o papai e dizer que estou esperando por ele aqui. Ok?

Aquele conflito não lhe dizia respeito, não era problema dela. Eu não passava de um garoto idiota da sua antiga escola, a quem ela havia tentado ajudar uma vez.

— Beleza — respondi.

Um sorriso iluminou-lhe o rosto, deixando-a tão, mas tão bonita, que tive que desviar o olhar.

— Legal! — disse ela, retirando-se da mesa e sumindo lá nos fundos, não me dando tempo sequer de cogitar impedir que ela saísse dali.

Instantes depois, Dawkins sentou-se à minha frente.

— Tudo pronto para a partida. Onde está Sustermann?

— No banheiro, acho — menti.

— Até agora? *Mulheres*. Mudando de assunto, encontrei um cara disposto a nos dar carona até Roanoke, na Virgínia.

— Roanoke? Estávamos indo para a capital! — Talvez Greta tivesse razão e mamãe estivesse enganada, talvez Dawkins *fosse* mesmo maluco. — Roanoke não estava nos planos.

— Os planos mudaram. Greta entrou na história, aqueles dois agentes deram as caras e... enfim, tive que repensar o itinerário inicial. Eles estão na nossa cola, Ronan, e eu não sei por quê. — Ele tamborilou os dedos na mesa. — Tentei ligar para meu informante do orelhão, mas não consegui falar com ele, e isso me deixou um tiquinho preocupado.

— Você não está me ouvindo — reclamei, sentindo-me nauseado e perdendo o controle de mim mesmo. Eu precisava de alguém de confiança para me dizer o que fazer. — Mamãe me mandou ir à capital, e é lá que o pai de Greta mora.

— E é *exatamente* por esse motivo que ir para lá é uma péssima ideia, Ronan. Está rolando algo terrível, não posso entrar em detalhes, mas é melhor levarmos você e Greta para bem longe. Por isso vamos a Roanoke.

— Não — interrompeu ela. — Nós não vamos. — Ela se aproximou pelas costas de Dawkins enquanto conversávamos. — Ronan, não vá com ele.

Olhei de Greta para Dawkins. Será que mamãe gostaria que eu fosse para Roanoke? Eu não sabia nem onde era isso. Talvez mamãe não conhecesse Dawkins. Talvez ele sequer pertencesse aos Guardiões do Sangue. No entanto, ele *sabia* a resposta da pergunta que mamãe me instruíra a fazer.

— Não precisa nem pensar duas vezes, Ronan — aconselhou Greta. Ela estava irritada; eu me perguntei o que havia contado ao pai. Ela pegou a pistola Tesla do bornal de Dawkins. — Ah, estou levando isso. Só para garantir que ninguém acabe ferido.

Ela enfiou a arma no cinto, escondeu-a debaixo da camisa e foi-se embora marchando.

Dawkins e eu nos levantamos ao mesmo tempo.

— O que vai fazer? — perguntei a ele.

— Nada. — Ele me segurou, pressionando a mão no meu peito. — O pai dela vai cuidar da situação. Ela estará mais segura longe de nós, de qualquer forma. Eles estão atrás de você, Ronan, e, enquanto não souberem nada a respeito de Greta, ela ficará bem... ah, mas era só o que me faltava.

Ele me puxou pelo braço para um corredor de máquinas de bicho de pelúcia e *pinball*, onde havia uma cabine de fotos com uma cortininha azul.

Apesar de ter sido rápido, também tive tempo de ver o que ele vira: quando Greta abriu a porta dupla de vidro, na entrada do prédio, ela foi detida por três pessoas. Dois homens de terno azul-escuro elegante e uma mulher mais velha de ar severo e cabelos loiros.

— É a mulher da estação. E o careca do trem. — Engoli em seco, torcendo para que Dawkins não tivesse percebido. O outro cara tinha os cabelos pretos e compridos emplastados de gel contra o couro cabeludo.

— Eles mesmos. — Dawkins me empurrou para a cabine de fotos e entrou logo em seguida, fechando a cortina. — Lá se vai meu plano.

— O que quer dizer com isso?

— Quero dizer que não vamos a lugar nenhum agora. — Ele espiou o lado de fora. — Temos que resgatar nossa amiguinha linguaruda.

— Ela não é minha amiga.

Dawkins me lançou um olhar com tanto desprezo que eu me senti imediatamente envergonhado.

— Claro que ela é sua amiga. Sabe por que aqueles três ainda não vieram aqui nos apanhar? Porque, apesar de terem pegado Greta, ela não contou onde estávamos. Ela deve ter mentido, por isso estão nos procurando lá fora. Nós temos que resgatá-la — acrescentou ele, agachando-se e deslizando por baixo da cortina — Vamos. Fique abaixado.

Ele me puxou através da parada de caminhões. Para além da praça de alimentação, a loja se estendia em todas as direções, como se fosse a maior loja de conveniência do mundo. Nos fundos, por trás de uma cortina feita de tiras grossas de plástico, havia uma passagem escura.

— Ali é o depósito — observou ele. — Deve ter uma saída.

Quatro caixas de leite estavam sobre uma empilhadeira, ao lado da cortina de plástico. Dawkins a inclinou e a empurrou através da passagem.

Um rapaz gordinho de avental azul nos encarou enquanto passávamos, mas a empilhadeira deve tê-lo convencido de que tínhamos permissão para estar ali, pois tudo o que fez foi voltar a armazenar as caixas de sorvete.

Dawkins empurrou a empilhadeira através de mais uma cortina de tiras, adentrando um cômodo gigantesco, fornido de rampas e um caminhão estacionado: um ponto de carga e descarga. Havia vagas para os caminhões entrarem de ré, e portas de enrolar imensas, que davam para fora e estavam abertas. Dawkins largou o leite na rampa mais próxima e espiou por uma das portas. Eu me juntei a ele.

— Ela está resistindo — observou ele. — Não dá o braço a torcer, essa menina.

Um SUV vermelho estava estacionado em uma ilha de concreto, entre duas bombas de gasolina, com as portas abertas. A mulher loira, seus dois leões de chácara e Greta brigavam na frente do carro. Mesmo de longe, dava para ouvir Greta berrando que seu pai era policial, que eles não faziam ideia da confusão em que haviam se metido, que, se fossem espertos, ligariam para ele antes que fosse tarde demais.

Todo mundo que estava abastecendo parou para ver o que acontecia, mas a mulher exibiu um distintivo de prata em uma carteira de couro e começou a falar um punhado de coisas.

— O que ela está dizendo? — indaguei.

— Provavelmente se identificando como policial ou alguma besteira do tipo — resmungou Dawkins com desgosto. — As pessoas se deixam impressionar por qualquer porcaria com ar de autoridade.

O cara de cabelo lambido algemou Greta, então ele e o dr. Faxina a puseram no banco de trás. Ela chutava e gritava o tempo todo.

— Queria que ela não tivesse levado a arma Tesla — lamentou Dawkins.

— Por quê?

— Porque agora a Loira e seus capangas estão com ela.

A mulher que Dawkins chamara de Loira entregou a arma ao dr. Faxina, que, por sua vez, se reclinou na porta aberta do SUV. Então, ela e o Cabelo Lambido se separaram. Ela seguiu em frente, rumo à garagem/oficina, e ele veio em nossa direção, desaparecendo em meio às carretas semirreboque que aguardavam para abastecer nas bombas de diesel.

— Agora é nossa chance — anunciou Dawkins, margeando a parede. Agachado, ele dobrou a curva do prédio correndo. Eu o segui o mais rápido que pude, me perguntando por que estávamos indo na direção oposta de Greta e torcendo para que a loira, onde quer que estivesse, não nos visse.

Mas não ouvi nenhum grito e nenhum tiro, e depois nem precisei mais me preocupar, porque havíamos dobrado outra curva e estávamos escondidos na escuridão da garagem.

O lugar fedia a óleo velho e gasolina, e havia lixo por todo lado: pilhas de pneus prestes a desabar e peças de carro cobertas de fuligem, amontoadas contra as paredes. Um motor pairava no ar, suspenso por correntes, sobre uma poça negra e oleosa. Um Cadillac laranja enorme e enferrujado estava parado na entrada com a parte de trás soerguida por macacos. O carro não tinha as rodas traseiras, apenas discos metálicos enferrujados no lugar dos pneus com os parafusos projetando-se para fora. Um chaveiro de panda pendia da ignição.

— Que carrão — comentou Dawkins. — Fique de olho, Ronan. Precisamos de algo que possamos usar como arma.

Um velhinho simpático vestindo um macacão cinza incrivelmente sujo se aproximou de nós, limpando as mãos em um pano engordurado.

— Posso ajudar os rapazes? — perguntou ele. Bordada no peito havia uma etiqueta com o nome ALBIE.

— Opa, tudo bem? — cumprimentou Dawkins, esfuziante. — Viemos buscar um Oldsmobile Cutlass Supreme 1985. Ele precisava trocar a junta do cabeçote.

Não precisei nem olhar para saber que Dawkins havia aberto aquele sorrisão dele: Albie estava sorrindo de volta.

— Não estou lembrado de nenhum Olds com o cabeçote escangalhado, mas deixe-me verificar a papelada no escritório. Vai levar um minutinho; o lugar está uma bagunça.

— Claro, vá em frente. Não estamos com pressa.

Mas estávamos. A Loira e seus capangas apareceriam a qualquer momento. Eu balançava a perna e me esforçava para não parecer ansioso.

Depois que Albie foi embora, Dawkins apanhou uma chave de roda, bateu-a na palma da mão e, então, falou, suspirando:

— Não adianta. O problema é que eles estão estacionados no meio daquele mundo de concreto, e o cara vai nos ver chegando a quilômetros de distância.

— Então... Minha mãe consegue correr muito rápido. Você sabe fazer igual? Sabe fazer magia?

— Se eu sei fazer *magia*? — repetiu Dawkins, desacreditado. — Tipo bater asas e ir para lá *voando*? Ou ficar invisível?

— Foi uma pergunta meio idiota, né?

— Os Guardiões não voam, nem ficam invisíveis, Ronan. Acredito que o lance da velocidade *seja* magia, de certa maneira, mas é um talento que não serviria para nada aqui. Ele me veria da mesma forma e, ainda que eu esquivasse dos tiros, ele poderia ferir Greta.

— Ah, é mesmo... Greta.

— Temos que ser furtivos, mas precisamos chegar lá rápido.

— Que tal aquilo ali? — Apontei para o que parecia uma maca de ambulância com rodas. Tinha um travesseiro para descansar a cabeça e uma superfície de um metro e pouco de comprimento: uma esteira usada pelos mecânicos para se deitar debaixo dos carros.

Ele botou o pé na esteira, rolando-a para a frente e para trás.

— Boa ideia — elogiou ele, batendo no meu ombro. — Acho que vai funcionar.

— Você vai fazer isso de skate?

— Não, não — respondeu Dawkins, abaixando-se para pegar o negócio. — Vou me deitar de bruços e ir a mil por hora. Ele não vai me ver nem se quiser. — Ele foi até a entrada da garagem, abraçando a esteira contra o peito. — Só para garantir, vamos criar uma distração bem chamativa para que a Loira e seus capangas também não me vejam.

Nós fitamos o SUV. Entre nós e ele, havia algumas centenas de metros de pavimento, vazias, exceto pelos carros e caminhões que, vez ou outra, passavam voando.

— E onde que você vai arrumar uma distração tão chamativa assim? — perguntei, sentindo-me um pouco desconcertado. Eu já sabia aonde aquilo ia dar.

— Tem que ser algo bem doido, Ronan... alguma coisa barulhenta e talvez um pouco perigosa e completamente insana. — Dawkins sorriu para mim e passou o braço sobre os meus ombros. — Ou seja, você é o homem perfeito para o trabalho.

CAPÍTULO 8

AS RODAS DO INFORTÚNIO

Eu nunca tinha dirigido um carro antes, mas Dawkins me jurou que era fácil.

— Um carro que nem esse praticamente se dirige sozinho! — disse ele, apontando para o Cadillac laranja.

— Não tem as rodas de trás — apontei.

Ele abanou as mãos, dando a entender que aquilo não importava, e arreganhou a porta do Cadillac.

— A tração é dianteira.

Pensei em Greta, algemada e sozinha.

— Ok — concluí, então me aboletei no banco do motorista e afivelei o cinto de segurança.

— Primeiro, você gira essa chave aqui. Isso faz ligar o motor.

— Eu disse que nunca tinha dirigido antes. Não falei que era burro.

— Daí você pisa no freio, que é o pedal grande do meio, passa o câmbio, que é essa alavanca aqui, do P para o D. O D é de *dirigir*. Aí você já pode dar a partida.

O mundo, por trás do para-brisa sujo, estava entrecortado e longínquo.

— Não estou vendo nada.

— Não tem nada para ver. É o estacionamento de uma parada de caminhões. — Mesmo assim, Dawkins cuspiu no vidro e o esfregou com a manga da jaqueta, enlameando a poeira, mas abrindo um pouco de espaço.

— Daí, piso no acelerador de levinho?

— Você vai ter que pisar com *força*. Pode afundar o pedal. Vai com tudo.

— Chave, freio, *D*, acelerador. Saquei. — Repassei o roteiro mentalmente.

— É só seguir em frente e ultrapassar a fila de carros nas bombas de gasolina, rumo à estrada. Confie em mim, você ainda vai estar longe, e eu já vou ter alcançado o SUV, apagado o careca e libertado Greta. Aí, eu e ela vamos buscar você.

Eu balancei a cabeça.

— Esse é o plano mais idiota...

Ele jogou o bornal no banco de trás.

— Não se esqueça de pegar isso quando sair do carro. Nossas coisas estão aí dentro. — Ele aninhou a esteira de mecânico nos braços. — Lembre-se, *você* é a distração. Ou seja, você tem que buzinar o tempo todo. Grite feito um maluco se quiser! Eles têm que olhar para *você*, o idiota dirigindo um carro sem rodas. Não para *mim*, o cara saindo de skate do depósito.

Dito isso, ele se abaixou e saiu correndo, refazendo o caminho da vinda. Da posição do Cadillac, não dava para ver o SUV, mas acho que era melhor assim. Fechei a porta, travei-a e virei a chave na ignição.

O motor do carro devia ser muito, mas muito grande. Ele fez uma barulheira danada.

Fiquei tão assustado que demorei alguns segundos para lembrar o que estava fazendo. Quando passei a marcha, ouvi algo batendo na janela: soltei um grito e tirei o pé do freio. O carro deu um tranco e o motor morreu.

Do lado de fora da janela do motorista, vi Albie.

— Saia deste veículo *agora mesmo*, rapazinho, está me ouvindo? — Ele sacudia a maçaneta do carro.

Eu sorri, dei de ombros e girei a chave na ignição novamente. Desta vez, eu sabia o que fazer: mantive o pé no freio, passei a marcha e então vi Albie apanhando a chave de roda que Dawkins havia descartado. Ele a ergueu como se fosse usá-la para arrebentar o para-brisas.

Afundei o pé com tanta força no acelerador que minha perna ficou dormente. As rodas da frente giraram, queimando a borracha dos pneus e emanando uma nuvem de fumaça. Por um instante, não aconteceu nada. Então, o Cadillac arrancou, saltando para fora dos macacos. Gritei de susto e surpresa e, para ser bem franco, um pouquinho de empolgação. Eu estava dirigindo!

Isso até a traseira do carro bater no pavimento.

Espero nunca descobrir qual é o barulho que um acidente de carro faz, mas imagino que seja bem parecido com o chiado ensurdecedor que o Caddy soltou ao desabar no chão.

Albie esmurrou o teto do carro e berrou:

— Pare! Por favor, pare! Você está arruinando um clássico!

Mas não havia volta. Eu afundei o acelerador mais uma vez.

O carro mal andava.

Pisei no pedal com os dois pés para pressioná-lo o máximo possível. O motor rugia, urrando cada vez mais alto, até que por fim o carro começou a se arrastar para a frente. Era como se mil unhas de metal arranhassem centenas de quadros-negros.

Ele se movia aos espasmos, feito um animal moribundo. O para-choque traseiro se prendeu em alguma coisa, as rodas dianteiras giraram, nuvens acinzentadas de fumaça obscureciam o para-brisa, então, de repente, o carro arrancou, lançando para trás uma cascata de centelhas. Cinco metros de sofrimento depois, Albie desistiu e resolveu apenas observar, espiando por entre os dedos.

Continuei pisando no acelerador, com as costas empurrando o encosto do banco, e olhei para a direita.

Não havia sinal de Dawkins. Todos os demais estavam petrificados, observando o Cadillac: caminhoneiros próximos às bombas de diesel, pais acompanhados dos filhos, frentistas em seus uniformes azul-claros e, por fim, Greta e o dr. Faxina. O SUV estava a mais de cem metros de distância, estacionado entre as bombas de combustível, mas dava para ver o rosto deles com nitidez. O que significa, imagino eu, que eles também viam o meu.

O dr. Faxina me reconheceu e começou a andar na minha direção, o braço em riste, apontando a pistola Tesla para mim. Não ouvi o primeiro tiro, porque o barulho do metal raspando o concreto era alto demais. Mas eu o *vi*.

Um raio roxo e ziguezagueante se projetou no ar e passou crepitando na frente do carro, como se fosse um trovão na horizontal. A luz intensa perdurou nos meus olhos.

Pisquei e olhei para trás a tempo de ver o dr. Faxina mirar de novo. Bem na minha cara.

Eu me abaixei. O interior do carro se encheu de luz e cheiro de fio queimado, e todos os meus cabelos e pelos do corpo se arrepiaram. Um buraco fumegante do tamanho de uma toranja apareceu na janela do carona.

Sem tirar o pé do acelerador, escorreguei para baixo do banco. Eu não via mais onde estava indo. O carro continuou cruzando o estacionamento aos trancos e barrancos, e espiei por sobre a porta bem na hora em que o dr. Faxina, ainda caminhando na minha direção, ergueu a arma para um terceiro tiro.

Dessa vez, o raio passou raspando no teto, bem no lugar onde estaria minha cabeça se eu ainda estivesse sentado. O para-brisa se estilhaçou, dando-me um banho de caquinhos de vidro e, no lugar em que o raio atingiu o metal, saíram fagulhas pelando de tão quente.

Eu gritei, certo de que ia morrer.

O Caddy era muito devagar. Eu não tinha a menor chance de escapar do dr. Faxina e da sua chefe loira, não sem as rodas de trás.

Arrisquei outra espiada por sobre a porta e vi um borrão escuro atrás do atirador: Dawkins surfando na esteira, rumo ao SUV.

Então, tive que me abaixar de novo.

Tentáculos elétricos estalaram contra a porta do carona. Por sorte, ela era robusta e resistia aos tiros da pistola Tesla.

Quando olhei de novo, vi Dawkins e Greta escapando do SUV. Dawkins jogou a esteira no chão e pulou em cima dela, como se fosse um skate.

Ele trombou nas costas do dr. Faxina e os dois foram ao chão. Greta passou por eles correndo, vindo para o Cadillac, acenando e gritando.

Desliguei o carro a tempo de ouvi-la dizer:

— Deus do céu, desligue isso logo antes que ateie fogo em tudo!

Joguei a alça do bornal por cima da cabeça e abri a porta.

O Caddy havia arrancado várias lascas do pavimento e deixado faixas largas de óleo e gasolina em seu rastro. Elas se estendiam até a garagem, onde Albie observava estupefato, a chave de roda pendendo da sua mão inerte. Eu havia avançado menos de trinta metros.

— Me desculpe! — gritei para ele.

Greta se aproximou correndo e arfando.

— Você perdeu o juízo? Que tipo de imbecil dirige um carro sem as rodas de trás?

Havia um buraco na porta, na parte atingida pelo raio da pistola Tesla. Mais um pouco e ela teria sido perfurada por completo.

— Vamos buscar Dawkins e sair fora daqui — falei.

Mas ele e o dr. Faxina ainda não haviam terminado.

Dawkins estava sentado no torso do adversário, desferindo murros que o cara recebia como se não fossem nada. Ele dobrou as pernas e enganchou o joelho ao redor do ombro de Dawkins e, com um giro, tirou-o de cima dele.

— Temos que pegar a arma — disse Greta, correndo na direção de um objeto reluzente, caído no pavimento.

Ela o apanhou exatamente na hora em que o dr. Faxina e Dawkins haviam rolado para a rampa de entrada da parada de caminhões, a qual dava para a estrada.

Lancei um olhar ao redor, em busca da Loira e do Cabelo Lambido, e foi então que vi o que estava vindo em nossa direção.

— Ei! — gritei para Greta, correndo na direção dela. Mas ela não estava ouvindo.

Greta levantou a pistola Tesla e fez pose de policial de filme: os pés separados e os braços firmes, segurando a arma com as mãos.
— Parem *agora* ou eu atiro!
— Greta! — Eu a agarrei pelo colarinho e puxei para perto de mim com toda a minha força.
Uma muralha de vento nos derrubou no chão e, em seguida, uma carreta semirreboque passou com os freios guinchando. Em seu rastro, subia uma nuvem de fumaça.
Nós nos sentamos no concreto, tossindo.
— O que aconteceu? — perguntou Greta. Ela enfiou a pistola Tesla na calça, cobriu-a com a camisa e se pôs de pé com dificuldade. Depois me ajudou a levantar.
— Dawkins! — chamei. — Jack! — Abanei para desfazer a fumaça, mas não vi ninguém: apenas uma carreta enorme, no meio da rampa do posto de gasolina.
O motorista parou o veículo, mas àquela altura já havia passado pelo lugar onde Dawkins e o dr. Faxina estavam lutando. Será que tinham escapado? Rolado para o lado, quem sabe? Eu tangenciei as rodas correndo e gritando:
— Jack? Jack?
Greta veio atrás de mim.
— Eles escaparam, não escaparam? Ronan, diga-me que eles não estavam lá na hora em que... — Ela soltou um grito estridente e se agarrou ao meu braço.
Então, olhei para o que ela tinha acabado de ver.
Havia um braço esticado, sob quatro rodas gigantescas, a jaqueta de couro inconfundível, a mão relaxada, com os dedos abertos. Havia alguém entre os pneus e o pavimento. E quem estava debaixo deles não ia se levantar de novo.
Era Dawkins.

CAPÍTULO 9

LADRÕES DE CARROS

Não sei quanto tempo ficamos ali, contemplando a cena. Tempo bastante para o motorista da carreta, um homem corpulento com uma barba típica de caminhoneiro, descer da cabine e vir até nós.

— Eles estavam no meio da *estrada*! — disse ele repetidas vezes.

— Temos que sair daqui — falou Greta, me arrastando pelo capuz. — Ele se foi, Ronan. Não podemos fazer nada.

— Mas... — Eu não parava de olhar para a mão vazia de Dawkins. Eu me sentia mal por ele estar sob aquelas rodas, obviamente, mas não era só isso. Acima de tudo, me sentia sozinho. A única conexão que eu tinha com meus pais era aquele garoto louco de sotaque esquisito, e então ele havia partido.

— Vou vomitar — falei.

— Não, Ronan, não vai, não. — Greta puxou meu braço de novo. — Você vai embora comigo.

Nós passamos por um bando de velhinhos com pochetes e viseiras, que desciam aos montes de um ônibus de turismo azul-turquesa e se juntavam a um agrupamento de curiosos. No meio da comoção, todos se esqueceram do Cadillac.

— Não pare — disse Greta em voz baixa. — Vamos desaparecer na multidão.

— Lá estão eles! — gritou alguém. — Pegue eles, sr. Quatro.

Uma mão apertou meu braço e o girou para trás com tanta força que eu soltei um berro. Fiquei cara a cara com Cabelo Lambido.

O sr. Quatro, presumi.

Ele tinha o rosto barbeado, a boca ligeiramente aberta e um estranho aspecto de cera. Não dava para saber que idade tinha. Mais de trinta, com certeza.

Ele me fitava, sem piscar, os olhos cheios de nada: nem ódio, nem satisfação por ter me capturado, apenas vazio. Senti o toque frio e metálico das algemas se fechando em torno dos meus pulsos.

Ao seu lado, estava a Loira. Diante de seu sorriso indiferente, senti minha boca seca.

— Meninos, vamos ter que levar vocês para um interrogatório. — Ela exibiu o distintivo novamente e, em seguida, o povo que nos cercava abriu espaço. — Não está havendo nada de mais — anunciou ela. — Apenas dois oficiais da lei apreendendo dois jovens delinquentes.

— Me *solte*! — rugia Greta, debatendo-se e tentando se livrar da mulher.

Ela deu um tabefe na nuca de Greta, arrancou-lhe a pistola Tesla de sob a camisa e comemorou com um "Arrá!".

Ao nosso redor, ouvia-se o burburinho da multidão.

A Loira virou Greta de costas, algemou-a e depois a empurrou para o SUV. O sr. Quatro vinha logo atrás, as mãos plantadas nos meus ombros, empurrando com tanta força que achei que fosse cair de cara no chão.

Então, ouvi uma coisa estranha: aplausos. A multidão estava *aplaudindo*. Primeiro, só algumas pessoas; depois, todo mundo. E por quê? Porque acreditavam no que a mulher lhes dissera: que éramos delinquentes. Por alguma razão, senti-me envergonhado. Baixei a cabeça enquanto cruzávamos o estacionamento.

Mas Greta não se envergonharia tão facilmente assim.

— Vocês estão de brincadeira com a minha cara? Estamos sendo sequestrados, seus idiotas... *ai!* — A mulher batera em Greta de novo e a menina caiu de joelhos no pavimento escaldante. Sem dizer mais nada, Greta se pôs de pé com ajuda das mãos algemadas. Ela manteve a cabeça erguida o tempo todo.

Greta tinha razão: não éramos criminosos. Aquela gente não fazia ideia do que estava acontecendo.

— Não fizemos nada de errado! — falei, e então o sr. Quatro me deu um soco na nuca.

Quando chegamos ao SUV, o sr. Quatro e a mulher empurraram Greta para dentro primeiro, depois a mim. Eles abriram um lado da algema e a prenderam no apoio da porta, no banco de trás.

— Temos que resolver umas coisinhas — disse a mulher —, enquanto isso, vocês vão ficar caladinhos, sem chamar atenção. Senão, haverá consequências.

O sr. Quatro foi até o porta-malas do SUV e tirou dois sacos plásticos pretos muito grandes, do tipo que se usa para guardar ternos. Ele cruzou o estacionamento, atrás da mulher, até chegar ao caminhão.

Um minuto depois, a carreta deu ré bem devagar. Alguns minutos depois disso, o sr. Quatro voltou, curvado sob o peso dos sacos, um sobre cada ombro. Eles estavam... cheios. Eu não sabia de quê.

Com um grunhido, jogou os sacos no SUV. E fechou o porta-malas. Nós seríamos os próximos. Ele puxou a corrente das nossas algemas para ver se continuavam bem trancadas.

Sem dizer nada, ele se virou e voltou para o meio da multidão.

— Aquilo era o que estou pensando que era? — perguntei, imaginando os sacos no porta-malas e me sentindo nauseado.

— Não quero nem saber — respondeu Greta. De repente, a algema pendia do braço dela, aberta. — Mas por que não saímos daqui antes que eles voltem para nos mostrar?

— Hã! Como você fez isso? — questionei e, em seguida, respondi a mim mesmo: — Ah, deixe-me adivinhar: seu pai...

— Isso mesmo. Ele me ensinou a arrombar fechaduras. Essas algemas são o modelo básico da Peerless, uma marca antiga que é fichinha de abrir, para quem entende do assunto. E, no caso, eu entendo. — Ela pinçava entre os dedos um fio de arame torto, parecido com os grampos que mantinham aquela confusão de cabelos vermelhos no lugar.

— Me solte também!

— Não dá tempo. — Ela pulou para o banco da frente e escorregou para trás do volante como se fizesse aquilo todo santo dia. — Temos que sair daqui. Aqueles babacas são tão convencidos que deixaram a chave. — Ela afivelou o cinto, ajustou o retrovisor e girou a chave na ignição. — Feche a porta.

Eu fechei a porta com minha mão livre, ao passo que o motor ganhava vida e rugia baixinho. Em um instante, Greta arrancou o SUV.

— Seu pai também ensinou você a dirigir? — perguntei, desacreditado, mas ela não me respondeu. Pisou no acelerador e logo, logo, o SUV estava indo embora, como se tivéssemos apenas parado para abastecer e estivéssemos retomando a estrada.

Não percebi que estava prendendo a respiração até começar a ofegar por falta de ar.

— Tudo bem aí atrás? — indagou Greta, os olhos na estrada.

— Não acredito nisso. Será que vamos conseguir fugir mesmo?

— Espero que sim. — Greta olhava pelo retrovisor e mordia o lábio. — A menos que eles... droga!

Eu girei o pescoço e olhei para trás. Através do vidro fumê do carro, vi a parada de caminhões diminuindo de tamanho à medida que nos distanciávamos. Além disso, vi outra coisa: a mulher e o sr. Quatro correndo atrás de nós, no mesmo ritmo do SUV.

— Eles estão nos perseguindo! Você tem que ir mais rápido!

Quando chegamos à rampa, a mulher hesitou. Ela nos fitava com as mãos na cintura.

O sr. Quatro não diminuiu o passo.

Ele corria aos saltos. Passava pelos carros que saíam da parada feito um borrão, esquivando-se deles como se estivessem parados. Ao se deparar com dois carros avançando lado a lado, tudo o que fez foi saltá-los, cortar os ares e aterrissar já correndo. Ele estava cada vez mais perto.

— Como ele consegue correr assim? — perguntou Greta. — Quem é essa gente?

— Não sei. Você não pode dirigir mais rápido?

— Já estou a cinquenta por hora. É o limite de velocidade na rampa.

— Esqueça o limite de velocidade. Temos que fugir desse cara!

Ele estava correndo mais rápido que os carros, saltando de um pé para o outro, sem nunca diminuir a velocidade.

Greta pisou fundo.

Por um milésimo de segundo, pareceu que o SUV estava pegando impulso, e então ele saiu disparado. Pela janela de trás, vi o sr. Quatro ficando cada vez menor, até virar um pontinho na beira da rampa.

Seguimos em silêncio por um minuto.

— Quem é essa gente? — repetiu Greta. — E por que querem tanto pegar você? — Os olhos dela se encontraram com os meus no retrovisor. — Olhe, não é pessoal, Ronan, mas você é meio idiota.

— Obrigado pelo elogio — agradeci, sorrindo. — Dawkins não teve oportunidade de me explicar quem eram. Tampouco minha mãe. — Cocei os olhos com o dorso da mão livre e torci para que as pessoas que haviam levado papai não chegassem nem perto daquela mulher e sua gangue. — Eu sei exatamente o mesmo tanto que você.

— Tudo bem. Papai vai nos ajudar. Assim que encontrarmos um telefone.

— Você já não tinha ligado para ele? Lá na parada de caminhões?

— Ele não atendeu. Deixei uma mensagem, mas... — Ela tamborilou os dedos no volante. — Vamos nos concentrar em ir para o mais longe possível daquela gente. Em algumas horas, vamos estar na casa de papai e este pesadelo vai chegar ao fim. — Ela me lançou um sorriso apreensivo pelo retrovisor.

Um par de ambulâncias passou rugindo na outra pista, as sirenes ululando.

Era tarde demais, conforme eu já sabia. Pensei no pobre Dawkins esmagado embaixo da carreta, como um inseto sob a sola de uma bota, e estremeci.

— Nós escapamos, Ronan — disse Greta, sua voz traindo uma positividade forçada. — Estamos a salvo agora.

— Ah, é — confirmei, chacoalhando as algemas. — Estamos a salvo.

Eu não acreditava naquilo por nada.

CAPÍTULO 10
RIACHO ACIMA

Uma hora e meia depois, com o sol se deitando no horizonte, Greta encostou no estacionamento de uma parada de carros na beira da estrada vazia.

— Por que estamos parando? — Eu não fazia ideia de onde estávamos. Perto da divisa entre Delaware e Maryland, possivelmente, mas eu não estava prestando muita atenção nas placas. — Eles podem estar bem atrás da gente.

— Se eu não fizer xixi, vou explodir. — Ela desligou o carro, parecendo envergonhada. — Sabe o que mais? Estamos quase sem gasolina. Eles estavam tão ocupados nos sequestrando que se esqueceram de encher o tanque.

— Perfeito — ironizei. A parada não era nada de mais: um banheirinho de tijolos sobre uma placa enorme de concreto, cercado por um gramado, umas mesinhas e meia dúzia de postes, os quais provavelmente se acenderiam assim que o sol se pusesse. O gramado embarrancava num riacho estreito, bordeado por juncos; e, descendo a correnteza, lá longe, uma ponte cruzava as águas. O lugar quase chegava a ser sereno.

Nunca estive tão deprimido na vida. Lá estava eu, sem gasolina, em uma parada deserta de beira de estrada, com uma garota que eu mal conhecia, algemado à porta de um carro que tínhamos roubado do pessoal que havia sequestrado papai, perseguido mamãe e matado a única pessoa no mundo que podia me explicar o que estava acontecendo. Quanto tempo levaria para nos encontrarem — eu e Greta — e darem cabo da gente também?

— Tem um orelhão naquela parede ali. Vamos usá-lo para tentar conseguir ajuda. Mas antes — interrompeu-se Greta, exibindo o grampo entortado com o qual arrombara suas algemas —, vamos lhe devolver a liberdade.

Fui conferir o orelhão enquanto Greta usava o banheiro e constatei que ele não serviria para nada: não havia aparelho ao fim do cabo.

Vasculhamos o porta-luvas do SUV em busca de um celular, mas tudo o que encontramos foi um punhado de faturas de estacionamento e o manual do carro. Greta o folheou e inspecionou a contracapa com cuidado, tendo um acesso de tosse. Ela me mostrou um adesivo vermelho chamativo no qual se lia ESTE VEÍCULO ESTÁ EQUIPADO COM LoJack.

— E daí? O que isso quer dizer?

— É um dispositivo que rastreia carros roubados. Resumindo, ele envia um sinal de GPS para que a polícia localize o carro.

De repente, eu me dei conta de quão sozinho estávamos.

— Quer dizer que eles podem...

— Nos encontrar, sim. Eles já devem tê-lo ativado.

— Mas isso leva um tempo, né?

— Só precisa fazer uma ligação. E de um smartphone. — Ela engoliu em seco e olhou ao redor. — Eles não devem estar muito longe.

— O que vamos fazer? Correr? Fugir a pé? — Estávamos encurralados. Tudo o que havia ali era uma fileira de árvores à beira da estrada, não tínhamos para onde ir. — Pedir carona?

— Fique calmo, Ronan.

— Estou calmo! — gritei, dando-me conta de que ela tinha razão: eu estava entrando em pânico. Fiz algumas respirações lentas e profundas. — Tudo bem, me desculpe. Vou tentar me acalmar.

— Pedir carona é arriscado demais. O carro vai parar e podem ser eles. Temos que encontrar um jeito de fugir, de modo que não consigam ir atrás, e temos que ligar para papai e contar o que está acontecendo. — Greta largou o manual no banco da frente. — Vamos ver o que tem no porta-malas.

O porta-malas estava cheio. À esquerda, havia um baú verde e comprido, ladeado por tiras de aço e, socados junto a ele, estavam os dois sacos pretos. Eram volumosos e tinham, cada um, o tamanho de uma pessoa.

— Sacos pretos de guardar corpos — sussurrou Greta, dando um passo atrás. — São sacos pretos mesmo. Eu não quis acreditar que fossem. — Ela se curvou, apoiando as mãos nos joelhos e arquejando. — Cara, acho que vou vomitar.

— Não consigo entender: por que eles recolheriam os corpos?

— Não há nada para entender, Ronan. Essa gente é doente. Doente, doente, doente.

Eu não queria pensar naquilo.

— Pelo menos agora temos algum dinheiro. — Mudei de assunto. Em cima do baú verde, estava o bornal que Dawkins me entregara. Dentro, estavam a pistola Tesla (a mulher devia tê-la guardado ali, depois que a tomou de Greta), o maço de dinheiro e o isqueiro Zippo.

— O que é isso? — Greta segurava uma coisa da qual eu havia me esquecido por completo: o caderninho de Dawkins.

Nós folheamos as páginas carcomidas. Os garranchos eram difíceis de decifrar. Em algumas páginas, acabamos desistindo. Mais para o fim, havia uma anotação me descrevendo: "cabelos pretos, pequeno para a idade, moletom azul-escuro com capuz, mochila amarela; parecido com Bree". Aquilo me deu um nó na garganta. Bree era o nome de mamãe. E na página oposta: "3h41, rumo ao sul, saindo de Stanhope."

— Aí está a prova de que ele fora enviado pela minha mãe — afirmei, batendo na página.

— Então, ele estava dizendo a verdade. Desculpe-me por não ter acreditado em vocês.

— Tudo bem. Eu também não teria acreditado no seu lugar.

Havia esboços de várias coisas e pessoas, e um monte de desenhos de cachorros. Todos os tipos de cachorro. Havia uma ilustração assustadora, que não entendemos muito bem: uma máscara com três olhos e cheia de espinhos; porém, reconhecemos imediatamente os esboços retratando a mulher loira e dois membros da sua gangue. Na última página, Dawkins escrevera MONTE RUSHMORE em letras maiúsculas.

Ele desenhara o rosto dos quatro presidentes esculpidos na montanha e acrescentara-lhes um quinto: o próprio, sorridente, os cabelos com aspecto seboso mesmo quando talhados na rocha. Inscritas na montanha, logo abaixo dos rostos, liam-se as palavras *Nunquam mori*, seja lá o que for que elas significam.

O resto das páginas estava em branco.

— O que significa isso tudo? — indaguei.

Greta jogou o caderno e o resto das coisas de volta no bornal.

— Que ele é mau desenhista? Que gosta de cachorro? Que é completamente despirocado? Vai saber.

Greta testou cada uma das chaves no baú verde de metal. A quarta deslizou na fechadura e a tampa se abriu. Ela removeu uma cobertura de isopor e, durante alguns segundos, ficamos contemplando o conteúdo.

— Ronan — sussurrou ela, por fim —, no que é que seus pais estão metidos?

Dentro do baú, havia armas diferentes de tudo o que eu já vira. Contei oito rifles pretos imensos e, enfiadas entre eles, pistolas guardadas em coldres e outras coisas metálicas que pareciam armas, cada uma de um tipo.

— Eles não estão metidos em nada. Meu pai é só um contador importante e mamãe...

— Essas são SG 550 modificadas — observou Greta, tocando a coronha do rifle. — E essas parecem M14, mas essa modificação... — Ela bateu num bulbo de plástico sobre o guarda-mato — Não faço ideia do que seja.

— Parece a pistola Tesla. — Eu a saquei do bornal de Dawkins e nós fizemos as comparações. Estremeci ao me lembrar dos raios estilhaçando o para-brisa do Cadillac. — Você viu o que essa coisa faz?

— Vi. Sinistro. — Ela bateu a tampa do baú e se afastou do porta-malas. — Isso é coisa do mal, Ronan. Armas? Sacos pretos? Temos que nos livrar dessas coisas.

— Não temos tempo. Por que não largamos isso aí?

— Porque, quando nos alcançarem, eles vão recuperar toda essa parafernália do mal. — Ela pegou minhas mãos nas suas. Não sei o que eu estava esperando, dedos macios e femininos, talvez, mas seu toque era firme. — Ninguém deveria ter armas desse calibre, Ronan. Elas são *terríveis*.

Lancei um olhar ao redor da parada deserta. Parecia que éramos as duas únicas pessoas vivas, como se uma horda de zumbis fosse irromper do banheiro a qualquer momento.

E lá estávamos nós, presos no meio do nada, sem gasolina, nem telefone, nem ninguém para nos ajudar. E uma mala cheia de armas assustadoras. *O que mamãe me mandaria fazer?*, perguntei-me. *O que Dawkins faria?* A resposta dessa era fácil: ele ajudaria Greta.

— Ok. Vamos rápido. Pegue a alça da frente e eu pego a de trás.

O baú era pesado, mas descobrimos que tinha rodinhas, igual a uma mala. Nós o empurramos barranco abaixo, até o rio.

Greta descalçou os sapatos e entrou de costas na água, até bater nos joelhos.

— Por que não deixamos aqui mesmo? — perguntei, mas, pela cara de Greta, seu cenho franzido e lábios cerrados, percebi que teria que entrar na água também. — Está bem, está bem!

No primeiro passo, meu pé afundou até o tornozelo.

— Que nojo. Lá se vai um bom tênis.

— Devia ter tirado antes de entrar na água, sonso.

O baú não chegava a flutuar, mas também não afundava. Nós o empurramos na direção da correnteza.

No meio do rio, onde a água batia nos nossos ombros, Greta disse:

— Aqui está bom. Pode soltar!

A mala foi arrastada por um segundo, e então desapareceu debaixo da água. Uma bolha de ar se encheu até ficar bem gorda e estourou.

— Só um segundo — pediu Greta, respirando fundo e mergulhando logo em seguida.

Fiquei esperando. O sol se punha no horizonte e fazia a água reluzir e rodopiar ao meu redor feito ouro derretido. Rio acima, havia um bosque, cujo gramado alto balançava ao vento e, um pouco adiante, uma cabana pequenina e maltratada pelo tempo. Perto do rio, erguia-se um gazebo branco decrépito, com algo que parecia uma canoa velha, de cabeça para baixo, ao lado.

Greta irrompeu puxando o ar pela boca, e então torceu o cabelo com as mãos.

— Eu abri a tampa para ele afundar de vez. E, enfim, se as armas estragarem, melhor ainda.

— Parece que tem uma casa ali. — Apontei para a cabaninha. — Talvez quem mora lá possa nos ajudar.

Greta pôs-se ao meu lado, protegendo os olhos, e disse:

— Parece que ninguém mora ali desde a Grande Depressão.

Eu estreitei os olhos. Então, vi que estava tudo escuro por trás das janelas.

— Tudo bem, talvez não tenha sido a melhor das ideias.

— Por que não pegamos aquela canoa? Aquele pessoal da parada de caminhões não vai saber para onde fomos. — Greta tremia; estava encharcada, os cabelos completamente embaraçados. Ela parecia uma criança, magrela e vulnerável.

— Você tem razão. A canoa. Boa ideia.

— Duh, claro que tenho razão. — Ela me deu um soco no braço e toda aquela história de vulnerabilidade evaporou. — Eu sou *esperta*, Ronan. Um de nós tem que ser.

Canoas de alumínio, apesar de serem feitas do mesmo material que latinhas de refrigerante, são bem pesadas. É um milagre elas não afundarem. Acabamos desistindo de carregar a canoa e, em vez disso, a viramos de cabeça para cima, jogamos o bornal e o único remo dentro dela e a empurramos até a beira do rio. Greta foi na frente, enquanto eu a segurava no píer. Então, eu a soltei, pulei na parte de trás e, sem mais nem menos, estávamos navegando.

A correnteza bateu no bico da canoa e nos botou no rumo certo. Peguei o remo de alumínio e nos levei para o meio do riacho.

— Venha cá ver uma coisa — chamou Greta, apanhando uma calota velha e arranhada que estava guardada no barco. — Por que será que guardaram isso aqui? — Era do tamanho de uma tigela de tira-gosto, porém estava vazia, e devia pertencer a um carro muito antigo, possivelmente da mesma época que a casa abandonada.

O fundo do barco se enchia de água, por causa de uma infiltração no casco.

— Deve ser para jogar a água fora. Será que este barco presta?

Greta levou a calota ao chão e a reergueu cheia de água.

— Você rema e eu tiro a água.

Um barulho de motor chamou a nossa atenção. Ainda não tinha escurecido, mas o carro que se encostara à parada estava com os faróis acesos. Ainda estávamos cem metros rio acima.

— Xiu! — chiou Greta. — Vamos ficar em silêncio até ultrapassar a parada. Talvez não nos vejam.
— Só se forem cegos.
— Xiu! — repetiu ela, enfiando a calota debaixo do braço e se deitando no chão. — Talvez, se ficarmos escondidos, eles pensem que não tem ninguém.
Eu também me deitei, em cima da poça de água que, aos poucos, inundava a canoa.
— Está me *molhando* — reclamei.
— Você já está molhado. Fique calado!
Nós espiamos por sobre a borda da canoa enquanto flutuávamos rio abaixo.
O carro era um sedan escuro com vidros fumê, igual a um milhão de outros carros. Ele rodou o estacionamento duas vezes e, por fim, parou ao lado do SUV. As portas se abriram e se fecharam; eu reconheci o andar rígido do sr. Quatro e a mulher com seu capacete de cabelos loiros. Eles deram a volta no SUV, tocaram no capô, ainda quente, aposto, e se dirigiram ao banheiro.
Faltava pouco para ultrapassarmos a parada quando a calota escapuliu das mãos de Greta. Ela veio boiando através da poça rasa que inundava a canoa, na minha direção, batendo nas laterais do barco e fazendo um estardalhaço, até vir parar nos meus pés.
Eu olhei da calota para os olhos de Greta. Seu rosto estava lívido.
— Evelyn Truelove! — chamou a voz da mulher, à margem do rio. — Você e sua amiga estão na canoa? — O tom não era bravo; pelo contrário, ela parecia aflita, feito uma mãe preocupada com o filho.
Eu não queria responder, mas eles iam acabar nos vendo de qualquer jeito. E eu precisava ganhar tempo para conseguirmos fugir.

— Não me chame de Evelyn! — gritei, sentando-me.
Já tínhamos passado do banheiro àquela altura, mas não estávamos indo muito rápido.
— Volte para a costa — disse a mulher, ignorando-me. O sr. Quatro marchou até o barranco e caiu de joelhos, à margem do riacho. Ele afundou as mãos e o rosto na água. Estaria bebendo? Se lavando?
Ouviu-se um *clique* bem alto.
— É uma arma — sussurrou Greta. — Ela acabou de puxar a trava de uma pistola.
— Eu não sei como *você* se chama! — gritei para a mulher. — Isso não é justo.
— Pode me chamar de sra. Mão. Agora, volte para cá, nós não vamos lhe fazer mal.
— Tenho uma ideia melhor. Por que você não vem para cá? A água está ótima! Pergunte ao sr. Quatro para você ver.
— Não vou repetir, Evelyn.
— Eu já lhe disse que não gosto que me chamem...
O clarão do disparo impediu que eu terminasse a frase.
Não vi a bala, obviamente, mas vi a luz e o coice da arma. Ela havia mirado em Greta.
Algo tomou conta de mim, e a pá girou na minha mão.
Ouviu-se um *pléim*, o barulho ensurdecedor do ricochete. O impacto deixou meus braços dormentes.
Sem saber como, eu havia defletido a bala com o remo. Assim como vira mamãe fazer no parque, mais cedo.
— Quando você aprendeu a fazer *isso*? — murmurou Greta, ao meu lado.
Eu fitava a cratera no remo.
— Nunca — sibilei. — Nunca aprendi a fazer isso.
— Eu abria e fechava os dedos para fazer passar o formigamento.

A sra. Mão apontou para o sr. Quatro e disse:
— Sr. Quatro, utilize-se do sacrifício que lhe foi dado. Eu ordeno! Dobre a água à sua vontade!

Não dava para ver o que o sr. Quatro estava fazendo, mas dava para ouvir: ele entoava um cântico, à beira do rio. Sua voz era grave e perturbadora.

— Ronan — chamou Greta, a voz trêmula —, tem alguma coisa acontecendo.

— Falta pouco para escaparmos. — Era verdade, já tínhamos ultrapassado a parada; não havia como nos pegarem.

Quanto mais o sr. Quatro cantava, ajoelhado, as mãos imersas no rio, mais a água se agitava e revirava e fumegava, como se houvesse fogo sob a superfície. Dentro de instantes, ondas imensas rolavam sob nós, balançando a canoa, enquanto o nível da água diminuía cada vez mais.

A água também recuava rio acima, afastando-se do local enlameado onde o sr. Quatro estava ajoelhado, os braços bem separados, as mãos vermelhas de tão quentes. Parecia que ele partia as águas do rio ao meio com a força da mente, abrindo uma faixa lamacenta no leito, a qual se estendia de uma margem à outra.

As águas se abriram mais e mais até que, com um baque, a canoa bateu no chão enlameado. A alguns metros de distância, um peixe se asfixiava e se debatia. Trinta metros rio abaixo, uma muralha de água bateu em uma barreira invisível. Acima do ponto onde estavam o sr. Quatro e a sra. Mão, erguia-se outra muralha de água fervente, com mais de três metros de altura, e não parava de crescer, por trás da represa mágica conjurada pelo sr. Quatro.

A sra. Mão se desfez do salto alto e pisou na lama. Ela portava algo que parecia um feixe de luz lunar: uma grande espada de prata. Runas estranhas brilhavam na lâmina, iguais às espadas empunhadas pelos caras do trem.

— Eu lhe disse para voltar — rugiu a sra. Mão entredentes. — Isso já foi longe demais.

Atrás dela, o sr. Quatro continuava igual a antes, ajoelhado e cantando, dando prosseguimento ao número de prestidigitação à la Moisés abrindo o Mar Vermelho.

Olhei para meu remo. Minhas chances contra aquela espada não eram das melhores. Enquanto isso, Greta pulava a beirada da canoa.

— Volte para cá — falei, levantando-me e sentindo a canoa balançar sob meus pés. — É o sr. Quatro que está fazendo isso. Temos que detê-lo. — Meu pé bateu na calota.

Eu a apanhei e me lembrei de Dawkins com a bandeja, no vagão-restaurante. *Os Guardiões do Sangue transformam em arma tudo o que tiverem à mão.* Enquanto segurava o disco de metal, senti um longínquo campeonato de Frisbee ecoar na memória.

Fechei a mão em torno da circunferência metálica do disco, executando a técnica que os atletas da liga *Ultimate* chamam de pegada firme, dobrei o pulso e girei o braço por trás das costas.

— Segure firme! — alertei Greta.

Ela se deitou e travou as mãos e os pés nas laterais de alumínio da canoa.

Assim que ela se segurou, eu projetei o pulso à frente.

A calota voou certeira, um feixe comprido e reluzente. A sra. Mão tentou rebatê-la com a espada, mas não a acertou. Então, a calota atingiu a cabeça do sr. Quatro. O barulho que ouvimos foi o de um sino desabando no chão, e em seguida o homem foi de cara na lama.

A sra. Mão avançou contra nós rugindo alto, erguendo a espada sobre os ombros para desferir uma cutilada letal, tentando nos alcançar depressa, porque afinal...

O rio começava a voltar ao normal.

Rebentou fazendo *tibum*, água vindo por todos os lados.

A sra. Mão foi engolida por completo.

No mesmo instante, o rio lançou nossa canoa pelos ares. Ela ficou na vertical, eu sentia seu fundo em minhas costas. Agarrada à proa, Greta viu, a boca escancarada num grito surdo, a outra muralha d'água rebentar sobre nós com tanta força que a canoa chegou a quicar, endireitando-se logo em seguida.

Eu quiquei junto com ela, estabacando-me nos bancos e nos barrotes, agarrando-me desesperadamente às bordas para não cair.

Greta pôs-se de joelhos com dificuldade, enquanto a canoa estrebuchava e se sacudia, e então, um minuto depois, o suplício chegou ao fim. O rio voltara ao normal e corria sereno, como se nada tivesse acontecido.

No fundo da canoa, nós nos abraçamos e nos fitamos, estupefatos, ensopados e ofegantes. Greta tirou os cabelos encharcados da frente dos olhos.

Eu levantei a cabeça e espiei por cima da beirada da canoa. O estouro da represa mágica nos lançara muito longe rio abaixo, e a parada não passava de um pontinho escuro no horizonte. Não havia sinal da sra. Mão, nem do sr. Quatro. Teriam se afogado? Fiquei observando por alguns instantes o local onde haviam ido por água abaixo, mas não vi ninguém emergir.

Tínhamos perdido o remo. Por um instante, temi que tivéssemos perdido o bornal também, mas então vi a alça sobre o ombro de Greta.

— Ronan? Ronan, você está bem?

— Acho que sim? — Eu observei a parada, agora só um pontinho, desaparecer por completo.

— Aquilo que o cara estava fazendo era... *magia*, não era? E o jeito como você bloqueou a bala com o remo? E arremessou a calota? O que estamos enfrentando não é apenas um bando de gente armada e perigosa, não é? O buraco é mais embaixo.

Eu me lembrei de mamãe, suas pernas transformadas num borrão enquanto ela corria e saltava mais longe do que qualquer ser humano seria capaz. Os homens que estavam nos perseguindo, primeiro na estação de trem, depois na parada de caminhões, fizeram o mesmo truque. E o sr. Quatro, o parceiro da sra. Mão... ou seria servo? Enfim, ele havia aberto o rio, erguendo uma muralha de água com uma simples canção.

Eu me virei para Greta e estremeci na escuridão.

— Você tem razão. O buraco é bem mais embaixo.

CAPÍTULO 11

NÓS SOMOS LEVADOS PARA DAR UMA VOLTA

Estávamos descendo a correnteza em silêncio havia mais ou menos meia hora, tempo bastante para que as sombras engolissem a estrada, o rio e nós também. Na cidade, os postes e os faróis dos carros e todos aqueles prédios nos fazem esquecer quão escura é a noite, mas ali, a escuridão era tão densa que eu mal via Greta sentada na proa da canoa, seu corpo uma sombra perto das estrelas que despontavam no céu.

Ouvi algo que parecia um soluço.

— Você está chorando? — perguntei.

— Não. Só quero que você cale a boca, Ronan Truelove. — No entanto, sua voz traía aquele tom rouquenho de nariz escorrendo e cheio de catarro. — Eu tenho alergia.

— Tá bom.

— Olhe, a gente escapou, não escapou? Que razão há para chorar?

— Que eu saiba, nenhuma.

O rio correu ao lado da estrada durante algum tempo e então se curvou para o leste, cruzando o campo. Não dava mais para ouvir os carros, apenas um rugido longínquo, que eu imaginava vir da estrada.

— É só que... meus pais se separaram e mamãe está deprimida, e eu não vejo mais papai, a não ser quando pego o trem para a capital. Parece que eu não tenho mais lar, Ronan — desabafou Greta. Ela fungava e gesticulava, balançando a canoa e fazendo respingar a água empoçada nos nossos pés. Uma vez que não havia mais calota, o barco estava se enchendo de água, devagarzinho, mas enchendo. — Sem ofensas, mas eu não queria estar presa nesta canoa com você.

— Sem ofensas, mas eu também não queria estar preso com você. — Eu me perguntei como meus pais estavam se saindo. Será que mamãe fugiu dos comparsas da sra. Mão, perto da estação de trem? — Aliás, sinto muito por ter envolvido você nisso.

— A culpa é minha. Se eu não tivesse me metido no trem, não estaria envolvida.

— Não. Dawkins tinha surrupiado a carteira daquele cara. Você só estava tentando agir corretamente.

Ouvi um barulho de algo se mexendo, seguido por um riscado e, de súbito, eu podia ver Greta claramente: ela havia acendido o isqueiro Zippo, que lançava uma luz suave sobre o rosto dela.

— O bornal de Dawkins é a prova d'água — comentou ela.

— Que bom. — Eu visualizei Dawkins sob as rodas do caminhão. Queria que ele estivesse aqui conosco. — De que adianta ter um isqueiro aqui?

— Podemos acender uma fogueira, ora.

— Na canoa? No rio?

— Quando sairmos da canoa, bocó.

A chama do isqueiro deve ter reavivado sua memória, pois ela perguntou:

— O que aconteceu com sua família no Brooklyn, por falar nisso?
— Nossa casa pegou fogo. Mas você já sabia disso.
— É, foi mal por ter chamado você de piromaníaco mais cedo. No fundo, eu não acho que você botou fogo na casa.
— Obrigado pelo voto de confiança.
— Mas você tem que admitir que é muito bizarro a casa ter pegado fogo com só você lá dentro. — Ela apagou a chama. — Você acha que o incêndio tem alguma coisa a ver com essa gente que está atrás de você?

Eu a fitei, surpreso. Será que ela tinha razão? Teriam os Guardiões do Sangue sido o motivo do incêndio? Teria mamãe tomado a decisão de nos mudarmos para proteger a família? Será que a pessoa que mamãe fora designada a proteger, um dos tais trinta e seis Puros dos quais Dawkins falara, era um de nossos vizinhos no Brooklyn?

— Vou perguntar a minha mãe. Isto é, se eu a encontrar de novo. — Eu levei a mão ao fundo da canoa e afundei meus dedos na água suja. — Entrou muita água. É melhor voltarmos para a terra antes que o barco afunde.

— Boa ideia. — Greta girou o corpo, observando os barrancos que ficavam para trás, no escuro. — Vamos acostar ali, à esquerda, onde tem... espere! Ronan, olhe.

Adiante, um muro se erguia de um lado ao outro do rio.

— O que é aquilo?

— Uma barragem. — Ela apontou para um ponto da margem que se fazia um pouquinho mais claro, em meio ao breu da noite. — Acho que aquilo ali é uma rampa para os barcos.

— Como vamos fazer para chegar lá? — A distância parecia impossível de vencer.

— Vamos nadando. Mais molhados do que já estamos, não vamos ficar. — Ela fechou os bolsos do bornal.

— No três?

Greta contou em voz alta e, juntos, nós nos atiramos ao rio congelante. Nadamos até a margem e subimos pela rampa.

O concreto ainda guardava o calor do sol da tarde. Nós nos deitamos para recuperar o fôlego, enquanto nosso corpo se esquentava.

— Então, se o sr. Quatro e a sra. Mão tiverem saído do rio... — falei.

— Eles devem estar bem chateados.

Nós dois caímos na gargalhada. Mas eu estava forçando um pouco, pois estava preocupado pela forma como haviam aberto o rio no meio. Teríamos nós alguma chance contra alguém que podia dobrar a natureza à sua vontade?

— Falando sério agora — retomou Greta. — Se tiverem saído, eles vão seguir o rio e vasculhar todos os lugares onde poderíamos parar.

— Mas o rio parou de seguir a estrada já faz, tipo, uma hora. — Eu me levantei. — Eles teriam que sair da estrada.

A barragem não era das maiores, não passava de um muro espesso de concreto, com uns três metros e meio de altura, que traçava um arco de uma margem à outra. Do outro lado da barragem, havia um reservatório que reluzia feito prata ao luar e, lá longe, um estacionamento vazio. Tivemos que escalar uma cerca enferrujada para subir na represa. Quando chegamos lá em cima, não vimos nenhum sinal de vida.

— Por que um lago precisaria de um estacionamento? — perguntei, apontando.

Greta olhou para mim como se eu fosse burro e respondeu:

— Você nunca foi acampar?

— Em um estacionamento? Não. Em uma barraca, no mato. Com certeza.

— Se você estiver em um trailer, não vai acampar no mato. Vai acampar em um lugar assim. Está vendo? Tem um reboque de trailer e um banheiro ali atrás.

— Isso não é acampar. Isso é... *estacionar*.

Dois feixes luminosos cortaram a escuridão.

— Um carro — sussurrou Greta.

Havia uma caixa de transformador na beirada da barragem, e nós nos agachamos atrás dela, enquanto observávamos a luz dos faróis rodar o estacionamento e parar bem no meio dele.

Eu espiei por sobre a caixa. Não era o SUV vermelho, tampouco o carro do ponto de parada. Tratava-se apenas de um trailer marrom, carregando duas motocicletas. Assim que ele estacionou, os faróis se apagaram e, por trás das cortinas, as janelas laterais foram iluminadas por uma luz dourada e aconchegante.

— É só um trailer idiota! — xinguei.

Greta se levantou.

— Vamos lá. Pode ser que eles tenham um telefone.

Estávamos a dez metros quando a porta do trailer se escancarou. Nós nos escondemos nas sombras e observamos uma escada de metal se projetar para fora do carro, e um homem gordo e grisalho, trajando shorts fluorescentes e chinelos, sair desajeitado, com duas cadeiras de praia nos braços.

— Num minutinho, já está tudo pronto — disse ele para alguém no interior.

Ele abriu as cadeiras e contemplou o horizonte longínquo da barragem por um longo minuto, as mãos no quadril.

— A noite está linda! — Ele suspirou.

Uma mulher desceu a escada, trazendo duas latinhas de refrigerante. Ela era quase igual ao homem: velha, gorda, shorts fluorescentes e sandália, até o corte de cabelo era parecido.

— Trouxe um refri para você, Henry.

— Você é um doce, Izzy — agradeceu ele, pegando a latinha, estalando o lacre e aboletando o corpanzil na cadeirinha. Ela se sentou na outra, e os dois ficaram bebericando as bebidas em silêncio enquanto admiravam a paisagem.

— É só um casal de velhinhos — sussurrou Greta ao meu lado.

— Sammy? Sente-se aqui fora um bocadinho! — chamou Henry.

Um garoto esguio, negro e de cabelo afro, apareceu na porta. Ele parecia ter uns dez anos, vestia calça jeans e camiseta amarela.

— Só tem duas cadeiras. Onde vocês querem que eu me sente?

— Já vi o bastante — murmurou Greta. — Eles são inofensivos.

Nós nos levantamos e saímos do escuro, caminhando lado a lado.

— Olá! — cumprimentou Greta, acenando e abrindo um sorriso largo. Eu a imitei. Devíamos estar parecendo dois malucos, sorrindo e balançando a mão para lá e para cá, como se estivéssemos fazendo sinal para um táxi.

Henry e Izzy apertaram os olhos. Seus rostos eram enrugados e bronzeados, e calculei que tivessem sessenta e tantos anos.

— Ora, o que temos aqui? — disse Henry.

— Estamos perdidos — respondi.

— Estávamos numa excursão escolar e nos separamos do grupo — explicou Greta. — Eles foram embora sem a gente! Será que poderíamos usar seu telefone? Preciso ligar para papai e avisar que estou bem.

Enquanto conversávamos, o garoto chamado Sammy balançava a cabeça. Ele parecia desapontado por algum motivo.

Um sorriso enorme se abriu no rosto de Izzy, revelando a origem de suas rugas: ela devia ser muito sorridente.

— Vou buscar o celular para vocês. — Ela se lançou escada acima e entrou no trailer.

Henry coçou o queixo e olhou para nós dois.

— Vocês *caíram* no rio? Estão parecendo dois ratos molhados — zombou ele, gargalhando.

— Atravessamos o rio nadando — contei. Então, notei que o trailer era novinho e ainda estava brilhando. Não havia um arranhão nem mancha sequer. Nem mesmo os para-lamas estavam sujos.

O homem estendeu a mão.

— Meu nome é Henry, o da minha mulher é Izzy e aquele varapau ali é nosso sobrinho, Sammy. Ele se apiedou destes dois velhotes e decidiu passar um pedaço das férias de verão conosco.

— Oi — balbuciou Sammy. E então, parecendo envergonhado, olhou para algo que trazia no colo: um GameZMaster IV portátil.

— Meu nome é Ronan e o da minha amiga é Greta. — Achei que seria falta de educação dizer que as férias de verão ainda não haviam começado. Talvez as datas fossem diferentes na escola de Sammy.

Izzy ressurgiu com um smartphone.

— Aqui está, querida. Fique à vontade para ligar para quem quiser. Nós temos um bom plano, a ligação vai sair baratinha.

Greta conferiu o telefone, sorriu e disse:

— Não tem sinal.

— Querem saber de uma coisa? — retomou Izzy. — Acabamos de chegar, mas podemos dar uma carona a vocês. Não vamos perder tanta coisa assim. Que tal recolhermos tudo e irmos para Baltimore? Assim que tiver sinal, você pode ligar para o seu pai.

— Não queremos incomodar... — começou a falar Greta, mas Henry a cortou.

— Não é incômodo nenhum ajudar duas almas em necessidade. Além do mais, queremos dar um bom exemplo ao Sammy. — O garoto revirou os olhos. — Deixe-me apenas recolher as cadeiras e, antes que consigam dizer Benedict Arnold, vamos cair na estrada.

Dez minutos depois, estávamos dentro do automóvel, saindo do estacionamento. Henry se encaixara em uma poltrona giratória de couro, cor de caramelo, na frente do volante, e não parava de tagarelar sobre os monitores HD do trailer que faziam as vezes de retrovisor. Atrás dele, na cozinha, Izzy amarrava o avental; mais para trás, mais ou menos no meio do trailer, eu e Greta estávamos sentados a uma mesa estilo lanchonete, com Sammy. Ele nos ignorava, futucando os botões do seu GameZMaster IV.

O relógio sobre a geladeira marcava quase 22h.

— Que dia maluco — falei para Greta. Pela primeira vez desde que mamãe me buscou na escola, eu me sentia relaxado.

Greta se afundou no banco.

— Pra caramba. Mas estamos a salvo agora.

Ao nosso lado, Sammy muxoxava.

Garoto esquisito, pensei.

O trailer até que era legal. Tinha de tudo: forno, lareira falsa, até máquina de lavar, e, atrás de uma porta, nos fundos, havia um quarto com cama de casal. Era praticamente uma casa sobre rodas, para quem não se importasse em viver no tipo de lugar que tem carpete de parede a parede, inclusive nas paredes. Tudo estava novinho em folha, sem nenhuma sujeira.

— O trailer de vocês é muito bem-cuidado — elogiei.

— Tem até cheiro de novo — disse Greta. — Vocês compraram há pouco tempo?

— Mais ou menos. — Izzy sorriu e se virou para nós, segurando um pedaço de pão. — Vocês já jantaram, crianças? Vou fazer uns sanduíches para vocês. — Ela abriu uma gaveta atrás da outra, até encontrar uma faca de manteiga.

— Obrigada — agradeceu Greta. — Um sanduíche cairia muito bem. — Então, começou a inventar uma história de escola técnica em Baltimore: — Nós dois estudamos lá. Eu curso ciências e o Ronan é fissurado por teatro.

Enfiei a mão no bolso e dei de ombros, fingindo ser tímido, porque não tinha ideia do que dizer. Eu não sabia nada sobre grupos de teatro. Então, senti algo duro e redondo no bolso.

O disco de vidro roxo. Tinha me esquecido de entregá-lo a Dawkins. Eu o tirei do bolso e o revirei algumas vezes. Era bonito, tinha poucos centímetros de circunferência, e era ladeado por um feixe retorcido de prata oxidada. Mamãe escrevera que ele era valioso. Por quê? Sammy me observava, enquanto seus dedos percorriam o GameZMaster IV. Eu o levei ao olho e fitei o garoto.

Ele me olhou de volta.

— Belo *monóculo*.

— Obrigado. — Que garoto enjoado. — O jogo é bom? — Fechando o olho descoberto, lancei um olhar em torno do trailer. Tudo parecia igual, só que violeta.

— É superlegal. Você deveria jogar também.

Eu virei a lente para a frente do trailer.

— Acho que nã...

As palavras morreram na minha garganta.

Onde estavam Izzy e Henry, não havia ninguém, apenas uma luz bem fraquinha. Abri o outro olho e eles continuavam lá: Izzy cantando, enquanto procurava pratos no armário; o corpanzil de Henry erguendo-se no encosto do banco do motorista.

Porém, ao fechar o olho e observar mais uma vez através do monóculo roxo, eles ficavam quase invisíveis. Olhei para Sammy de novo: ele estava lá, quer eu olhasse através da lente ou não.

— Por que eles não aparecem quando olho através da lente roxa? — sussurrei.

— Não faço ideia — respondeu Sammy. — Talvez seu monóculo esteja com algum problema. Deixe isso para lá. Vai por mim, você vai achar o jogo muito interessante. — Ele empurrou o aparelho através da mesa.

— Não quero saber do seu jogo — respondi, baixando a lente. — Greta... — Eu a puxei para a mesa e pus o monóculo na mão dela. — Você tem que ver isso.

— Ver o quê? — Ela se virou para Sammy. — Você é novinho, né? — perguntou ela, sorridente.

— Onze — cantarolou Sammy. — Vocês são *burros*, né?

— Como é? — exclamou Greta, chocada. — Isso é muito feio.

— Não estou nem aí — devolveu ele em voz baixa. — Não fui eu o idiota que entrou no trailer de completos desconhecidos. — Ele empurrou o console portátil para ela.

Na tela, em letras garrafais, liam-se as palavras PRENDA OS GUARDIÕES DO SANGUE.

— Vocês nem começaram a jogar — continuou ele —, mas já estão perdendo de lavada.

CAPÍTULO 12

A FUGA PERFEITA EM FAMÍLIA

Greta tomou um susto e deixou o monóculo cair na mesa. Ele tiniu e saiu rolando, feito uma moeda de cinquenta centavos, então eu o apanhei e o enfiei de volta no bolso.

— O que foi que você disse? — perguntou Greta, forçando um sorriso trêmulo. — Acho que não ouvi direito.

Sammy deslizou pelo banco, ensanduichando Greta entre mim e ele.

— Não, você ouviu certo. Aqui, vou lhe mostrar.

Nós observamos seus dedos fuzilarem os botões do GameZMaster IV. A tela ficou branca, daí ele apertou outro botão, fazendo surgir um teclado. Rápido como um raio, ele digitou ELES TÊM ARMAS.

— Este jogo é muito difícil — queixou-se Greta. Ela estava lívida e respirava com dificuldade, parecia que estava passando mal.

— Fique calma — sussurrou Sammy, fechando o teclado. Em seu tom de voz normal, ele disse: — Daí as setinhas controlam o bonequinho.

Três pratos descartáveis aterrissaram sobre a mesa.

— Prontinho — disse Izzy —, uma coisinha para forrar o estômago, até vocês comerem uma janta de verdade.

— *Muitíssimo* obrigada. Por tudo. — Greta puxou um prato para si. — Sammy estava nos mostrando o jogo dele.

Olhar para Izzy era como contemplar todas as vovós que eu havia conhecido na vida juntas em uma só. Ela tinha rugas de expressão sob os olhos, uma mera sugestão de batom e, ainda por cima, as bochechas eram rosadas. As pessoas que haviam matado Dawkins, que haviam sequestrado papai, elas não se pareciam em nada com aquela vovó inocente. Se aquela velhinha simpática era má, como é que eu ia saber em quem confiar? O mal não deveria ser uma coisa óbvia?

Não confie em ninguém, foi o que disse mamãe.

— Você não está feliz por ter algo para comer, Ronan? — perguntou Greta, me acotovelando.

— Claro, obrigado. — Eu peguei meu sanduíche. A mortadela transbordava e a mostarda estava pingando. Só o cheiro já encheu meus olhos d'água. — Adoro mostarda — menti, forçando um sorriso.

— Que bom. Se quiserem mais, é só gritar. — Izzy se dirigiu à parte da frente do veículo e se acomodou no banco do carona, ao lado de Henry.

— Eles não vão ouvir a gente de lá — avaliou Sammy, esmagando os botões com os dedos.

— Temos que sair deste trailer — disse Greta, botando o sanduíche na mesa. — Eles são seus tios mesmo? — perguntou a Sammy.

— Olhe para mim. Eu *pareço* parente deles? — zombou o garoto. Eu tinha que admitir que, com a pele negra, os olhos castanhos e o cabelo afro revolto, ele não parecia. — Eu só os conheço há dois meses. Eles fazem parte da mesma sociedade científica que meus pais adotivos, mas não são ninguém. Henry trabalha em um lugar tipo uma loja de trailers, em Annapolis.

— Mas por quê? Por que pegaram o trailer e vieram até aqui?

— Por causa de vocês dois — sussurrou ele, afundando os botões do GameZMaster IV. — Todos receberam uma ordem, e a de Henry foi ir à barragem de Percy Point. Tinha que ter alguém lá, caso vocês aparecessem. Meu pai adotivo me fez vir junto. Imaginou que confiariam mais em uma criança do que em um adulto.

Sammy parecia ser gente boa, mas eu não conseguia sacar qual era a dele. Se os pais adotivos faziam parte do grupo da sra. Mão, assim como Izzy e Henry, então por que ele nos ajudaria?

— Você não vai ficar encrencado por nos contar essas coisas? — perguntei.

— Acho que já estou encrencado — avaliou ele, repousando o GameZMaster IV na mesa e me olhando firme nos olhos. Ele parecia assustado. — Não sou a primeira criança a ser adotada por eles. Tinha outra criança na minha família adotiva antes de mim, sabe? Só que ela fugiu.

O que ele estava dizendo não fazia sentido para mim.

— Me desculpe, mas não estou entendendo...

— Pelo menos, foi isso que contaram para os outros. Mas tenho certeza absoluta de que estavam mentindo. — Ele balançou a cabeça. — Meus pais adotivos fazem parte de um movimento científico esquisito, são um bando de mentirosos. Eles mentem na minha cara. Por eu ser criança, acham que sou burro.

— Ronan? — sussurrou Greta. — Ela está no celular.

Das duas, uma: ou Izzy estava falando sozinha, ou havia milagrosamente encontrado sinal para o celular.

Sem sequer olhar para trás, Sammy murmurou:

— Ela está falando com o pessoal que nos mandou para cá, aposto.

— A sra. Mão — sugeri.

Sammy deu de ombros.

— Não sei quem é. A única pessoa que conheci... foi um cara do mal, a quem todos chamam de Cabeça.

O trailer chacoalhou e os pneus cantaram. Havíamos feito uma curva brusca.

— O que foi isso? — perguntou Greta em voz alta.

— Ah, você sabe como são essas estradas! — exclamou Izzy. — É curva atrás de curva.

— Não se preocupem — tranquilizou Henry. — Já estamos chegando à interestadual.

— Temos que sair daqui — sussurrei, levantando-me e indo para os fundos. Assim que cheguei ao banheiro, o carro se inclinou, fazendo outra virada abrupta.

— Desculpem pelo tranco! — gritou Henry. — Estou só pegando um atalho.

Eu me atirei ao banheiro e fechei a porta. A janela sobre a privada era pequena demais para uma fuga. Mal dava para botar a cabeça para fora.

Assim que o fiz, senti o vento forte no rosto. Onde quer que fosse que Henry estava indo, ele estava ansioso para chegar logo. Não estávamos em uma rodovia importante, isso era certo: a estrada era de terra e não havia outros carros por perto.

Eu botei a cabeça para dentro, fechei a janela e dei descarga na privada.

A maçaneta chacoalhou.

— Que você tá fazendo aí dentro? — perguntou Izzy por trás da porta.

— Usando o banheiro? Eu estava apertado.

— Henry disse que viu sua cabeça pela câmera do retrovisor! Você não está botando a cabeça para fora da janela do banheiro, está? Isso é perigoso!

— Eu... só queria um pouco de ar fresco. Às vezes fico enjoado andando de carro. — Destranquei o ferrolho e abri a porta.

Izzy estava bem ali, na minha frente. Seu sorriso de vovó se transformara numa careta, como se ela estivesse prestes a dar o bote.

— Você não pode ficar botando a cabeça para fora da janela assim, Ronan.

— Entendi. Prometo que não vai acontecer de novo.

Ela pareceu relaxar.

— Que coisa feia! Vá ficar com as crianças.

— Sim, senhora. — Eu me sentei ao lado de Greta de novo. Ela estava olhando para o nada, apesar de Sammy não parar de matraquear sobre como passar da "fase sete", ou algo do tipo.

— O segredo é *escapar* antes que o tempo se esgote, senão você vai para a *prisão*.

— Prisão, sei... — repeti.

— Pois é, isso acontece muito rápido. O bonequinho atravessa um portão e...

— Por que não preparo outro sanduíche para vocês, meninos? — ofereceu Izzy da cozinha.

— Não, obrigada — recusou Greta, e acrescentou: — Ainda estou terminando esse — disse ela, apesar de nenhum de nós ter dado uma mordida sequer.

Izzy remexeu uma gaveta e sacou o maior cutelo de açougueiro que já vi na vida.

— Vou fazer um melhor dessa vez. Posso cortar as bordas.

— Você já viu como esse trailer é grande, Greta? — Mudei de assunto, levantando-me e puxando Greta junto comigo. Ao se pôr de pé, ela passou o braço pela alça do bornal de Dawkins. — Tem até um quarto nos fundos!

— O quarto é onde eu e o sr. Wells dormimos — interrompeu Izzy. — Vocês estão proibidos de entrar.

— Não vamos mexer em nada. Eu juro! — Sorri e fui empurrando Greta corredor afora.

— O quarto é *particular*, Evelyn, você tem que obedecer aos mais velhos. — Izzy nos encarava, o cutelo em riste.

— Eu não gosto que me... — comecei a dizer automaticamente, e então percebi do que ela havia me chamado. — Como você sabe meu primeiro nome? — indaguei.

Com um rugido, Izzy atirou a faca.

Eu vi tudo em câmera lenta: o braço de Izzy se projetando para a frente; o clarão prateado da luz refletida na lâmina; os dedos arreganhados da velha ao soltar o cabo do cutelo.

Eu derrubei Greta no chão e abri a porta do closet de uma vez só. Caíram uma vassoura e um esfregão, os dois novinhos, ainda na embalagem de plástico.

A lâmina fincou bem fundo na porta do closet.

Quando a fechei de novo, a faca estava dependurada para fora, o cabo vibrando.

— Mandou bem! — elogiou Sammy da mesa. Ele havia escorregado para baixo e estava praticamente invisível.

— Vocês dois *vão* se comportar! — Em estado de frenesi, Izzy puxou uma gaveta, derrubando os talheres no chão. O trailer se inclinou ao fazer mais uma curva e fui jogado à parede. — É por isso que não gosto de crianças! — urrou Izzy.

Greta me puxou para o quarto e bateu a porta. Depois fechou o trinco e deu um passo atrás.

— Isso não vai segurar ninguém — avaliou ela.

— Podemos usar alguma coisa para bloquear a porta.

— Tem alguém aqui! — guinchou Greta.

Eu girei e deparei com duas sombras junto à janela de trás.

— Quem são vocês? — perguntei, mas elas nem se mexeram.

Bati no interruptor.

A luz revelou um homem bonito e sorridente ao lado de uma esposa jovem e bela. O CARRO PERFEITO PARA DAR UMA ESCAPADA COM SUA FAMÍLIA! Lia-se em uma faixa, ao longo do quadril deles. Não eram pessoas de verdade, era apenas um daqueles anúncios de papelão que se bota na vitrine.

Greta soltou uma risada nervosa, e nós dois demos um passo à frente no exato momento em que uma coisa reluzente atravessou o compensado fino de madeira da porta: a ponta de uma espada.

— Abram a porta! — gritou Izzy. A lâmina balançava enquanto ela tentava puxá-la de volta.

— O colchão! — exclamei.

Nós o pegamos cada um de um lado e o erguemos da cama. Depois, nós o encaixamos com firmeza entre o chão e o teto, bloqueando a entrada.

— Isso deve segurá-la por pelo menos uns três minutos — calculou Greta.

— Talvez seja tempo o bastante. — Chutei o casal de papelão para o lado e arranquei a tela da janela traseira. *Aquela*, sim, era grande o suficiente para passarmos.

Atrás do carro, as motos presas ao reboque do trailer chacoalhavam e se estrebuchavam a cada lombada da estrada. À esquerda, havia uma escada de alumínio presa à traseira do veículo.

— Podemos subir — sugeri, apontando para a escada.

— E depois? Vamos torcer para não nos procurarem no teto?

— Eles vão pensar que saltamos pela janela e fugimos.

— Não — disse ela, parecendo subitamente exaurida —, eles vão saber exatamente onde estamos. Veja só.

Na estrada, atrás de nós, havia faróis, distantes, porém rapidamente se aproximando. Era o SUV vermelho-sangue que já conhecíamos bem.

— Eles estão aqui — disse Greta.

CAPÍTULO 13

UMA FUGA NÃO TÃO PERFEITA

— As motos — continuou Greta, apontando.
— Não sei pilotar moto — protestei, mas ela já estava dependurada na escada, fora da janela.
— Mas eu sei! — Com os tênis apoiados no para-choque, ela rodeou a cabine até chegar ao engate onde se encaixava o reboque.
— Cuidado!
Ela me olhou de cara feia, então se virou e saltou como se aquilo não fosse nada, como se saltar de um trailer em alta velocidade para um reboque fosse o tipo de coisa que ela fazia todo dia. Ela aterrissou agachada entre as duas motos e chutou a tampa traseira do reboque até tombá-la na estrada com um estrondo.
— O que está esperando?
Ela fazia aquilo parecer tão fácil.
Eu me agarrei à escada e me estiquei com cuidado até firmar o pé em um degrau, então saltei da janela.
— Até que não foi difícil! — gritei.
Greta limitou-se a balançar a cabeça e dizer:
— Venha logo!
Atrás dela, a tampa raspava a estrada de terra, criando uma nuvem gigantesca de poeira que se espalhava no

ar e obscurecia os faróis que se aproximavam. Se nós não víamos o SUV, talvez eles também não pudessem nos ver.

Mas parece que Henry conseguia, só precisava olhar a câmera do retrovisor.

O carro guinou para a esquerda e meu pé escorregou. Eu me agarrei à escada, os tênis balançando sobre o nada. Um instante depois, Henry guinou para o outro lado, fazendo o reboque balançar.

As duas motos tombaram de lado, espremendo Greta. Ela empurrou uma delas para cima, porém a moto escorregou da caçamba e desapareceu. A outra continuou firme.

— Ele está tentando nos derrubar! — gritei, firmando os pés na escada de novo, enquanto Henry jogava o carro para lá e para cá.

Greta se agarrou à grade do reboque e me chamou com um gesto.

— Pare de perder tempo!

— Não consigo! — Eu estava com medo. Se Henry guinasse o volante na hora em que eu pulasse, eu erraria o reboque e cairia na estrada. Mas não havia nada que impedisse Greta de desprender o reboque. — Ali! — indiquei, apontando. — O gancho!

— Ok! — Ela sacou algo do bornal e apontou para o gancho.

A pistola Tesla.

— Espere! — gritei, trepando escada acima. Ela se conectava a um grande bagageiro, no teto do carro. Eu me puxei para cima e segurei firme, enquanto um feixe de luz roxa zunia bem onde eu estava um segundo antes.

Depois que minha visão voltou ao normal, deslizei até a beirada do teto e olhei para baixo.

— Errei! — disse Greta. Ainda agachada no reboque, ela mirou novamente.

Naquele instante, Henry virou o volante com tanta força que o reboque deu um solavanco e Greta perdeu o equilíbrio, com o dedo no gatilho.

O tiro da pistola Tesla saiu voraz, ziguezagueando em direção à parte traseira do carro.

Bem na direção da minha cara.

Eu me atirei ao chão e senti o raio passar queimando por cima da minha cabeça.

Então, o raio começou a descer.

— Pare! — gritei. — Desligue essa coisa!

A luz desapareceu assim que Greta soltou o gatilho.

Eu espiei pela beirada do teto, ofegando.

Greta abrira um buraco fumegante na traseira da cabine, tão grande que daria para passar uma pessoa através dele. Izzy berrou alguma coisa lá dentro, e então, um instante depois, o casal de papelão saiu voando pelo buraco. Greta se abaixou, o anúncio passou raspando por sua cabeça e desapareceu.

— Abaixe essa arma! — bradou Izzy.

Greta mirou de novo. Dessa vez, o raio roxo acertou o alvo, e, em meio a uma explosão de faíscas, o gancho se soltou do carro.

O reboque girou de lado e foi para o canto da estrada. Agarrado ao bagageiro, eu olhava impotente nos olhos de Greta enquanto ela ficava para trás.

Eu estava feliz por ela ter escapado, *queria* que Greta escapasse, mas ao mesmo tempo... eu estava completamente sozinho. Um por um, todos foram tomados de mim. Papai, mamãe, Dawkins e então Greta. Ninguém ia me salvar, tampouco me dizer o que fazer. Se eu quisesse ser salvo, teria que salvar a mim mesmo.

— Ok — falei sozinho, tentando agir como mamãe.
— Podem vir!

Subitamente, o teto da cabine se partiu sob meus pés, como um tecido que se rasga, e uma espada subiu entre meus joelhos.

— Ei! — gritei, me jogando para trás.

O feixe reluzente foi puxado para baixo e logo reapareceu a dois dedos da minha cara.

Corri para a escada, mas não havia como descer: o disparo voraz da pistola Tesla a havia desprendido, exceto por um único parafuso na parte de cima. A cada solavanco da estrada, a escada saltava e girava no ar, feito o esqueleto de uma asa metálica.

Um barulho de buzina me fez erguer o rosto.

O SUV vermelho havia se aproximado, e já dava para ver o motorista: um dos brutamontes da sra. Mão, provavelmente o sr. Quatro. Ao lado dele, estava a dita cuja. Ela sorriu para mim e apontou para o canto superior direito do para-brisa.

Ela estava direcionando Izzy.

Eu me embarafustei para o outro lado e, logo em seguida, a lâmina perfurou o teto de novo.

Em meio ao clamor do vento, eu ouvia os berros de Izzy e outro som: o fremido agudo de um motor.

A luz de um farol solitário veio varando a escuridão, até se emparelhar com o trailer. Era Greta, na motocicleta, os cabelos tremulando ao vento.

Ela voltara para me buscar.

Henry devia tê-la visto, pois jogou o carro sobre ela.

Greta freou e seguiu atrás, indo de um lado para outro a fim de se esquivar da escada revolta.

Atrás dela, o SUV ligou o farol alto e disparou.

Eles iam atropelar Greta. Eu tinha que sair daquele teto depressa.

O que um Guardião do Sangue faria?, eu me perguntei. Lembrei-me então de uma aula de *parkour* que fizera tempos antes. O professor nos botou para escorregar em todos os corrimãos da cidade, até que eu torci o calcanhar e mamãe decidiu:

— Já chega de *parkour*.

— Chegue mais perto! — gritei.

Eu prendi os pés na lateral da escada, enquanto Greta aproximava a moto. Então, usei uma perna para empurrar a escada para longe do carro. Depois que a escada subiu, eu afrouxei as mãos e escorreguei feito um bombeiro quando desce o poste. Logo antes de a escada terminar, saltei pelos ares.

E aterrissei na garupa da motocicleta, uma perna de cada lado. O impacto me deixou sem fôlego.

— *Ai* — gemi.

— Você é doido! — berrou Greta. Ela girou o punho no acelerador e a moto saiu em disparada.

A moto disparou estrada afora, deixando o trailer e o SUV para trás.

— Nós podemos sair da estrada — gritou ela. — Eles, não. Só temos que entrar no mato, pegar a estrada no sentido contrário e então ir embora.

Ainda não tínhamos ido longe quando deparamos com uma cerca de três metros, coberta por uma espiral de arame farpado. Ela se estendia de um lado a outro, desaparecendo na escuridão.

Greta parou a moto e desligou o motor.

— Será que essa é a prisão de que Sammy estava falando? — indagou ela.

— É só abrir um buraco na cerca. A pistola Tesla cuida disso fácil, fácil.

— Eu a deixei cair quando o reboque se soltou.

Olhando para trás, dava para ver as luzes distantes do trailer, mas não havia sinal do SUV.

— Tudo bem. É só seguir a cerca até encontrar a saída.

— Boa ideia. — Ela girou o acelerador e, num estalar de dedos, a moto seguiu caminho.

Dez minutos depois, chegamos ao portão que dava na estrada principal. Estava fechado e uma corrente enorme se esticava de um lado ao outro.

— Consegue arrombar isso? — perguntei.

Greta apoiou a moto no descanso, nós dois descemos e fomos examinar o cadeado.

— Pode ser. Não conheço esse tipo de fechadura. Pode demorar um pouco.

De repente, uma luz intensa se derramou sobre nós: o SUV vermelho acabara de acender os faróis. Estava espreitando silenciosamente na escuridão, a trinta metros de distância.

As portas se abriram dos dois lados e eu vi o sr. Quatro apontar um rifle para nós. Sobre a outra porta, surgiu o rosto da sra. Mão.

Eu e Greta olhamos um para o outro.

— Podemos tentar correr... — sussurrou ela, mas logo foi interrompida.

— Por favor — pediu a sra. Mão —, vocês já nos causaram problemas demais. Eu não quero atirar em vocês. Mas, podem acreditar, se for preciso, eu atiro.

Capítulo 14

Uma mão pela outra

O sr. Quatro estacionou logo atrás do trailer. Dava para ver pelo buracão na parte traseira que estava escuro e vazio.

O prédio à frente tinha apenas um andar, e era um amontoado horroroso de blocos de concreto e vidro fumê, tipo uma daquelas galerias suburbanas que abrigavam o consultório do dentista, onde eu ia de seis em seis meses, só que essa galeria estava escondida no meio do nada. As portas de vidro se abriram automaticamente quando nos aproximamos, revelando um saguão coberto por carpete cinza, que também era igualzinho ao do consultório do dentista. Havia sofás baratos vermelhos encostados às paredes e uma televisão de tela plana passando o jornal sem som para a sala vazia.

— Venham comigo, meninos — instruiu a sra. Mão, conduzindo-nos através de uma porta e de um corredor, acendendo os interruptores à medida que passava.

O corredor era longo. Portas imensas de metal trancadas por barras também de metal se encarreiravam dos dois lados. O tipo de coisa que não dava para arrombar com um grampo.

— Chegamos — disse a sra. Mão, abrindo a segunda porta à direita. Ela nos mandou entrar, e então bateu a porta às nossas costas.

Por um instante, eu e Greta ficamos imóveis no breu total.

Então, as luzes se acenderam.

A cela era um quarto sem janelas, de dois metros por dois metros e meio. As lâmpadas fluorescentes encarceradas no quebra-luz gradeado e a porta lisa de aço frustravam toda e qualquer esperança de fuga. Tudo o que havia no quarto eram duas camas de campanha com colchões amarelos muito finos, e um balde vazio, o qual eu estava determinado a não usar.

Greta se sentou em uma das camas e ficou olhando para os próprios pés. Ela estava murchinha.

Eu me sentei na outra cama e saquei o disco de vidro do bolso.

— Olhe só, ainda estou com aquele monóculo roxo.

— Maravilha. — Greta se recostou à parede, de modo que as pernas ficaram esticadas para fora da cama. — Quem sabe, se você usá-lo, eles não o reconheçam quando voltarem.

Suspirei e o enfiei de volta no bolso.

— Você viu onde estamos? — questionou Greta, erguendo a cabeça de supetão. Ela não estava deprimida; estava nervosa. — Esse é o tipo de lugar aonde os caras do mal levam as pessoas para matar e se livrar dos corpos, de modo que ninguém jamais os encontre de novo.

— Se quisessem nos matar, não acha que já teriam dado um jeito de fazê-lo a essa altura? — Se ali fosse o lugar onde mantinham os prisioneiros, talvez papai estivesse ali também, em alguma outra cela sem janelas, igualzinha àquela. Talvez eu pudesse encontrá-lo e resgatá-lo.

— Vai saber. Talvez tenham que montar todo um aparato maligno antes de dar cabo da gente. Talvez saibam que não existe a menor chance de eu usar aquele balde com você aqui dentro e estejam apenas esperando nossas bexigas explodirem.

— Você quer fazer xixi? Eu posso olhar para o outro lado.

— Você vai ouvir.

— Eu vou botar a mão no ouvido — fiz uma demonstração —, e vou ficar cantarolando *lá, lá, lá, lá, lá, lá*.

O ferrolho deve ter estalado enquanto eu estava com os ouvidos tapados, porque a porta se abriu. A sra. Mão e o sr. Quatro ficaram nos encarando do corredor. Se por acaso acharam esquisito eu estar tapando os ouvidos, não demonstraram.

— Evelyn Truelove? — chamou a sra. Mão.

— É meu nome. — Suspirei.

— Na verdade, ele prefere ser chamado de Ronan — explicou Greta, sorrindo para mim.

— Venha conosco. — Nós dois nos levantamos, porém a sra. Mão fez um gesto para Greta. — Você espera aqui.

Assim que saí no corredor, o sr. Quatro largou a barra de metal no apoio da porta e, em seguida, a sra. Mão pôs-se a andar.

— Queira me acompanhar — ordenou ela.

No fim da passagem, havia uma curva à direita e uma porta dupla, que a sra. Mão abriu, digitando um punhado de números numa fechadura digital. Uma vez do lado de dentro, ela apertou um interruptor, e então uma lâmpada fluorescente se acendeu.

Estávamos em uma sala espaçosa e escura, parecida com a sala onde eu fizera aulas de artes e ofícios, no sétimo ano. O lugar estava repleto de furadeiras e serras de bancada, tornos mecânicos e outras máquinas de metal gigantescas, que se enfileiravam em frente a uma parede envidraçada do chão ao teto. No meio da sala, havia duas mesas de madeira bastante arranhadas, cada uma do tamanho da cama que eu tinha em casa. E sozinha, na frente das mesas, postava-se uma simples cadeira de metal dobrável.

— Vocês por acaso dão aulas de artes e ofícios aqui? — perguntei.

Na mesa mais próxima, estava o bornal de Dawkins, que havia sido picotado e não passava de um emaranhado de tiras de nylon. Ao lado, estavam o isqueiro Zippo, o caderninho e o maço de notas. No canto da mesa, havia um interfone em cuja base um monte de luzinhas piscavam. A outra mesa ficava um pouco mais longe e estava manchada, empoeirada e vazia.

— Sente-se, Evelyn. — A sra. Mão indicou a cadeira com um gesto. Ela estava com uma cara horrível. Fazia sentido, afinal, fora levada por toda aquela água do rio e revirada feito um par de tênis numa máquina de lavar. Os cabelos estavam embaraçados; as roupas, amarrotadíssimas.

Dava para ver um vergão na têmpora do sr. Quatro, onde eu havia tacado a calota. Torci para ele não ser um cara rancoroso.

— Primeiro — disse a sra. Mão, logo que eu me sentei —, você pode salvar sua vida e a de sua amiga me contando onde esconderam nossa propriedade: o baú que estava no porta-malas do carro.

Eu me lembrei daqueles rifles Tesla horripilantes em sua tumba submersa, no fundo do rio. Seria possível secá-los? Ou estariam arruinados de vez?

— Não sei do que você está falando.

— Você está mentindo. Já, já, vamos ver o que você sabe. — Ela apanhou o caderninho de Dawkins, segurando-o com apenas dois dedos, como se ele estivesse contaminado. — Agora, vamos conversar sobre os Guardiões do Sangue.

— Ótimo. Estou morrendo de vontade de saber mais sobre esses tais guardiões.

— Quando sua mãe o recrutou?

— Ela não me recrutou. Até hoje, eu nunca tinha ouvido falar nos Guardiões do Sangue.

Um sorriso familiar reapareceu no rosto da mulher, aquele que a faria parecer uma mamãe carinhosa, não fossem aqueles olhos inexpressivos de defunto.

— Uma fonte confiável nos informou que sua mãe o vem treinando desde criança.

— Parece que sim, mas ela nunca *me* contou isso.

De repente, o sorriso desapareceu, como que desligado por um interruptor.

— Brincar comigo é uma péssima ideia, Evelyn.

— Não estou brincando!

— Conte-nos o que sua mãe está fazendo em Washington — exigiu ela, cruzando os braços.

Não me contive: abri um sorriso. Mamãe estava viva! E estava dando trabalho aos amiguinhos da sra. Mão na capital da nação.

— Não faço ideia. Ela não me contou antes de me chutar para fora do carro.

— E seu pai? O que sabe sobre ele?

Seria aquilo um ardil? Eu achei que *eles* estivessem com papai. Será que mamãe estava atrás das pessoas erradas? Ou será que a sra. Mão estava tentando descobrir o quanto eu sabia?

— Hã... sei que vocês estão com ele. — Engoli em seco. — Ele está bem, não está?

A mulher ignorou minha pergunta. Largou o caderninho na mesa arranhada, então disse em um tom calmo:

— Fale-me sobre o Monte Rushmore.

— É uma montanha onde esculpiram o rosto de quatro presidentes. George Washington, Abe Linc...

Eu nunca tinha tomado um tapa na vida. Não fazia ideia de que doía tanto. Ardia como se meu rosto estivesse queimando e fazia os ouvidos tinirem e os olhos lacrimejarem. Não consegui nem dizer: "Ai!" Tudo o que fiz foi respirar de boca aberta e tentar não chorar.

— Eu avisei para não brincar comigo. Olhe para mim, Evelyn.

Eu a obedeci. O lado esquerdo do rosto estava dormente.

— O que os Guardiões sabem sobre o Olho da Agulha?

— Isso é que nem aquela história do camelo? — Eu toquei o rosto de leve. Estava quente. — Nunca ouvi falar de nada do tipo.

— E imagino que não saiba nada sobre a Curva Sinistra? — inqueriu ela, aos muxoxos.

Balancei a cabeça.

— Nem sei o que é isso. Uma coisa do mal, pelo jeito.

A sra. Mão ergueu a palma aberta para me bater de novo, mas estacou ao ver que eu me encolhia.

— Estou quase acreditando em você, pobre coitado. Criado pela mãe sem saber de nada, forçado a treinar para algo que desconhecia por completo. Você devia sentir raiva dela! — Ela baixou o braço. — *Nós* somos a Curva Sinistra. O *sinistro* no nome vem do latim e significa *esquerda*, e não *maligno*. É por causa de nossos inimigos, gente como sua mamãe, que o nome da Curva Sinistra vem sido demonizado ao longo dos séculos.

Eu não sabia daquilo. Eles me pareciam bastante malignos.

— Se é o que você diz.

A sra. Mão riu feito uma hiena, como se nunca tivesse rido na vida e, de repente, resolveu experimentar. O sr. Quatro postava-se num canto. Eu não sabia dizer se estava atento ou entediado. Ele era tão inexpressivo que era difícil dizer.

— A Curva Sinistra é uma sociedade racional, enraizada no academicismo e na ciência. Dentre nossos membros, estão alguns dos maiores talentos científicos e alquímicos de todos os tempos. E o que nos une? O que nos leva a devotar nossas vidas à Curva Sinistra? Uma antiga promessa de tornar o mundo um lugar melhor.

O discurso era inflamado, porém ela o proferia como se estivesse declamando o livro mais banal do mundo. Talvez tenha sido por isso que resolvi abrir minha boca grande:

— É por isso que matam os outros? Os tais trinta e seis, ou sei lá como Dawkins os chamava?

A sra. Mão se calou e ficou me encarando durante um longo minuto. Então, ela se dirigiu ao interfone de plástico e apertou um botão.

— Sr. Cinco, sr. Dois, busquem a garota.

— Como é? Não, olhe só, Greta não tem nada a ver com isso, eu juro. Ela é só uma menina chata da minha escola com quem eu esbarrei no trem, por puro acaso.

— Você está mentindo desde o instante em que entrou nesta sala. Já que é assim, sua amiga vai sofrer.

— Mas eu já lhe contei tudo que sei — supliquei. — Eu nunca tinha ouvido falar nos Guardiões do Sangue até mamãe ter me contado, hoje à tarde, e o tal do Dawkins mal teve tempo de me dizer o próprio nome antes de ser atropelado.

— Somente aqueles que juraram lealdade aos Guardiões do Sangue são capazes de fazer o tipo de coisa que você fez hoje.

— Não jurei nada para ninguém! Tudo o que faço é obedecer aos outros. Eu faço um monte de atividades extracurriculares. Não sou sequer o melhor da turma! — Comecei a me levantar, mas tanto a sra. Mão, quanto o sr. Quatro se empertigaram inteiros, de modo que voltei a me sentar. — O que vocês querem de mim?

— De você? Nada. Mas você servirá para fazer sua mãe entregar o Puro a quem ela protege. E então... o sujeito doará sua alma à nossa grande empreitada. — A sra. Mão sorriu de novo e, pela primeira vez desde que a havia conhecido, ela parecia genuinamente feliz.

Ouviu-se uma série de bipes e barulhos, e em seguida as portas se abriram. Greta adentrou a sala ladeada por dois caras que reconheci da estação de trem. O sr. Dois e o sr. Cinco, supus. Eles a levaram até a mesa de madeira vazia. Um deles a pegou pelo braço e fechou em torno do pulso dela algo que eu ainda não havia notado: um grilhão preto. Havia quatro troços daquele, notei, um em cada canto da mesa.

Greta se curvou sobre o grilhão e tentou arrancá-lo.

— O que estão fazendo? — perguntou-me ela.

O sr. Quatro começou a revirar uma daquelas gigantescas caixas de ferramenta vermelhas. De quando em quando, ele soerguia uma ferramenta, como um martelo ou um alicate, e depois a devolvia à caixa.

O sr. Dois e o sr. Cinco se dirigiram à porta, digitaram a senha e deixaram a sala.

Greta sacudiu o grilhão.

— O que está acontecendo, Ronan? — gritava ela.

— Como você vai entrar em contato com sua mãe depois que chegar a Washington, Evelyn? — perguntou-me a sra. Mão.

— Até você ter me contado, eu nem sabia que ela estava lá. Eu tinha que ir para lá com Dawkins. E agora ele está morto. É tudo o que sei. — Eu não podia permitir que fizessem mal a Greta. — Solte-a e eu conto onde estão as armas, aquelas que tiramos do SUV.

— Vai ser um bom começo, mas só para mostrar que sou uma pessoa séria, Evelyn, e para fazer você parar com suas brincadeirinhas, vamos fazer uma pequena demonstração. Sr. Quatro?

O parceiro veio marchando até chegar ao lado dela. Em uma das mãos, ele levava uma machadinha de prata, do tipo que se usa para cortar lenha quando se está acampando. Na outra, segurava algo que parecia um tijolinho preto.

— O sr. Quatro vai cortar a mão de sua amiga na altura do pulso — explicou ela.

CAPÍTULO 15
A MACHADINHA

No quinto ano, eu tinha um professor, o sr. Entwhistle, que costumava resmungar que eu não tinha "coração". Ele me dava aula de monociclo, e eu tinha que percorrer um trajeto cronometrado enquanto fazia malabares. (Mamãe me matriculava em um monte de cursos esquisitos.)

Enfim, sempre acreditei que o *equilíbrio* era o quesito mais importante, mas meu professor insistia que não.

— Quando uma coisa é importante para nós, na hora do vai ou racha, temos que obedecer ao nosso *coração*. É *isso* que nos permite fazer o impossível.

Vai ou racha?, pensei na época. Tudo o que eu queria era não deixar cair nenhum pino enquanto dava as quinze voltas pela pista.

Naquele instante, diante da sra. Mão, entendi o que ele queria dizer. O desespero me fez suar frio e perder o fôlego. Eu tinha que fazer *alguma coisa* para salvar Greta. O único problema era: eu não fazia ideia do quê. Achei que só "o impossível" daria conta do recado.

— Não! — gritava Greta. Ela plantou os calcanhares no chão e puxou o grilhão com força.

O sr. Quatro depositou o tijolo preto no canto da mesa em que Greta estava presa e começou a raspar a lâmina ao longo da superfície. Era uma pedra de amolar, e ele estava afiando o gume da machadinha. O ruído baixinho preenchia o silêncio da sala.

— Queremos um corte preciso — explicou a sra. Mão.

— Escutem, vocês nem me perguntaram se *eu* sei alguma coisa. Falo com todo o prazer — disse Greta, e um sorriso lampejou em seu rosto, como se tudo não passasse de um mal-entendido entre amigos. — Eu *preciso* da minha mão.

— Claro que precisa — tranquilizou-a a sra. Mão. — Mas não há por que se preocupar. Vamos devolvê-la a você depois. O sr. Cinco vai trazer um balde de gelo.

Greta não soube como responder. Ela se limitou a se voltar para o grilhão e puxá-lo de novo, tentando livrar a mão à força.

— Greta, pare — pedi. — Você vai acabar se machucando.

— Cale a boca, Ronan. Vai machucar muito mais se eles cortarem minha mão fora.

— Isso não vai acontecer. — Respirei fundo para me acalmar. — Sra. Mão, sabe esse negócio do Monte Rushmore? Isso saiu do caderninho do Dawkins, aquele cara que foi atropelado pelo caminhão. É *ele* quem você devia estar interrogando.

O sr. Quatro passava a lâmina primeiro de um lado, depois do outro. *Raspa, raspa.*

— *Tsc-tsc.* — A sra. Mão estendeu o braço e tocou gentilmente minha face, no lado em que havia batido. Comecei a suar. — Eu gostaria de acreditar em você, Evelyn, juro que gostaria. Mas, sempre que começo a acreditar, você mente de novo.

— Ele está dizendo a verdade! — suplicou Greta, balançando a cabeça com tanto vigor que os cabelos caíram sobre o rosto.

— Por favor, sra. Mão, não faça mal a Greta. Se tiver que fazer mal a alguém, que seja comigo. Talvez isso a convença de que estou dizendo a verdade.

A lâmina raspou a pedra de amolar um punhado de vezes antes que a sra. Mão me respondesse.

— Nós *vamos* fazer mal a você. Mas tudo a seu tempo. — Ela se virou. — Sr. Quatro, corte a mão da garota.

— Não! — bradei, pondo-me de pé.

— Você precisa entender, Evelyn, que eu não estou de brincadeira. — Ela deu um passo na minha direção. Se estava com raiva, não demonstrou. No entanto, sua calma glacial era aterrorizante. — Agora, *sente-se*.

Com as pernas trêmulas, eu recuei até a cadeira. Se Dawkins estivesse ali, tenho certeza de que encontraria algo para usar como arma, mas tudo o que eu tinha era a cadeira na qual estava sentado. Talvez fosse o bastante. *Posso usá-la como um bastão*, pensei depressa. Posso arremessá-la pelos ares e acertar o sr. Quatro antes que ele...

Mas o sr. Quatro e Greta estavam longe demais; cinco metros, no mínimo. Eu jamais o derrubaria... não a tempo, não com a sra. Mão no meio do caminho.

O sr. Quatro ergueu a machadinha, o gume afiado da lâmina reluzindo.

— *Por favor!* — berrou Greta, se encolhendo e puxando o braço.

— Fique quieta, menina! — ordenou a sra. Mão. — Você por acaso quer que o sr. Quatro erre? Ele vai acabar cortando bem mais do que sua mão.

Greta congelou, boquiaberta. Era minha chance.

Enquanto a sra. Mão olhava para o outro lado, eu me levantei e levei a cadeira ao ombro, como se fosse um taco de beisebol.

Depois disso, foi tudo muito rápido.

Com a machadinha no alto, o sr. Quatro usou a outra mão para firmar o antebraço de Greta na mesa.

Ao fazê-lo, o grilhão que prendia Greta se abriu num estalo. Então, ela levantou o braço, agarrou o pulso do sr. Quatro e puxou para onde o dela estava.

Gritando "rá!" bem alto, ela fechou a algema, prendendo o homem, e correu para longe dos golpes que ele desferia com a machadinha. Pinçados entre os dedos dela, vi dois grampos tortos. Foi por *isso* que seus cabelos haviam caído no rosto.

O sr. Quatro largou a machadinha e começou a gemer. Ele lutava contra a mesa, contorcendo o corpo inteiro, tentando se libertar. Eu fiquei que nem um bocó segurando a cadeira, tentando entender o que estava acontecendo.

Greta apanhou a machadinha e recuou.

— Sr. Quatro! — bradou a sra. Mão. — Ordeno que faça silêncio!

Abruptamente, os gemidos do sr. Quatro cessaram, embora ele continuasse a puxar o braço.

— O que você fez com ele? — perguntei a Greta.

— Nada!

— Ele... — As palavras pareciam fugir a sra. Mão. — A carne é tudo o que lhe resta. Ele não gosta de ser confinado.

Carne?, pensei. *Confinado?* Eu não fazia ideia do que ela estava falando, mas isso não era novidade.

— Fique onde está! — ordenei. — Eu tenho uma cadeira... e não tenho medo de usá-la.

— Você acha que está no controle? Só porque essa garota escapou de uma reles algema? — zombou ela, arrumando a jaqueta.

— *Reles* algema? — repetiu Greta. — O segredo tinha uns seis pinos. — Ela meneou a cabeça. — Óbvio que para mim foi moleza, né. Eu arrombaria essa algema dormindo.

— Beleza, Houdini — interrompi —, você é a mestre dos cadeados. Podemos ir embora agora?

A sra. Mão deu um passo à frente, mas estacou ao ver Greta brandindo a machadinha no ar.

— Cuidado com isso, menina. Vai acabar se machucando.

— Sua preocupação com meu bem-estar é comovente — desdenhou Greta. — Então, ela girou a machadinha no ar. A arma desenhou um *loop*, e Greta a apanhou pelo cabo. Sem tirar os olhos da sra. Mão, ela abaixou a lâmina na altura do interfone. As luzinhas da base se apagaram.

— Você sabe manusear machadinhas, além de tudo? — perguntei enquanto recuávamos.

— E machados. Papai é um homem da natureza. Você acha que é o único que acampa por aqui?

— Vocês estão em menor número — ameaçou a sra. Mão. Ela não parecia nem um pouco alarmada com nossa fuga. — O sr. Dois e o sr. Cinco estão do lado de fora, assim como os dois acólitos e aquele menino.

— Acólitos? — indagou Greta.

— Acho que ela está falando de Izzy e Henry.

— Eles vão matar vocês — ameaçou a sra. Mão.

— Vamos correr o risco — retruquei, então embolsei o caderninho de Dawkins, o dinheiro e o isqueiro Zippo.

— Qual é a senha da porta?

A sra. Mão escondeu as mãos atrás das costas.

— Você acha mesmo que vou contar?
— Você que sabe, podemos seguir seu exemplo e cortar a mão do sr. Quatro.
— E você ainda jura que não sabe nada sobre os Guardiões do Sangue. — Em seguida, a mulher começou a resmungar algo, uma melodia baixinha.
— E não sei mesmo. Por que não acredita em mim?
— Foi então que vi o reflexo nas janelas: as mãos dela estavam brilhando. — Pare com essa palhaçada! — gritei, erguendo a cadeira, pronto para arremessá-la. — Pare de conjurar feitiços, ou seja lá o que estiver fazendo!
Mas ela não parou. Tudo o que fez foi trazer os braços para a frente. No espaço entre as mãos, brilhava uma luz vermelha.
— Tudo bem, Ronan — disse Greta. Ela digitou a senha no teclado e a porta se destrancou. — Aqueles dois não se preocuparam em bloquear minha visão quando me trouxeram para cá.
A compostura impecável da sra. Mão foi por terra, e ela ergueu as mãos iluminadas.
— Sr. Dois! — berrou ela, espremendo os olhos de raiva. — Sr. Cinco! Venham até mim!
Mas o corredor estava vazio.
Greta girou a machadinha na mão e bateu na fechadura digital com as costas da lâmina. O teclado se quebrou e ficou dependurado por uma maçaroca de fios faiscantes.
— Vocês não vão... — começou a dizer a sra. Mão, mas àquela altura já estávamos do outro lado da porta, fechando-a.
O trinco estalou ao se encaixar, e Greta repetiu o procedimento na fechadura de fora, reduzindo-a, também, a uma confusão de placas eletrônicas arrebentadas.

As luzes estavam apagadas. A única fonte de iluminação provinha de uma lâmpada que piscava sem parar, logo depois de uma curva no corredor.

— Só para ficar claro, eu não vou cortar *nada* de *ninguém* — sussurrou Greta, enquanto esperávamos nossos olhos se adaptarem à escuridão.

— *Eu* sei disso. Ainda bem que *eles* não cortaram.

Atrás de nós, a porta estremecia. A sra. Mão entoou um cântico, e o metal da porta começou a estufar lentamente para o lado de fora, soltando um rugido profundo.

— Temos que sair daqui — disse Greta.

— Onde será que estão aqueles dois?

Ela arregalou os olhos ao ver que eu continuava carregando a cadeira.

— O que vai fazer com isso? Convidá-los a se sentar?

— Que opção eu tenho? — indaguei, soerguendo a cadeira.

Greta parecia prestes a me dizer umas poucas e boas, mas, em vez disso, levou o dedo à boca.

— Tem alguém vindo — murmurou ela.

Prendi a respiração e ouvi o som de passos muito leves no corredor. O estardalhaço de uma porta de cela se abrindo e, em seguida, se fechando devagar. Mais passos, cada vez mais perto. Outra cela se abriu. De quando em quando, um feixe de luz dançava pelas paredes: uma lanterna.

— Será que trouxeram mais prisioneiros? — sussurrei, pensando em papai e mamãe.

Greta ergueu as sobrancelhas. Colocando o cabelo para trás da orelha, ela ergueu a machadinha, ainda de costas, o lado cego para a frente.

— Não — falei, levando a cadeira ao ombro. — Vou bater com a cadeira em quem estiver vindo e derrubá-los no chão. Daí, corremos para roubar as armas deles.

Margeei a parede em silêncio, até chegar à curva do corredor.

A luz da lanterna ficava cada vez mais forte. Dava para ouvir a respiração da pessoa enquanto ela fechava a última porta e se encaminhava para o fim do corredor.

Atrás de nós, a sra. Mão lançava outro feitiço para afrouxar a porta. O metal, que antes se estufara, brilhava e afundava. Mas a porta continuava firme.

Os passos cessaram e começaram de novo, porém mais silenciosos. Quem quer que fosse, havia escutado o barulho da porta e se acautelado.

— Agora! — chiou Greta.

Nós dobramos o corredor e eu bati a cadeira com toda a força.

A colisão produziu um baque surdo: o som de uma cadeira de aço colidindo contra um torso humano.

— Ai! — gemeu alguém, capotando para trás. A lanterna quicou no chão e girou para longe. — Que cacete foi isso que bateu em mim?

Brandi a cadeira na direção do vulto, no chão, e ameacei:

— Nem pense em se levantar.

— Eu tenho uma machadinha e sei como usar — acrescentou Greta. Com a mão esquerda, ela tateou a parede até encontrar o interruptor e o apertou.

Caído no chão estava Jack Dawkins.

CAPÍTULO 16

MORRER NUNCA MAIS

— Por que você me bateu? — Ele nos fitava e abraçava a própria barriga. — Com uma *cadeira*, ainda por cima? Que tipo de gente bate nos outros com uma *cadeira*?

— Dawkins? — ganiu Greta, a voz presa na garganta. — Dawkins! — Ela largou a machadinha e se jogou no chão para abraçá-lo. — Você está vivo!

— Cuidado com minhas costelas — pediu ele, se encolhendo. — Ainda estão um pouco doloridas.

— Mas você estava morto — falei. Nós havíamos visto o braço dele esticado sob as toneladas do caminhão. Ninguém simplesmente se levanta e sai andando depois de um acidente daqueles.

— E, no entanto, cá estou eu.

Dawkins passou a mão pela camisa. Havia novas manchas nela: algumas pareciam ser de sangue, ou óleo, e havia outra que era obviamente a marca de um pneu enorme. Dawkins, porém, estava igualzinho a antes. Ele se pôs de pé, alongou o pescoço, então se curvou e apanhou a lanterna.

— Morto, Ronan? A morte é só um estado de espírito.

— Tenho certeza de que a morte não é somente um estado de espírito — contrariou Greta. — Você tinha virado *paçoca*. — Ela o abraçou de novo. Era como se, por ter morrido e voltado à vida, ele tivesse se tornado a pessoa favorita de Greta no mundo.

— Era só um caminhãozinho...

— Era um *caminhãozão*. Foi horrível. — Greta fez uma careta. — Sua mão estava esticada debaixo das rodas do caminhão, era tipo, "aaargh!".

— Como você sabe que era eu?

— Você estava vestido igual. — Apontei para a jaqueta suja. — Com a mesma roupa de agora. Que está toda suja de sangue. E marcas de pneu.

— Beleza, vocês têm razão, eu estou um caco. — Ele baixou a cabeça e suspirou. — Queria poder tomar um banho e me explicar, mas receio que não tenhamos tempo. Estamos com um pouquinho de pressa.

Do interior da sala, a sra. Mão lançou outro feitiço e, dessa vez, a porta de metal tremulou como se estivesse começando a derreter. Dawkins apontou o feixe da lanterna para a porta e depois para a fechadura digital arrebentada.

— Seja quem for ali dentro, parece doido para sair.

— É a mulher que está nos perseguindo — expliquei. — A da parada de caminhões. A sra. Mão. Nós a trancamos, junto com um de seus ajudantes, ali dentro.

— Vocês dois fizeram isso? — indagou Dawkins, exultante. — Isso é que eu chamo de *trabalho bem-feito*! Estou impressionado. Meu peito se encheria de orgulho se não estivesse doendo tanto.

— Me desculpe pela cadeirada.

— Ah, foi mais o lance do caminhão. Leva um tempo para recuperar cem por cento. — Ele deu de ombros. — Mas chega de papo furado! Vamos andando.

Apanhei a cadeira.
— Você está de gozação? — perguntou Greta. — Largue isso para lá.
— Sem chance. Fico indefeso sem ela.
— É uma *cadeira*.
— Machucou Dawkins, não foi?
— Isso é verdade — admitiu Dawkins. Ele deu meia-volta e saiu andando na direção da entrada, e nós fomos atrás dele.
— Como você veio parar aqui? — indagou Greta.
— Não sei muito bem. Quando dei por mim, estava enfiado num saco plástico gigante. Isso nunca tinha me acontecido antes.
— Pois é — comentei. — Eles foram lá e recolheram... bem, seu corpo. Se você estivesse morto, quer dizer. Mas como estava vivo...
— Continua sendo meu corpo. Só que eu ainda não acabei de usar.
— Isso. Eles recolheram o seu corpo e o do outro cara — expliquei, organizando as peças. Alguém deve ter carregado os sacos pretos do porta-malas do SUV para dentro do esconderijo. — Mas por que eles recolheriam os corpos, em primeiro lugar?
— Deviam estar planejando me interrogar, quer dizer, caso eu voltasse à consciência. Eles sabem que os Vigilantes são, hum... especialmente duráveis.
— Mas você tinha virado *paçoca* — repetiu Greta.
— Você já falou. — Nós chegamos à porta do saguão.
— No mais, sacos pretos não têm nada a ver com sacos de dormir: não colocam zíper do lado de dentro, vocês sabiam? — Dawkins encostou o ouvido na porta. — Silencioso como um túmulo — acrescentou, abrindo-a.

Deitados de bruços no carpete do saguão, estavam Izzy e Henry. Os dois tinham as mãos amarradas atrás das costas, os pés amarrados um no outro, e meias amordaçando a boca. Izzy nos fitou. Ela tinha um machucado acima do olho esquerdo.

— Conhecem esses dois marginais da terceira idade? — perguntou Dawkins, indicando-os.

— Infelizmente — respondeu Greta. — Quem os amarrou?

Dawkins fez uma mesura.

— Obra minha. Eles não estavam sendo muito amigáveis, daí... Do que eu estava falando mesmo? Lembrei: preso no saco preto, sem saber onde estava. Imaginei que em um necrotério ou algo do tipo. Eu não conseguia sair, e não tinha nenhuma lâmina comigo, então fiz o que qualquer um teria feito: comecei a me debater e a gritar: "Oi, tem alguém aí?"

— Você ainda estava no saco preto? — perguntei.

— Qual parte de "eu não conseguia me livrar daquele troço" você não entendeu? — Ele meneou a cabeça na direção de Izzy. — Essa víbora velha veio me soltar. Pela arma Tesla que tinha na mão, vi que não devia ser amiga minha, por isso agi por instinto. — Ele deu um tapinha na têmpora. — Dei uma cabeçada nela.

Izzy grunhiu alguma coisa e Dawkins respondeu:

— Eu já pedi desculpas. Agora, me contem, com quem está a chave daquele trailer ali fora? — Ela indicou Henry com os olhos. — Com o Papai Noel, né? — Ele tateou os bolsos de Henry e encontrou as chaves, depois disse: — Muito bem, meninos, é hora de transferir esta reunião para a estrada.

— E quanto a Sammy? — indagou Greta.

— Quem? — perguntou Dawkins.

— Um menino que estava viajando com esses dois — expliquei, olhando ao redor. Havia outra porta no saguão, que eu não havia notado quando chegamos. — Ele nos salvou quando estávamos no trailer.

— Se ele os salvou — perguntou Dawkins —, o que vocês estão fazendo *aqui*?

— Está bem, ele *tentou* nos salvar, mas fomos pegos do mesmo jeito — explicou Greta. — Pode ser que esteja preso aqui também. Temos que ajudá-lo.

Dawkins girou os ombros até eles estalarem, e então endireitou a postura.

— Que diferença faz um menino a mais? Pelo jeito, eu já virei babá mesmo. Vamos encontrar esse tal de Sammy.

Dawkins abriu a porta do saguão, e nós entramos em uma sala pequena com uma parede cheia de armários de metal e dois bancos de madeira. À frente, havia um mostruário de armas cheio de rifles, do tipo comum, sem as modificações Tesla. Ao lado dos rifles, havia uma bolsa de viagem imensa.

— É melhor encontrarmos algo com que possamos nos defender — avaliou Dawkins. Ele abriu a bolsa e analisou o interior. — Isso aqui vai servir. — Ele pegou duas espadas levemente curvadas na ponta e as desembainhou. — Sabres *briquet*, era napoleônica. Um pouco desajeitado e chique demais pro meu gosto, mas não temos muita escolha.

— Por que não levamos os rifles? — perguntei.

Dawkins cruzou e descruzou os sabres algumas vezes, o sussurro do metal preenchendo a sala.

— Um rifle é uma desonra.

— Difícil ter honra quando o lado de lá traz rifles para uma briga de facas — ponderou Greta.

— Não quando quem empunha a faca é um Guardião do Sangue. Nós somos capazes de... bem, de alentecer o tempo. As reações de um Guardião são rápidas o bastante para divisar a trajetória de uma bala e defleti-la. Um rifle, na maioria das vezes, é ineficaz contra nós.

Na minha mente, vi mamãe investindo contra os policiais de mentira em Stanhope, desviando as balas com a espada. E me lembrei do remo que havia usado no rio. Mas aquilo não era a mesma coisa, ou era?

Com uma espada em cada punho, Dawkins postou-se na lateral de uma porta vai e vem, defronte aos armários.

— Agora, vamos ver o que tem do outro lado dessa porta.

— E quanto a nós? — perguntou Greta. — Não devíamos ter alguma coisa para nos defendermos?

— Tipo uma *arma*? — disse Dawkins, descrente. — Vocês dois são praticamente *crianças* ainda; podem se machucar. — Ele meneou a cabeça para mim. — Além do mais, Ronan tem a cadeira dele. Se rolar alguma bronca, ele pode se sentar nos inimigos.

— Será que podemos encontrar Sammy logo e sair daqui? — questionei. — Aquela porta não vai segurar a sra. Mão por muito tempo.

— Então, vamos — disse Dawkins. Ele atravessou a porta de costas e se virou logo em seguida. Nós fomos atrás.

Do outro lado, havia um corredor idêntico ao que estávamos antes: as mesmas celas, as mesmas lâmpadas fluorescentes, o mesmo piso marrom. Porém, da curva do corredor, lá no fundo, vinham os dois homens que haviam levado Greta à sra. Mão: o sr. Dois e o sr. Cinco. Eles chegaram derrapando, enquanto a porta balançava para lá e para cá às nossas costas, fazendo *flop-flop--flop*.

— Opa, tudo bem? — cumprimentou Dawkins, indo ao encontro deles.

Tanto o sr. Dois quanto o sr. Cinco empunhavam rifles Tesla. Pelo visto, os que havíamos jogado fora não eram as únicas armas Tesla que aquele povo tinha.

— Eu não atiraria com esses trambolhos aqui dentro se fosse vocês. Vai saber o que corre nesses canos aí em cima? — Dawkins apontou para o teto com um dos sabres. — Vão acabar fazendo lambança.

Eles apontaram os fuzis.

— Abaixem-se! — bradou Dawkins, enquanto eles abriam fogo.

Dawkins deu três saltos enormes e caiu de joelhos, deslizando. Enquanto fazia isso, desferiu golpes de espada, desenhando arcos curtos, acertando os raios violeta com a parte achatada da lâmina. Os raios ricochetearam nas paredes e no teto, estilhaçando as lâmpadas e os quebra-luzes, fazendo chover vidro e metal por todo lado.

Os raios se fundiram, e eu percebi que Dawkins não estava apenas os bloqueando. Ele os direcionava, refletindo-os de volta nos dois homens.

Assustados, o sr. Dois e o sr. Cinco soltaram o gatilho.

Dawkins deu uma cambalhota no ar, plantou os pés no chão e se lançou pelos ares, voando alto, passando bem no meio dos dois.

O sr. Dois se esquivou, mas o sr. Cinco não foi tão rápido, e Dawkins martelou o cabo de uma espada na têmpora do homem. O sr. Cinco desabou no chão.

Dawkins pulou na parede de trás e aterrissou.

Levou apenas um instante para que se pusesse de pé, mas foi tempo o bastante para que o sr. Dois alvejasse Greta com o rifle Tesla.

Greta estava praticamente morta. Porém...

Nada é mais rápido do que a velocidade da luz, mas, de alguma forma, aquele milésimo de segundo durou uma pequena eternidade. Lá estava o sr. Dois, puxando o gatilho com os dentes cerrados. Atrás dele, Dawkins já saltava pelos ares novamente, erguendo as espadas. Greta, com a mão apoiada na parede, se abaixava lentamente, muito lentamente, tentando sair da reta.

E, de alguma forma, interrompendo isso tudo, lá estava minha reles cadeira.

Quando eu a havia arremessado? Eu não sei.

Ela parecia leve como uma pluma, girando em torno de si mesma, na frente de Greta, bem na hora em que o raio Tesla ia atingi-la.

A cadeira não explodiu, não foi bem isso que aconteceu, mas a descarga da arma Tesla a acertou em cheio, provocando um clarão. Eu apertei as pálpebras com força, mas ainda dava para ver o contorno da cadeira em meio à escuridão, como se sua silhueta tivesse sido traçada a laser.

Uma chuva escaldante de aço se precipitou no chão ao redor. Caíram alguns pedacinhos no cabelo de Greta, mas eu os joguei longe. Um cheiro de fusível queimado se espalhou no ar.

Mais adiante, alguém gemeu "grumpf!", e então a luz se apagou, enquanto Dawkins erguia-se sobre os dois agentes desmaiados da Curva Sinistra.

— Ufa! — Greta suspirou.

— O que foi que eu fiz? — sussurrei.

— Salvou minha vida — disse ela. Eu estendi a mão e a ajudei a se levantar, e então ela me abraçou com tanta força que soltei um ganido. — Obrigada — murmurou ela.

— Eu *sabia* que aquela cadeira ia servir para alguma coisa! — gritou Dawkins, do fim do corredor. — Eu ainda vou fazer de você um Guardião do Sangue, Ronan Truelove.

A sala espaçosa que ficava logo depois da curva era idêntica ao lugar onde a sra. Mão havia me interrogado: mesas arranhadas de madeira, o mesmo piso gelado de concreto, até a senha da porta era igual. Mas não havia sinal de Sammy.

— Que alívio — disse Greta, esfregando o pulso. — Tive medo de que fôssemos encontrá-lo, ou a mão dele, em uma dessas mesas.

Em vez disso, havia um mapa e uma planta, do tipo que os arquitetos usam. Dawkins inspecionou ambos e disse:

— Espero que não se incomodem. — Então, começou a enrolá-los. Eu lembrei que estava com seu caderninho e, sem dizer nada, entreguei-o. Ele meneou a cabeça e enfiou tudo na jaqueta.

Nós verificamos cada uma das celas do longo corredor. No meio do caminho, encontramos Sammy.

Estava esticado em uma daquelas camas de campanha, concentrado no seu GameZMaster IV. Ele se encolheu um pouco ao ver a porta se abrir, mas relaxou quando viu que éramos nós.

— Achei que fosse outra pessoa — confessou ele, os olhos varrendo o corredor às nossas costas. — Izzy me disse que o tal Cabeça vai me castigar por tê-los ajudado, mas eu falei que ela estava enganada. Vocês descobriram o que estava acontecendo sozinhos, não foi? Talvez, se vocês disserem isso a eles, ela acredite.

— Não precisa se preocupar com eles — tranquilizou-o Greta.

— Vamos levar você embora — emendei. — Para um lugar seguro.

— Que bom — disse Sammy, mas continuou desconfiado. Ele apontou para Dawkins — Quem é ele?

— Um amigo — respondeu Greta. — O nome dele é Jack Dawkins.

— Tem certeza de que não é um deles? — O sorriso de Sammy tremulou, então percebi quão aterrorizado ele estava.

— Sem chance — garanti. — Dawkins está do nosso lado.

Sammy enfiou o GameZMaster IV debaixo do braço e estendeu a mão direita.

— Nesse caso — disse ele, muito sério —, fico muito feliz em conhecê-lo.

CAPÍTULO 17

A ALMA DA MATÉRIA

No estacionamento, Dawkins furou lindamente cada um dos pneus dos dois SUVs. Um assobio alto se propagou no ar.

— Isso vai segurá-los por um tempo — ponderou ele.

Ele deu a volta no trailer e viu o buraco que Greta fizera na traseira. Parte da fiação, no canto direito superior, ainda soltava uma fagulha vez ou outra.

— O que aconteceu aqui?

— Greta estava tentando soltar o reboque, mas não conseguíamos desencaixar o engate, e Izzy estava nos atacando com uma espada, daí Greta teve que usar a pistola Tesla para cortar o...

— Deixe para lá. Eu só queria que um de vocês tivesse mencionado que a traseira do trailer estava ferrada *antes* de eu arruinar todos os outros meios de transporte. — Olhamos para os SUVs, que pendiam sobre os pneus murchos. Dawkins suspirou e fez um sinal para entrarmos. — Só espero que tenha algo para comer aqui.

Ele guardou as espadas no closet do trailer, então se sentou ao volante e deu a partida. Enquanto arrastava o veículo estrada afora, Dawkins deu um tapinha no painel, onde havia um monte de telas.

— Sammy, imagino que uma dessas deve ser um daqueles troços de GPS.

— É essa aqui — indicou Sammy. — Você digita o endereço e ele mostra o caminho. As outras três telas são as câmeras dos retrovisores. — Sammy apertou um interruptor e as telas ligaram.

— Eles vão conseguir nos rastrear? — indagou Greta.

— Sem dúvida — afirmou Dawkins. — Minha esperança é que seremos mais rápidos do que eles e chegaremos à capital antes que percebam que fugimos.

— Estamos indo à capital agora? — perguntei. — Não é mais Roanoke?

— Nossos planos mudaram de novo, Ronan — disse ele, vibrando as mãos sobre o volante. — Há eventos em curso que devem ser interrompidos. Ainda que isso signifique expor membros dos Guardiões do Sangue e arriscar uma retaliação.

— Acho ótimo irmos para a capital — avaliou Greta. — Preciso mesmo ver papai.

Dawkins olhou de rabo de olho para ela.

— Verdade. É uma boa ideia.

— E podemos encontrar minha mãe — lembrei, e então contei a eles o que a sra. Mão havia me revelado.

De repente, assomando-se à luz dos faróis, deparamos com os portões trancados pela corrente, a moto de Greta ainda estacionada ao lado.

— Eu posso descer e empurrar a... — comecei a dizer.

— Você está de gozação? — interrompeu Dawkins, pisando fundo no acelerador. — Não vamos parar até chegar à capital.

Dawkins desviou-se da moto e bateu de frente nos portões. Tanto os portões quanto as correntes foram arrebentados como se não fossem nada.

— I-ra-do! — declarou Sammy, assobiando.

— Isso não foi nada — disse Dawkins, digitando um endereço no GPS. — Se quiser ver algo irado, é só me preparar um sanduíche.

— Tinha pão e mais umas coisinhas ali atrás — comentei, indo para a cozinha. — Vou ver se encontro.

Os armários estavam repletos de mantimentos sortidos: duas latas de sopa, um saco de café, um pacote de canudinhos.

— O carro acabou de sair da concessionária — lembrei. Sobre a pia, encontrei um pote de manteiga de amendoim e pão. Apanhei uma faca de manteiga no chão e lavei-a na pia.

— Sammy, como é que você foi parar no meio desse povo? — indagou Dawkins, abrindo uma fresta da janela. A brisa fresquinha soprava carro adentro e saía por meio do buraco gigantesco na traseira.

Fitei a estrada atrás de nós e tive medo de avistar faróis: a sra. Mão e seus numerosos lacaios com olhos de vidro, mas não havia nada. Suspirei aliviado e comecei a preparar um sanduíche.

— Meus pais adotivos são cientistas — explicou Sammy. — E pertencem a uma grande associação cheia de cientistas, que trabalham em um projeto superimportante. — Então, ele ficou em silêncio por alguns instantes. — Mamãe morreu alguns anos atrás, e eu não tinha mais ninguém. Já estive em, tipo, quatro lares adotivos. Esse até que pareceu legal no começo.

— A sra. Mão me falou sobre uma sociedade científica — comentei. — Ela disse que estão realizando uma grande empreitada.

— Precisamos de menos conversa e mais preparação de sanduíches, Ronan! — gritou Dawkins. — Sabe esse lance de *voltar de uma morte precoce demais*? Aquele resgate que eu fiz agora há pouco? Esses feitos heroicos requerem *bastante* energia, e energia requer combustível.
— Como ninguém respondeu, ele acrescentou: — E, por combustível, eu quero dizer *comida*.

O caminho de terra dava em uma porção estreita de asfalto: uma rodovia de duas mãos, a faixa amarela reluzindo à luz dos faróis. Nunca pensei que ficaria tão feliz em ver algo tão trivial. Sem dizer nada, Dawkins virou à esquerda e acelerou até alcançar o limite de velocidade.

Eu pus o sanduíche em um prato descartável e me dirigi ao banco do motorista. Antes que eu desse dois passos, Dawkins me disse:

— Calma lá. Você já me viu comer. Transforme esse pacote de pão *todinho* em sanduíche, faça-me o favor.

Greta encontrou outra faca e disse:

— Vou ajudar.

— Eles pareceram legais no começo? — perguntou Dawkins a Sammy.

— Não sou o primeiro filho adotivo dos Warner. A menina antes de mim fugiu. Foi o que me contaram, mas acho que não foi isso que aconteceu. Eu encontrei o diário dela atrás da cômoda. Que criança foge e não leva o diário junto?

— Só porque deixou o diário, não quer dizer que tenham feito alguma coisa com ela — ponderou Greta.

— Sei disso! Mas as coisas que ela escrevia eram...
— Então Sammy fitou as próprias mãos, e eu me lembrei de que ele tinha apenas onze anos. — Eles conduziam experimentos, e o tal do Cabeça vestia uma máscara bi-

zarra de três olhos para examiná-la. Ela escreveu que a máscara tinha *vida própria*. Ela se mexia.

— Que medo! — disse Greta, paralisada, com uma faca cheia de manteiga de amendoim na mão.

— A máscara é alguma espécie de criatura? — perguntei.

— Acho que só quando está no rosto dele — explicou Sammy. — Depois que ela descreve isso, o diário acaba sem mais nem menos. — Aconteceu algo de ruim com ela, aposto, e o culpado é o mascarado.

— Você não sabe o nome desse tal Cabeça? — indagou Dawkins. — Seria de grande ajuda.

— Acho que ouvi uma vez, mas... isso foi antes de encontrar o diário. Eu não estava prestando muita atenção. — Sammy suspirou, afundando no assento. — Eles costumam chamá-lo de Cabeça. É um desses homens adultos que vestem ternos, aparentam ser normais e fingem ser legais, mas na verdade estão julgando todo mundo. Ele é frio, frio, frio.

Dawkins dirigiu em silêncio por alguns instantes.

— Diga-me, Sammy, seus pais adotivos trabalham com o quê?

— Eles são físicos de partículas. O dr. Warner, meu pai adotivo, publica artigos com títulos esquisitos, como "O rastro de fumaça subatômico da alma". Minha mãe adotiva é cientista também. — Ele girou na cadeira e fitou a escuridão através da janela. — Não os vejo muito, para dizer a verdade. Estão sempre no laboratório.

— Meu pai é igualzinho — compartilhei. — Alguns fins de semana, até esqueço que ele faz parte da família. — Nos últimos anos, papai passou o tempo todo trabalhando ou viajando, e eu não o via quase dia nenhum, não saberia dizer nem que roupa estava usando. Jurei para mim mesmo que isso mudaria a partir daquele dia. Depois que eu e mamãe o resgatássemos, seríamos uma família de novo.

— Meus pais não são assim — refletiu Greta. — Vejo mamãe sempre. E papai também.

— Ronan, Greta, sério... eu preciso desesperadamente de algo que me dê sustância. — Os olhos de Dawkins se encontraram com os meus no retrovisor. Estava com olheiras e parecia exausto. Ele fora atropelado por uma carreta, lembrei a mim mesmo. — Cadê o rango?

Greta fez uma montanha de sanduíches no prato e foi até ele.

— Aqui está.

— Pode deixar no meu colo. Eu cuido do resto. — Ele apanhou um sanduíche, dobrou-o no meio com a mão direita e enfiou-o goela abaixo. — Seus pais adotivos eram aqueles velhotes que deixamos amarrados no saguão do prédio? — retomou, de boca cheia.

— Não, não, aqueles são Izzy e Henry. Minha mãe adotiva os chama de acólitos. Eles fazem trabalhos estranhos no laboratório, ficam para cima e para baixo. Quando o alarme disparou por causa de vocês, eles se puseram à disposição. O dr. Warner me chamou e disse que eu tinha um papel a cumprir. Ele sacou que Greta e Ronan talvez não fossem confiar em dois velhos estranhos, mas que confiariam em outro menino.

— É verdade — falei. — Izzy e Henry pareceram bem menos esquisitos porque você estava junto.

— Continuaram esquisitos, só que não *tão* esquisitos — acrescentou Greta.

— Ah, eles são esquisitões mesmo — concordou Sammy.

— O que não entendo é por que querem tanto você, Ronan — falou Greta.

— A sra. Mão me contou que queria me usar contra minha mãe, mas não era só isso.

Dawkins enfiou mais um sanduíche na boca.

— O que mais?

— Ela me perguntou sobre o Olho da Agulha.

— Matheus 19:24 — explicou Dawkins. — É aquele papo de que "é mais fácil passar um camelo pelo fundo de uma agulha, do que entrar um rico no reino de Deus".

— A sra. Warner disse a mesma coisa quando perguntei o que isso significava. Ela havia escrito a frase no topo de um diagrama, que encontrei na mesa da cozinha.

— E, pelo jeito, ela não estava verificando se você havia feito a lição do catecismo. — Dawkins mordiscou o sanduíche, em vez de engolir tudo de uma vez. — Não gosto dos rumos que isso está tomando.

— E que rumos são esses? — questionou Greta.

— Que tipo de diagrama era? — perguntou Dawkins a Sammy, ignorando a dúvida de Greta.

— Não tenho certeza. Parecia uma cestona de basquete. — Sammy fez um círculo no ar com as mãos. — Tinha rede e tudo mais.

— Talvez fosse uma cesta de basquete mesmo — arrisquei.

— Claro — zombou Greta. — O tal Cabeça contrata os pais do Sammy, que são físicos, para fabricar cestas de basquete. Porque ele vai bancar um time na NBA.

— Agora que você falou, não parece muito provável — admiti.

— Isso não é bom — resmungou Dawkins. — Isso não é nada bom. — Ele mandou outro sanduíche para dentro, mas não parecia contente.

— Por quê? — perguntei. — Que tipo de diagrama é?

— Não sei, mas tenho minhas suspeitas. Depois de descobrir a ocupação dos pais de Sammy; depois de ouvir sobre o tal Olho da Agulha... — Ele terminou o último sanduíche em duas bocadas. — A situação é bem pior do que todos nós imaginávamos.

— Eles levaram papai, nos sequestraram e quase cortaram a mão de Greta fora. Tem como ficar pior?

— Você não faz ideia. — Dawkins olhou para mim por sobre os ombros, mas parecia estar olhando além, através do buraco na traseira e da escuridão atrás de nós, até o prédio onde a sra. Mão e sua equipe tramavam algum ardil. — Parece que resolveram um enigma sobre o qual estavam se debruçando há séculos e agora podem fazer algo que deveria ser impossível.

— E o que seria isso? — indaguei.

— Ah, nada de mais, Evelyn Ronan Truelove. Mas parece que encontraram um jeito de aprisionar a alma humana.

CAPÍTULO 18
À ESPERA DO FIM DO MUNDO

Sammy ficou de queixo caído e arregalou os olhos para Dawkins e para mim.
— Seu nome é Evelyn *Truelove*?
— É um nome besta, eu sei. Pode me chamar de Ronan.
— Ninguém se importa com seu nome — resmungou Greta, mas Sammy me olhava como se tivessem crescido chifres na minha cabeça.
— Você está bem? — perguntei.
— Acho que só estou cansado. — Ele cobriu o rosto com as mãos e soltou um bocejo imenso. — Tudo bem se eu for dormir?
— À vontade — confirmou Dawkins. — Mas receio que no quarto dos fundos esteja uma ventania dos diabos.
Sammy dirigiu-se vacilante ao banco da cozinha e nele se aninhou.
Coitado, pensei, me lembrando de Izzy e Henry.
— Estou acabado também — admiti, afundando no banco vazio do carona.
— Vou dormir mais tarde — disse Greta. — Quero saber por que esse povo quer aprisionar almas.

— Acho que não tem problema se eu lhes contar, agora que vocês já estão metidos nisso até o pescoço. Sabem a sociedade científica da qual os pais adotivos de Sammy fazem parte? Trata-se de um grupo que há séculos trabalha duro para causar o fim do mundo.

— Por que alguém desejaria isso? — indaguei.

— Porque eles podem? — respondeu Dawkins, dando de ombros. — Por que a gente faz tudo o que faz? Eles acreditam que a humanidade apodreceu com tanto pecado e que o único jeito de salvar a Terra é dizimar tudo com o fogo do inferno, livrando o planeta de todo mundo, menos eles. Igual à Arca de Noé, só que com fogo.

— Então eles querem recomeçar do zero — avaliou Greta. — Só que desta vez os sobreviventes vão ser os caras do mal.

— Não aos olhos deles — corrigiu Dawkins. — Eles acreditam que são os caras do *bem*, os caras que têm coragem de arregaçar as mangas para salvar o mundo.

Eu me lembrei do discurso da sra. Mão.

— A Curva Sinistra — falei.

— Esse é o nome deles. Eles se dizem acadêmicos e cientistas, mas isso é só maquiagem para enfeitar a boa e velha maldade. Em vez de trabalharem para tornar o mundo um lugar melhor, se dedicam à missão de eliminar os trinta e seis Puros. Essa é a única razão pela qual a Curva Sinistra existe: matar os outros e, assim, causar o fim dos tempos.

— O que é um Puro? — questionou Greta.

Dawkins estava no embalo, ignorou a pergunta e continuou falando:

— E, no entanto, nunca conseguiram. Por quê? Porque... — Ele levantou o dedão. — Um: eles não sabem quem *são* os trinta e seis. De vez em quando, descobrem a identidade de, no máximo, alguns, mas nunca conseguiram matar mais do que cinco de uma só tacada. O que já causa uma confusão danada no mundo, mas não chega a ser o fim.

— E razão número dois: porque os Guardiões do Sangue estão aqui para proteger os trinta e seis — completei, pensando em mamãe.

— Exatamente. — Dawkins recostou-se no banco. — Nós, Guardiões, nos devotamos a fazer com que a vida do Puro seja a mais comum e tediosa possível. O ideal é que levem vidas desprovidas de graça e então morram de morte natural. Entretanto, às vezes, acontece o inesperado. A Curva descobre a identidade de um Puro, derrota o Guardião e mata a pessoa que juramos proteger. O mundo se torna um lugar mais sombrio, mas somente durante o tempo previsto até a reencarnação daquela alma. Por fim, ela retorna ao mundo em um novo receptáculo, uma nova pessoa cujo nascimento restaura o equilíbrio.

— Mas e se a alma não reencarnar? — perguntei, lembrando-me do tal Olho da Agulha. — E se ela ficar presa?

— É aí, meu amigo, que mora o problema. — Dawkins brandiu o punho. — *Ninguém* deveria ter o poder de aprisionar almas, não é uma coisa feita para ser arrancada do corpo com um pinça mágica. As almas voltam — continuou Dawkins, e pela primeira vez no pouco tempo em que nos conhecíamos, ele me pareceu angustiado. — Elas *sempre* voltam. Essa é nossa maior salvaguarda.

— Até agora? — acrescentei.

— É o que parece.

Ele virou rumo ao sul, adentrando uma rodovia larga, quatro faixas de cada lado, trânsito leve nos dois sentidos. Através do para-brisas, as luzes de uma cidade brilhavam no horizonte. O relógio no painel já marcava mais de duas da manhã.

— *Caso* a Curva consiga impedir que as almas dos Puros reencarnem, eles só precisam capturar uma por vez e mantê-las em sua posse. Em algum momento, já terão impedido vários Puros de voltar ao mundo. E então...

— E então...? — perguntou Greta, tão baixinho que mal ouvi sua voz.

— E então, fim do mundo. — Dawkins cerrou os punhos em torno do volante.

Não havia o que dizer a respeito daquilo, de modo que nos limitamos a contemplar a estrada e a escuridão que devorava o mundo ao redor. O silêncio durou tanto tempo, que comecei a ficar incomodado. Eu precisava ouvir alguma coisa, qualquer coisa, nem que fosse minha própria voz.

— Ah, é! — falei, falando muito mais alto do que planejava. — Eu me esqueci de contar do monóculo roxo que minha mãe me deu...

— Ela deu a Lente da Verdade para *você*? — perguntou Dawkins, balançando a cabeça. — Que excesso de confiança.

— Acho que nem tanto — neguei, me lembrando do que mamãe escrevera no envelope. — Ela me mandou entregá-lo à pessoa que eu ia encontrar no trem. Ou seja, você.

— Por favor, não me diga que a Curva Sinistra a encontrou e a tomou de você — suplicou Dawkins, olhando de Greta para mim.

— Não — respondi, tateando o bolso. — Está aqui comigo. Quer que eu a entregue agora?

— Pode deixar no seu bolso por enquanto — disse ele, fazendo um sinal negativo com a cabeça.

— Foi estranho — acrescentei. — Quando vi Izzy e Henry, aquele casal do trailer, através da lente, só apareciam as silhuetas, cintilando.

— É porque eles existem de uma forma que a Lente da Verdade não consegue ver. Eles deram sua força vital para a causa. Vários acólitos doam à Curva Sinistra sua centelha animadora, aquela essência espiritual que conduz a pessoa ao longo da vida. Toda essa força vital sacrificada se une para formar um poder imenso. Esse poder é canalizado pelos Mãos.

— Que nem a sra. Mão? — perguntou Greta.

— Esse é o título dela, não o nome. Os Mãos podem usar o poder por conta própria, ou canalizá-lo através dos lacaios, aquele bando de brutos desalmados que ficam seguindo-a para lá e para cá.

— Lá no esconderijo — lembrei —, quando Greta prendeu o sr. Quatro, a sra. Mão disse que...

— A carne é tudo o que lhe resta — completou Greta.

— Esse sr. Quatro mal existe, senão como extensão da tal sra. Mão. Mas, por meio dele e de outros iguais a ele, ela pode realizar coisas extraordinárias.

— Nós vimos — falei, e então contei a ele o episódio do sr. Quatro no rio.

— Mas, pior do que os Mãos — retomou Dawkins —, são os Cabeças. Ninguém conhece a identidade deles. Quem são eles quando não estão praticando o mal? Não fazemos ideia. Fingem ser pessoas comuns, com empregos comuns. O trabalho do Guardião do Sangue seria mil vezes mais fácil se os Cabeças usassem, sei lá, um broche da maldade universalmente reconhecido.

— E aquela tatuagem? O olho aberto com umas ondas saindo dele. Não dá para identificá-los através dela?

— O símbolo do Perceptor. Um olho que tudo vê e do qual não se esconde. Sabem o diário da menina, do qual Sammy falou? Ela foi examinada pelo Perceptor. É tipo uma Lente da Verdade, só que ele é verde fluorescente e a Curva Sinistra o encaixa numa máscara horripilante.

— Você fez um desenho dela! — exclamou Greta. — No caderninho.

— Nunca vi uma ao vivo, mas aquela é a descrição que me fizeram. Ela permite ao usuário *ver* almas, mas tem outras habilidades além dessa. A tatuagem do Perceptor, no entanto, não é para alguém que deseja andar por aí despercebido. Um Cabeça jamais seria marcado.

— Você é um dos Puros dos quais estava falando? — indagou Greta, repousando a mão no ombro de Dawkins. — Você reencarnou, depois da parada de caminhões?

— Nem de longe! Eu só me curei. O corpo do Vigilante se refaz por conta própria, não importa o que lhe aconteça. É por isso que como tanto, meu metabolismo é igual a uma fornalha.

— Você se curou? — perguntei. — Uma carreta para em cima de você e você simplesmente... volta ao normal?

— Sim, Ronan. Eu me curo. Rápido demais, talvez, mas não é diferente de quando você se corta ou quebra um osso. É impossível matar um Vigilante. *Nunquam mori*, é o nome que os Guardiões dão para isso; é só um jeito fresco de dizer "nunca morre" em latim. Eu escondi minha morte e, como resultado, o mundo vai ter que me engolir até eu decidir que é hora de zarpar o barco.

— Queria poder fazer isso — refleti, e então pensei em mamãe. — Todos os Guardiões do Sangue são imortais?

— Não, somente os Vigilantes. E, vá por mim, você *não* quer isso para si mesmo, nem para ninguém que lhe seja querido. *Dói*. Embora não seja possível me matar, eu me sinto praticamente morto. — Seu corpo inteiro estremeceu. — Sinto náusea e dores tão avassaladoras que a verdadeira morte seria uma misericórdia. — Ele me olhou nos olhos. — Mas então, como diz você, eu volto ao normal.

— Então isso quer dizer que você está vivo há muito tempo? — indagou Greta.

— Algumas centenas de anos, mas até que sou relativamente jovem dentre os Vigilantes dos Guardiões do Sangue.

— Você tem duzentos anos?

— Nem tanto, mas daqui a uns dez anos...

— Isso quer dizer que você nasceu em... 1824?

— 1821, na verdade. Mais ou menos dez anos depois, eu me envolvi com os Guardiões do Sangue, mas não entendi isso na hora. A princípio, a única coisa que entendi é que eu tinha batido a carteira da pessoa errada.

— Então, você foi ladrão a vida toda.

— Batedor de carteira — corrigiu ele. — Tem uma diferença. Bater carteira requer... arte. Prestidigitação. Fineza. Roubar é só bater e levar.

— Roubar é roubar. — Greta dobrou as pernas contra o peito, abraçou-as e fechou os olhos. — Onde foi isso? — perguntou ela, bocejando.

— Inglaterra. Nasci no mês em que Napoleão Bonaparte morreu, em maio de 1821. Vim ao mundo em um buraco sórdido, uma cidadezinha chamada Northampton, no fundo de um buraco mais sórdido ainda: um abrigo do governo, onde se oferecia trabalho aos pobres. Minha mãe foi para lá depois de não ser mais aceita em lugar nenhum: ela era pobre, estava grávida, sem marido nem emprego. Alguns anos depois, ela saiu de lá, mas dentro de um saco de juta, para ser jogada na vala comum, com uma pá de cal, perdida entre os muitos outros que haviam morrido no abrigo. Desconfiado que sou, fugi na primeira chance que tive, logo depois de completar oito anos. Meus pés me levaram ao sul, para Londres, em companhia de outras duas crianças de rua, chamadas Agatha e Tentilhão. Nós éramos vigaristas e ladrões e estávamos sempre morrendo de fome. Era inverno, eu tinha uns dez anos, quando encontramos o alvo perfeito...

CAPÍTULO 19

Jack Dawkins, o pescador de carteiras

Nós a avistamos no instante em que ela adentrou o mercado novo de Covent Garden. Ela era robusta, suave e pálida, e trajava um vestido em tecido brocado vermelho-sangue, cujo farfalhar nos dizia: *dinheiro*.

— Que belo — sussurrou Agatha, tateando o próprio casaco roto.

— Belo alvo, você quer dizer — emendou Tentilhão. Mantendo alguns metros de distância, nós a seguimos por entre as barracas, serpenteando através da mixórdia angulosa de carroças e estandes, nunca nos detendo tempo suficiente para atrair a ira alheia.

Os feirantes vendiam tudo o que se pode imaginar e mais um pouco. Havia padeiros, açougueiros e peixeiros; homens vendendo galinhas, pombos e patos; hortaliceiros com barris nos quais repolhos, cebolas e batatas se amontoavam em pilhas mais altas do que eu e meus amigos, e cestos abarrotados de ervilhas, agrião e outros legumes e verduras cujos nomes desconhecíamos, pois nunca as havíamos colocado na boca.

Em dado momento, fomos parar no canto da feira predileto dos ferreiros. Foi ali que vimos a mulher do vestido vermelho-sangue, com uma bolsa de mesmo tom dependurada no pulso, abrindo caminho por entre as barracas.

Normalmente, nada naquele lugar seria de interesse para uma moça pomposa e bem-vestida da sociedade. Se fôssemos mais atentos, teríamos nos perguntado o que ela estava fazendo ali e sido mais cuidadosos.

— Eu quero uma laranja — falou Agatha. — Uma laranja grande e suculenta.

— Xiu, abaixe-se — mandou Tentilhão. — Você vai ganhar uma já, já. Mas, antes, vai ter que apagar.

Agatha era a menor de nós, e a melhor atriz, e era ela quem desmaiava dramaticamente, como se acometida pela fome. Ela era tão magra que somente os corações mais duros duvidavam dela.

Tentilhão, cujo aspecto ainda era saudável, apesar das roupas esfarrapadas, fingia perceber o desmaio e gritava pedindo ajuda.

Então, eu afanaria a carteira da moça e daria no pé antes que ela se desse conta.

Enquanto a mulher discutia calorosamente com um vidraceiro, nós nos posicionamos. Tentilhão e Agatha deram a volta na barraca do homem, enquanto eu ia para trás da moça, com as mãos nas costas, fingindo olhar as mercadorias à venda.

A mulher mostrou-lhe um disco de vidro roxo.

— Preciso de um conjunto de lentes que amplifique os efeitos desta — solicitou ela.

— O que essa lente faz, exatamente? — inqueriu o homem, segurando-a no alto e olhando para o céu. — Nunca vi nada parecido.

— Ela é... especial. Ela reconhece um espectro raro que...

Foi aí que Agatha levou o dorso da mão à testa, girou os olhinhos e, com um triste "oh!", desabou aos nossos pés.

— Minha irmã! — gritou Tentilhão, ajoelhando-se ao lado dela.

A mulher se virou e disse:

— Pobrezinha! Dê-lhe um pouco d'água. — Ela afrouxou o cordão da bolsa de pano que trazia no braço, apanhou um frasco prateado e o entregou a Tentilhão.

— Ah, obrigado, minha senhora! — Ele destampou o frasco e o emborcou de lado, derramando um filete cristalino sobre o rosto de Agatha.

A menina encenou um engasgamento dramático e disse:

— É você, Tentilhão?

Aquela era minha deixa. Eu me aproximei da mulher e escorreguei a mão bolsa adentro, por meio da fenda que ela deixara aberta. Meus dedos tocaram um porta-moedas pequeno, porém pesado, que se encaixava perfeitamente no meu punho.

— Ah, mas de jeito nenhum! — exclamou a mulher, fechando a bolsa com minha mão dentro e dando um nó no cordão.

Puxei o braço para trás, mas não consegui me livrar dela. Não com o porta-moedas na mão. Se eu o tivesse largado, talvez tivesse soltado minha mão, mas ele estava gordo de tanto dinheiro, e eu o queria para mim.

— Está achando que vai me roubar? — inqueriu a mulher, crescendo para cima de mim. Foi então que percebi que não se tratava de uma moça da alta sociedade, mas de alguém que trabalhava duro pelo próprio sustento. Isso se via nas mãos calejadas e na força dos braços, com os quais ela me ergueu no ar, dependurado na bolsa, onde me amarrara pelo pulso.

Sacudi as perninhas, chutando vento.

— Parece que peguei uma ratazana imunda — anunciou a moça. Os feirantes morriam de rir nas tendas.

— Por favor, minha senhora — ofeguei. — Eu sinto muito!

— Sentiu tanto que não conseguiu largar a bolsa. Se tivesse feito isso, menino tolo, eu talvez o deixasse ir embora. Mas agora...

Atrás dela, Agatha e Tentilhão desapareceram na multidão. Eles iriam para nosso esconderijo secreto, na ruela de Petticoat Lane, e esperariam por mim lá.

A mulher me abaixou até meus pés voltarem a tocar o chão. Firmei os calcanhares e tentei soltar o braço, mas ela deu um puxão com tanta força que eu caí de cara na calçada, o braço direito erguido sobre a cabeça.

— Você vem para casa comigo, rato. Seja andando com os próprios pés, o que seria mais fácil para nós dois, seja arrastado pelas ruas. A escolha é sua.

Ela marchou através da multidão comigo na rabeira, meus joelhos e canelas batiam em todas as lombadas e pedras do caminho.

— Deixe-me ir, sua vaca gorda!

Ela parou e me ergueu no ar uma vez mais.

— Minha única intenção era lhe dar um banho, mas pelo visto será necessário esfregar sua língua também. — Ela me largou no chão de novo e saiu andando. Dessa vez, aterrissei em pé e me embarafustei atrás dela.

* * *

Nosso destino ficava a quinze minutos de distância: uma taverna de três andares chamada Estrela Trocada. Quando enfim chegamos, eu estava aos prantos.

— Pare de choramingar, rato. Assim, você não vai causar uma boa impressão. — Então, ela abriu a porta.

Do lado de dentro, havia um salão amplo que se dividia em duas partes. À esquerda, havia um bar barulhento, abarrotado de clientes. O cheiro de carne com batata me fez salivar. À direita, havia uma recepção e um escritório.

— Opa, Jenks! — cumprimentou um homem careca por trás do balcão. — O que me trouxe?

— Um rato que apanhei no mercado — respondeu ela, levantando meu braço outra vez e me inspecionando de cima a baixo. — Pensei em dar-lhe um banho e ver se presta para alguma coisa.

O careca não fez questão nenhuma de disfarçar os olhos arregalados para mim.

— Tem certeza de que quer cuidar disso aí? Ele não me parece muito esperto.

— É, George — disse a mulher chamada Jenks. — A igreja nos diz para praticar a caridade, e esta pobre criatura precisa de toda a caridade que pudermos lhe dispensar. — Tendo dito isso, ela desamarrou a bolsa e finalmente soltou minha mão.

George suspirou e apanhou um molho de chaves.

— Vou encher a banheira — disse ele.

Um pouco depois, George me mandou tirar a roupa e me sentar em uma tina de água quente e cheia de sabão. Ele me deu uma escova bem dura.

— Limpe essa sujeira direito. Vá por mim, antes você do que Jenks. Ela não é das mais delicadas. — Em seguida, fechou a porta.

Eu estava em um quarto de madeira pequeno e sem janelas, no qual havia apenas uma lareira, uma mesa de cavaletes, um espelho e uma estante cheia de livros. Não havia saída, além do quê, eu estava com um medo mortal de Jenks, de modo que obedeci a George e comecei a me esfregar. Havia ali uma barra de sabão de perfume doce. Eu a levei ao nariz por alguns instantes, sentindo seu cheiro, e a esfreguei pelo corpo todo, até sentir a pele e os cabelos deslizarem sob os dedos. Eu não ficava tão limpo assim havia anos. Quando me olhei no espelho, fiquei surpreso ao ver minha nova aparência.

George me trouxe uma calça e uma camiseta de algodão muito cheirosa.

— Vista isso, que vou levá-lo até ela.

No escritório, atrás da recepção, Jenks estava sentada a uma escrivaninha. Ela se virou para mim assim que entrei e me indicou a mesa no meio da sala, sobre a qual repousava um prato de estanho, de onde subia um aroma suave de carne com batata.

— Encha a barriga enquanto lhe encho os ouvidos — instruiu-me ela. — É só comer e ouvir.

Eu me atirei ao prato, como se nunca tivesse comido tão bem na vida. O que, pensando bem, talvez fosse mesmo o caso.

— Escute-me bem, menino. Você é jovem demais, por isso não ouso sequer cogitar que seja uma pessoa ruim. Você não passa de uma criança desesperada, que, consternada pela fome, faz coisas que Deus e a sociedade veem com maus olhos.

— Desculpe-me por ter tentado roubar você, moça. Não vou fazer isso de novo.

Ela desdenhou de minhas desculpas com um aceno.

— Eu vou lhe fazer uma proposta. Eu irei alimentá-lo, vesti-lo e educá-lo pelos próximos seis anos, se você concordar em não fugir nem roubar nada de mim. Em vez disso, vai trabalhar aqui comigo e com George, ajudando-nos a conduzir a taverna.

— Um emprego? Você está me oferecendo trabalho? Mas eu tentei roubá-la.

— Estou lhe oferecendo uma *vida*. Se quiser dar as costas à oferta, fique à vontade. Não posso lhe obrigar a escolher o caminho do bem. Mas, se quiser ter uma chance de fazer alguma coisa da sua vida, a hora é agora.

Ela se levantou e se encaminhou para a saída.

— Termine a janta com calma, e logo mais eu voltarei para ouvir sua resposta.

No instante em que a porta se fechou, eu já estava de pé, revirando a escrivaninha. Havia um punhado de coisas bacanas nas gavetas: canetas e globos de vidro, os quais eu poderia surrupiar facilmente. Bem no meio do mata-borrão tinha um calhamaço com capa de couro. Seria valioso? Eu não sabia, pois não sabia ler. Folheei as páginas e pela primeira vez na vida me senti burro.

Eu me preocupava com Agatha e Tentilhão, mas também me preocupava comigo. Eu olhava para minhas mãos limpas segurando aquele livro. Estavam rosadas, limpas e pareciam novinhas em folha. Eu não havia lavado apenas a sujeira, foi só então que me dei conta disso. Eu havia lavado toda a minha vida pregressa.

Aquela tal de Jenks me alimentaria. Ela me daria um lugar para dormir. Ela me educaria, de modo que os rabiscos naquelas páginas passariam a fazer sentido.

Com cuidado, devolvi as canetas e os pesos de papel ao lugar onde os havia encontrado e voltei à cadeira onde eu estava sentado.

O cozido estava delicioso. Eu me senti grato pelo fato de a porta estar fechada, assim ninguém veria as lágrimas que escorriam enquanto eu usava os restos do pão para limpar até a última migalha do prato.

Jenks era uma pessoa tão boa quanto a promessa que me fizera. Até melhor, na verdade. Ao longo dos anos que trabalhei para ela, me tornei saudável, inteligente e algo que jamais sonhara: feliz. Ela me ensinou as letras, e dentro de um ano eu já estava lendo.

— Você conseguiu, Jack — disse Jenks, num Natal qualquer, dando-me uma laranja. — Você se tornou respeitável.

Eu girei a laranja nas mãos e pedi permissão para me ausentar. Questões pendentes, justifiquei-me. Não sei como ela sabia, mas me deu um beijo na bochecha e disse:

— Sempre voltando ao lar. — Então, me dispensou.

O esconderijo secreto da ruela de Petticoat Lane ficava dentro de um buraco, sob a escada da portaria de um prédio abandonado, mas ninguém ia lá havia muito tempo. O vento assobiava através das frestas, entre as pedras, e era impossível se aquecer. Como eu sobrevivera ali, eu me perguntei. Pensei em deixar um bilhete para Tentilhão e Agatha, mas me lembrei de que eles não saberiam o que estava escrito. Assim como o antigo eu, nenhum deles sabia ler. Eu acreditava que nunca mais fosse vê-los, mas, assim como muitas coisas em que acreditava naquela época, eu estava enganado.

Desenrolei o cachecol que me cobria o pescoço, o depositei no chão e aninhei a fruta em cima dele. Eu finalmente dei a Agatha sua laranja.

Já passara da meia-noite fazia tempo quando cheguei em casa, e o primeiro andar da taverna estava escuro, exceto pelo candeeiro na mesa da recepção.

O recepcionista noturno, Ruben, me desejou um feliz natal e me informou que Jenks estava levando o lixo para fora a fim de que fosse recolhido pelo lixeiro. Aquela tarefa era minha, mas eu não estava lá, e então ela a assumira para si.

Peguei um lampião e corri para os fundos, com as desculpas na ponta da língua.

Estava escuro atrás da taverna e eu quase tropecei no trenó. Os barris de lixo ainda estavam em cima dele, e não se via Jenks em parte alguma.

Foi então que ouvi o barulho de uma briga. Eu ergui o lampião. A luz revelou uma estranha cena.

Jenks lutava contra três homens. Eles a cercavam, mas não conseguiam se aproximar, pois ela girava tão rápido que só se via um borrão. Os homens vestiam estranhos fraques pretos e chapéu-coco, e cada um empunhava uma espada brilhante. Jenks, por sua vez, só tinha uma concha e uma tampa de panela.

Ao ser iluminado pelo lampião, um dos homens se virou para mim. Jenks aproveitou a oportunidade para descer a tampa de metal na nuca dele. Ele caiu de frente.

Ela aparou a ponta da espada do segundo homem com a curva da concha e girou-a de tal modo que o homem perdeu a empunhadura e a arma voou para longe, no escuro. Então, ela também o atingiu com a tampa da panela e, por fim, se virou para o terceiro homem.

— Vai me atacar ou não?

O homem, vendo que a enfrentava sozinho, recuou preocupado, deu-lhe as costas e fugiu.

— Bem na hora — disse Jenks, observando os dois homens desmaiados no chão à sua frente. — Vamos, rapaz, ajude-me a me livrar desse lixo.

Nós colocamos os dois dentro de barris vazios, e, quando o lixeiro apareceu de carroça, nós os jogamos no meio do lixo.

— Você se importaria em levar esse lixo para muito, mas muito longe daqui? — perguntou Jenks ao homem, dando-lhe uma bolsa cheia de moedas.

Enquanto voltávamos para dentro, Jenks disse:

— Você deve estar se perguntando o que acabou de ver. Aqueles homens vieram aqui esta noite para me torturar.

— Por que alguém faria isso? — perguntei, chocado e confuso.

— Por eu ser quem sou, Jack, e pelo juramento que fiz. Eu sou uma Guardiã do Sangue.

Alguns anos depois, eu me juntei aos Guardiões. E poucos anos depois disso, fiz o que ninguém podia fazer por Jenks: eu a matei.

CAPÍTULO 20

MINHA ESTRADA

— Você *matou* Jenks? — perguntei.

Eu devo ter me engasgado, pois Dawkins se virou para mim e perguntou:

— Tudo bem aí, Ronan?

Talvez porque Jenks tivesse sido como uma mãe para Dawkins. Talvez porque, assim como mamãe, ela levava uma vida secreta, na qual servia a uma companhia secular de guardiões. Ou talvez porque Dawkins disse que Jenks havia *morrido*.

Não é que eu achasse que mamãe fosse invencível. Eu sabia que ela não era uma Vigilante, como Dawkins, mas... ela tinha desviado balas com uma espada! Saltado dez metros! E salvado minha vida.

Mas isso não significava que ela não podia morrer.

— Foi um ato de caridade. — Dawkins dirigiu em silêncio por alguns instantes. O único som que se ouvia era o ronco do motor. — Jenks era uma Vigilante, como eu sou hoje. Trata-se de uma servidão eterna e solitária. Seus amigos e família se vão, enquanto você segue adiante. Isso dura até que outro Guardião se ofereça para ocupar seu lugar. Somente então o Vigilante tem permissão para morrer. Na época em que Jenks me tirou das ruas, ela já estava por aí havia algumas centenas de anos. Estava cansada. Então, eu a ajudei.

— Ajudou *matando-a*? — indaguei.

— Não é literal. Eu só assumi o lugar dela. Então, o relógio, que havia se paralisado para ela, voltou a correr, e dentro de uma década ela se foi.

— Que história trágica! — exclamou Greta, a mão contra o peito.

— Isso foi cento e setenta e cinco anos atrás, mas não se passa um dia sem que eu pense naquela mulher — confessou Dawkins. Ele limpou a garganta e pôs a mão sobre o relógio no painel. — Não vai demorar tanto assim para chegarmos à casa do pai de Greta, mas ainda faltam algumas horas. Tempo bastante para vocês dois darem uma dormida.

Greta apanhou um edredom no quarto dos fundos e se esticou no banco vazio, à mesa de jantar, mas eu continuei de pé.

Estava cansado também, os olhos estavam vermelhos de fadiga e o corpo doía, mas eu não sentia vontade de dormir. Éramos apenas eu e Dawkins. Eu o havia conhecido no dia anterior, menos de doze horas antes, mas era como se o conhecesse desde que me entendo por gente.

Desembolsei a Lente da Verdade e a levei ao olho. O mundo ganhou um tom arroxeado, e isso foi tudo.

— Por que a lente é dessa cor?

— Uma interação complexa que tem a ver com um elemento chamado manganésio.

Eu me virei para Dawkins, ainda segurando a lente, e então tomei um susto.

— Não é *tão* interessante assim. A menos que você se interesse por ótica, ou...

— Sua cabeça! Você tem um... — Ao contrário de Izzy e Henry, Dawkins se mostrava por inteiro visto através da lente. Via-se o vulto na escuridão da cabine, os contornos completamente preenchidos. Na testa, porém, ardia um punhado de chamas ondulantes e distorcidas feito uma luz que se reflete na água. — É um...
— Ah, *isso*. E eu aqui achando que você estava interessado em química.
— O que é isso? — Eu estava hipnotizado pelas línguas de luz que se emaranhavam em torno umas das outras.
— É o emblema das chamas.
— Emblema? O que é isso?
— É a marca dos Guardiões. Ela revela a todos que possuírem os meios para vê-la que eu aceitei este dever.
— Ele cobriu a testa com a mão, mas eu ainda via as chamas. — A pureza do propósito do Guardião brilha com intensidade. Embora seja invisível a olho nu, eu carrego uma marca. Assim como sua mãe.

Eu abri o para-sol do lado do carona. Quando me olhei no espelho, porém, tudo o que vi foi a mesma cara de sempre. Eu não era especial, pelo jeito.

— Por que a Curva Sinistra está atrás de mim?

Dawkins refletiu por alguns instantes.

— Não sei bem por quê, Ronan. Meu primeiro palpite é que queiram usá-lo para fazer sua mãe entregar um Puro.

— Eles já estão com papai. Não é suficiente?

Dawkins bateu no meu ombro.

— Na teoria, sim. Porém, a Curva Sinistra tem planos maiores em mente e, por algum motivo, você é importante para eles. — Ele balançou a cabeça. — Independentemente disso, Lentes da Verdade são raras de se encontrar, e a Curva não possui nenhuma. Temos que garantir que continuem sem. Por favor, se você for capturado de novo, quebre a lente.

— Não quer ficar com ela? Minha mãe me disse para entregá-la a você.

— Pode ficar, por enquanto. Ela vai acabar sendo útil em algum momento.

— Mas eu não faço parte dos Guardiões. Não deviam confiá-la a mim...

— Ah, besteira. Você está a caminho. Tenho certeza. Olhe, tornar-se um Guardião é uma experiência transformadora, que lhe dá força, velocidade e habilidades mágicas. Mas nenhum desses talentos se enraíza, a menos que o candidato tenha se preparado de alguma forma.

Mamãe. Ela viera me treinando a vida toda. A primeira aula de defesa pessoal que eu fizera aos cinco anos de idade. A ginástica, as artes marciais, a esgrima, até mesmo as aulas de dança, as instruções de esqui e os torneios de frisbee. Todos os cursos nos quais me matriculara, todas as vezes que me mandara fazer aula desse ou daquele esporte, ela estava me lapidando para que eu me tornasse o candidato perfeito para os Guardiões do Sangue.

Aquilo era a cara de mamãe: ela nunca me perguntava nada. Apenas me dizia o que fazer. E eu sempre seguia seus planos.

— Ninguém nunca me perguntou se eu queria entrar para os Guardiões — resmunguei, mas a reclamação soou mimada até mesmo aos meus ouvidos.

— Perguntar? Os Guardiões não *perguntam* a ninguém se quer entrar, meu velho.

— Então eu... nasci nela? — Será que eu puxei algo além dos cabelos pretos e olhos escuros de mamãe? — É assim que funciona?

— Ninguém *nasce* um Guardião tampouco. Sabe aquele papo furado de conto de fadas sobre o *escolhido* que vem para salvar o mundo? — Ele agitou os dedos no ar como se fizesse um truque de mágica. — Isso não existe.

— Então a escolha é minha?

— Mais ou menos. Ninguém acorda de um dia para o outro e decide que então é isso, vou lutar contra o mal! Daí bum, você está dentro. Tem mais a ver com... integridade. Você passa por milhares de pequenos testes ao longo da vida. E sempre que faz a coisa certa, em vez da coisa errada, você se torna mais *digno* dos Guardiões do Sangue. Até que um dia você é confrontado com a decisão do vai ou racha, a decisão que lhe permite ingressar na ordem, caso seja essa sua vontade.

— Como vou saber quando a hora chegar? — perguntei, olhando através do buraco, na traseira do carro. Teria sido quando a sra. Mão me mandara ficar sentado enquanto aleijava minha amiga, e eu lhe obedecera como sempre fazia quando alguém me dava alguma ordem? — Vai ver a hora já passou. Vai ver eu fracassei.

— Não se preocupe, Ronan. Você não está em falta com nada nem ninguém. Quando a hora chegar, se estiver pronto, você se tornará algo mais. E, se não estiver, então não. Algumas pessoas, a *maioria* delas, nunca fica pronta. — Ele se virou e me abriu um sorriso largo.

Não pude me conter: sorri de volta.

Então, ele passou o trailer para a faixa de ultrapassagem. A rodovia ficara mais larga, ampliando o número de faixas até chegar a seis de cada lado. Havia vários carros ao redor, e isso me reconfortava, pois era como se cada um deles fosse uma pequena bolha de normalidade.

— Como foi que a Curva Sinistra descobriu que mamãe faz parte da ordem?

— Isso é um grande mistério. — O sorriso de Dawkins desaparecera. — Sua mãe não está sequer ativa nos Guardiões do Sangue. Ela se afastou do serviço um ano atrás. Hoje em dia, além do trabalho no museu, ela gasta todo o tempo livre que tem cumprindo seu papel de mãe.

Fechei os olhos e pensei em como ela havia mudado de comportamento desde que fomos para Stanhope. Estava mais relaxada, feliz e, geralmente, por perto. À medida que papai se entulhava mais e mais de trabalho, era como se ela se expandisse e preenchesse o espaço que ele deixara vago.

— Você vai matar aula hoje — anunciara ela uma manhã, no inverno passado. — Vista um agasalho.

Estava escuro e fazia um frio de morrer lá fora. Ela preparou garrafas térmicas de sidra quente e sanduíches. Nós dirigimos por horas, rumo a Vermont, até o sol subir alto no céu, e a claridade da neve doer nas vistas.

Nós subimos uma trilha e atravessamos um pomar, até encontrar a árvore de Natal perfeita. E então eu e mamãe cortamos a árvore.

— Quando você aprendeu a usar o machado? — perguntei, enquanto embrulhávamos a árvore em uma lona e a amarrávamos no teto do carro.

— Ah, não sei. A gente vai aprendendo as coisas ao longo da vida, Ronan.

Foi muito divertida aquela expedição em busca da árvore de Natal com mamãe. Nós estávamos tão cansados e com tanto frio depois, que eu quase esqueci como era divertido quando eu, mamãe e papai íamos *todos juntos* comprar a árvore no Brooklyn e tínhamos que arrastá-la até em casa pelas ruas cobertas de neve, enquanto os dois discutiam qual era a melhor forma de carregá-la, e eu ria deles.

— Ela é boa nisso — falei a Dawkins. — Ela é uma boa mãe para mim.

— Ah, não duvido. Ela sempre foi a melhor em tudo o que faz. Ficamos tristes quando pediu licença, mas ela sentia que tinha a obrigação de cuidar de você.

De súbito, entendi o porquê.

— O incêndio na nossa casa! A Curva Sinistra estava por trás daquilo?

— Estava — revelou Dawkins, fitando-me pensativo. — Ou pelo menos achamos que sim. Nunca encontramos provas definitivas.

— Mas por que eles botariam fogo na nossa casa?

— Eu me lembrei vividamente de estar do outro lado da rua, com neve até o tornozelo, observando um bombeiro remexer os tijolos e tábuas enegrecidos que outrora foram meu lar.

— Não sabemos — refletiu Dawkins, jogando as mãos para o alto. — Para matar sua mãe? Para desestabilizá-la, de modo que ela os levasse aos outros membros da ordem, ou até mesmo ao Puro sob sua proteção? Fosse qual fosse o objetivo, eles não o alcançaram: sua mãe jamais comprometeria uma missão.

Eu olhei ao redor através da Lente da Verdade, mas não vi nada de novo, exceto os primeiros vestígios da alvorada por trás do para-brisa.

— E qual é o plano agora?

— Quisera eu saber. Estou improvisando. A melhor opção neste instante é levar Greta à casa do pai, deixar vocês três a salvo por lá e rezar para que o sr. Sustermann possa me ajudar com...

— Ih, é mesmo — interrompi. — Tem um telefone no trailer. Podemos ligar para o pai de Greta.

— Atirei-o pela janela há séculos. Mas o sr. Sustermann vai ter um telefone, e eu vou usá-lo para conseguir ajuda. Então, eu e meu parceiro, Ogabe, vamos localizar sua mãe e encontrar o tal Olho da Agulha. E destruí-lo.

— Qual é a importância do Monte Rushmore nisso tudo? — perguntei, lembrando-me das perguntas da sra. Mão. — Estava desenhado no seu caderninho.

— É só um anagrama e uma coisa que descobri durante minha pesquisa. Em vez de escrever o nome direto, de forma que qualquer panaca conseguisse ler, eu fiz um anagrama.

— Então, estava disfarçado.

— É um lugar chamado Garganta dos Lamentos. Aliás, finalmente tenho uma noção de onde fica esse lugar, graças ao mapa que encontramos.

Pensei mais uma vez no caderninho.

— E aqueles desenhos de cachorro? O que significa aquilo?

Dawkins me lançou um olhar.

— Significa que gosto de cachorro, ora. Quem não gosta?

Não me lembro de cair no sono, só de acordar, grogue, o sol imenso e alaranjado através do para-brisa, lançando uma luz quente e dourada sobre as centenas de carros ao redor. Nenhum dos veículos se movia. Estávamos presos em um engarrafamento.

Encontrei um pote de café solúvel e esquentei duas xícaras no micro-ondas. Dawkins botou a marcha automática no modo estacionado e pegou uma xícara com cada mão.

— Ah, a fonte do mau hálito e dos tiques nervosos, como eu adoro este negócio! — Ele esvaziou uma das xícaras em uma golada só.

— Esse cheiro é de café? — perguntou Greta, sentando-se. A costura do banco deixara uma linha marcada no rosto.

— Vou pegar uma xícara para você. Quer uma também? — perguntei a Sammy, que despertava com um bocejo.

— Não, obrigado. Eu tenho *onze* anos. — Ele sequer me olhou nos olhos, limitando-se a apanhar seu GameZ-Master IV e a afundar os botões como se lutasse contra um inimigo.

Greta cheirou sua camiseta verde.

— Preciso de um banho. Minhas roupas estão fedendo.

— Bem-vinda ao meu mundo — brincou Dawkins por sobre os ombros. — Mas não se preocupe, estamos logo ao norte de Washington. Vamos chegar à casa do seu pai num instante, desde que os carros comecem a andar antes do fim do mundo.

Bebericando o café, Greta veio até a frente do carro.

— Há quanto tempo o trânsito está parado?

— Uns quinze minutos mais ou menos — respondeu Dawkins. — Por quê?

— Tempo suficiente para as pessoas saírem dos carros? — Ela apontou para algo.

Vinte carros depois, entre os corredores de veículos parados, vinham meia dúzia de figuras sombrias. Elas portavam lâminas longas e brilhantes.

— Todo mundo para fora imediatamente! — ordenou Dawkins. — Usem o buraco na traseira. Nossos amigos vão perceber a abertura de uma porta lateral, mas duvido de que estejam cientes da reforma que Greta fez na traseira do veículo.

Nós prosseguimos em fila indiana, Dawkins seguia atrás com as espadas que pegara emprestado na base da Curva Sinistra.

O quarto estava uma catástrofe. Feixes de luz adentravam pelos buracos que Izzy fizera com a espada no teto, e os cacos se espalhavam pelo carpete. Olhamos através do buraco para o carro de trás, onde uma executiva sonolenta se maquiava ao retrovisor.

Dawkins empurrou a escada de alumínio que pendia do teto e fez um gesto para que saíssemos.

— Não podemos perder tempo, pessoal.

Primeiro, ele levou Sammy ao asfalto e depois Greta. Em seguida, me segurou por um instante e sussurrou:

— Estou confiando em você para me ajudar a proteger esses dois. — Eu pulei e, logo, Dawkins aterrissou ao lado.

— Fiquem abaixados e venham comigo — instruiu Dawkins. Ele se agachou e começou a andar no sentido contrário dos carros parados. De súbito, estacou.

— Qual é o problema? — perguntei.

— Achei que eles estavam na frente — respondeu ele, apontando —, mas parece que estão vindo pelos dois lados.

Outros quatro membros da Curva avançavam na nossa direção. Estavam a quinze carros de distância, mas já haviam nos avistado. Um deles, uma mulher, tinha cabelos loiros. A sra. Mão.

— Galera! — chamou Sammy, erguendo o tom de voz. — Estamos cercados. Não é melhor nos rendermos?

— Não se preocupe, Sammy — tranquilizei-o. — Vai dar tudo certo.

— Para vocês talvez — retrucou ele, me olhando nos olhos. — Mas *meus* pais adotivos vão me cozinhar vivo. O Cabeça vai se livrar de mim, assim como fez com a antiga filha adotiva dos Warner.

— Só se eles nos pegarem — disse Dawkins. — E bota *se* nisso!

— É *claro* que vão nos pegar! Tem quatro de nós com, tipo, duas espadinhas. Vocês vão acabar nos matando!

— Fica calmo, Sammy — falou Greta. Ela pôs a mão no ombro dele, porém, assim que o tocou, ele se jogou no acostamento e saiu correndo na direção do grupo da sra. Mão.

— Eles me sequestraram! — berrou ele, enquanto corria. — Me obrigaram a ir com eles!

Nós ficamos observando, estupefatos.

— Eu tinha *gostado* dele — comentou Greta. — Por que está nos traindo?

— Será que ele estava mentindo o tempo todo? — perguntei.

— Sammy não passa de uma criança assustada, Ronan. Veja bem, os pais adotivos dele parecem meio atrapalhados das ideias. Eu também teria medo do Cabeça da Curva Sinistra no lugar dele — ponderou Dawkins.

— E agora, que caminho vamos pegar? — indagou Greta, sua voz traindo desespero.

Dawkins apontou para a esquerda, para a divisória da estrada. O trânsito no nosso lado estava morto, mas do outro lado os carros passavam voando a cento e dez por hora.

— Para lá — disse ele. — Nós vamos para lá.

CAPÍTULO 21

MIL PEQUENOS TESTES

Eu olhei para Dawkins. Será que ele havia perdido o juízo, por acaso?

— *Para lá?* — perguntei.

Sammy já havia alcançado a sra. Mão e sua equipe. Eles avançavam sem pressa pelo trânsito estagnado rumo ao acostamento. Deviam achar que estávamos encurralados.

E tinham razão.

— *Atravessando* o canteiro do *outro lado* da estrada — explicou Dawkins, agachando-se e juntando as mãos para que usássemos como apoio.

— Só *por cima* do meu cadáver — protestou Greta. — Mas *nem* sonhando.

— Não temos tempo para discutir, Greta. Bote o pé aqui e pule logo. — Dawkins estendeu as mãos entrelaçadas. — Vocês dois atravessam a estrada enquanto eu detenho aquele bando.

— Não gosto disso! — continuou Greta, apoiando o pé direito nas mãos de Dawkins.

Ele a lançou para cima. Ela gritou de susto e traçou um arco sobre a divisória, caindo no encostamento, do outro lado.

— Escute-me, Ronan. Greta é corajosa e esperta, mas só isso não basta nesta luta. Você ainda não é um Guardião do Sangue, mas isso não significa que não possa proteger Greta. Se acontecer alguma coisa comigo, *você* deve levá-la até o pai. Estou contando com você.

— Beleza, mas não vai acontecer nada com... — comecei a dizer, porém Dawkins já estava agarrando meu pé e me jogando por cima da mureta.

— E agora? — questionou Greta, me puxando para perto da divisória. Os carros passavam no tiro, fazendo um barulho estrondoso.

Eu olhei para trás. Às nossas costas, meia dúzia de agentes da Curva Sinistra cercavam Dawkins, com as espadas erguidas.

Outros quatro agentes se concentravam em nós. Quinze metros à esquerda, o primeiro deles pulou a divisória com a maior facilidade.

— Estão vindo atrás da gente! — gritei.

— É por isso que vocês têm que *correr*! — Dawkins fez um gesto para que fôssemos embora; em seguida, se postou no acostamento e encarou os seis espadachins que avançavam contra ele. — Iaaá! — berrou ele, brandindo as espadas e galopando na direção dos inimigos.

Eu peguei Greta pela mão, e vi que ela suava frio. Uma van passou que nem um trovão e, logo em seguida, berrei:

— Agora! — E a puxei cruzando as duas primeiras faixas.

Isso foi o mais longe que conseguimos chegar, pois uma carreta quase nos atropelou. Atrás de nós, nas faixas de alta velocidade, passou uma caravana de motocicletas, os motores rugindo.

A faixa seguinte ficou livre, e era hora de correr de novo.

Dei um passo à frente e puxei Greta pela mão, mas ela não se mexeu. E estava tremendo.

— Greta? Só faltam mais algumas faixas!

— Eu... eu não consigo. — Ela não olhava para mim: tinha os olhos fixos à frente. — Não quero acabar igual a Dawkins na parada de caminhões.

Os carros desviavam-se de nós na estrada. Um conversível. Alguns carrinhos populares. Um SUV branco imenso.

— Nós vamos conseguir — encorajei-a, puxando-a para a frente.

Já havíamos atravessado mais da metade da rodovia quando Greta gritou:

— Ronan! — E estacou de novo.

Das faixas que já havíamos cruzado, vinham os quatro agentes da Curva Sinistra. Enquanto observávamos, o primeiro da fila veio correndo até a segunda faixa, erguendo uma grande espada sobre a cabeça. Eu reconheci a marca na sua fronte: era o sr. Quatro. O rosto estava pálido, como sempre, mas ele corria mais rápido do que o normal, provavelmente em êxtase por nos ver paralisados no meio de uma rodovia.

Quando estava a apenas dois metros de distância, um caminhão de lixo o atropelou. Escutamos o *brumpf*, o guincho dos freios, e então ele e o caminhão se foram.

— Eles nem ligam se vão ser atropelados, Ronan! — ganiu Greta, se encolhendo.

— Temos que continuar — insisti, apertando sua mão. — Já estamos quase a salvo. Não tem como piorar.

Mas piorou.

Encobrindo o rugir dos carros e a algazarra das buzinas, ergueu-se outro som: um guincho metálico ensurdecedor. Olhei para a direita e vi um ônibus escolar derrapando, os freios a toda, a traseira girando na diagonal. Estava vazio, exceto pelo motorista, notei com alívio, no mesmo instante em que percebi que ele estava tombando.

Ele caiu de lado, com o teto para a frente, ocupando três faixas da estrada, e veio deslizando rumo ao ponto onde esperávamos paralisados.

— Vamos! — bradei, mas Greta puxou a mão para trás com tanta força que eu caí de joelhos.

Então é assim que seria nosso fim. Nós dois esmagados por um ônibus escolar, sob uma montanha de carros engavetados. Cuide de sua amiga, Dawkins me dissera. Proteja-a. E tudo que eu fiz foi percorrer dez metros. Eu me joguei sobre ela novamente e segurei sua mão na minha. Dessa vez, eu não a soltaria.

O ônibus estava a cinco metros: a mesma distância entre nós e a salvação, à beira da estrada. Jamais conseguiríamos.

Os três agentes restantes da Curva caminhavam na nossa direção, e aparentemente não estavam preocupados com o ônibus, as espadas desembainhadas.

Atrás deles, uma haste alta de metal reluzia à luz matinal: Dawkins apoiara a escada de alumínio do trailer na divisória. Dawkins subiu correndo pelos degraus, fazendo-a balançar feito uma gangorra, e saltou pelos ares.

Ele passou voando por cima da cabeça dos agentes da Curva e aterrissou no meio do caminho. Em seguida, virou um borrão, assim como mamãe fizera.

Ouvi Greta tossir, senti seu pulso sendo arrancado da minha mão, e então ela desapareceu.

Dawkins.

Ele a apanhara nos braços e saltara através das faixas restantes. Em um piscar de olhos, os dois reapareceram no barranco, longínquos e a salvo.

Dawkins pegara Greta e me deixara para trás, na reta do ônibus escolar, com três agentes às minhas costas.

Me abandonou, porque eu não fora capaz de cuidar da minha amiga.

Mil pequenos testes, dissera ele, e eu fracassara logo no primeiro que apareceu. Até que ele entrou em cena e me largou na estrada feito lixo. Talvez eu não fosse digno da ordem, mas isso não significava que minha vida não valia nada, significava?

Pois ela valia. *Eu* valia.

Por isso, comecei a correr.

Um passo.

O ônibus estava tão perto que eu já estava sob sua sombra, os restos das janelas arrebentadas cintilando enquanto ele rolava, as rodas e o chassi descendo para me esmagar, o estardalhaço inundando tudo o mais que havia no mundo.

Mais um passo.

O tempo se estendeu e alenteceu. Os sons à minha volta caíram uma oitava, como se tudo estivesse debaixo d'água, e a luz ao redor esmoreceu.

E um salto.

Eu me lancei para a frente. O pulo me carregou pelos oito metros restantes, por cima do acostamento, de Dawkins e de Greta, até o topo do barranco, onde eu repiquei na cerca fazendo *pléim* e aterrissei no gramado.

E o tempo voltou ao normal: as cores ficaram mais intensas e os sons, mais altos, enquanto eu observava ofegante o ônibus passar feito uma bola de boliche pelo lugar onde eu estava meio segundo antes.

Os três agentes da Curva que estavam atrás de mim desapareceram debaixo dele.

O ônibus quicou e continuou rolando.

No seu rastro, os homens jaziam no pavimento feito insetos esmagados.

Poderia ter sido eu, pensei. *Era* para ter sido eu. Porém, escapei. Mas como?

Lá de baixo, Dawkins me olhou nos olhos.

— Gostei de ver.

Eu contemplei a desordem que se alastrava pela estrada. O ônibus escolar parou de cabeça para baixo; o motorista socou a janela e se arrastou para o lado de fora.

Os corpos arrebentados dos agentes da Curva se espalhavam pela estrada. Eles deveriam estar mortos e, no entanto, se moviam devagar, os membros pouco antes retorcidos em ângulos impossíveis se endireitavam aos estalos.

— Estão vivos! — exclamei. — Continuam todos vivos.

— Se você chama isso de vida — ironizou Dawkins, pondo-se de pé e ajudando Greta a se levantar também. — Eles não passam de invólucros vazios de carne, Ronan. Iguais a golens. Ou robôs de controle remoto. Só há duas formas de acabar com eles pra valer. Uma é queimá-los, de modo que não tenham como voltar.

Enquanto ele falava, senti que alguém olhava para mim: a sra. Mão, postada do outro lado da divisória, de braços cruzados. Ao lado dela, estava Sammy. Ele estava preso à cerca e levava algo prateado em torno dos pulsos: algemas. A sra. Mão o havia algemado.

— Ela pegou Sammy — falei.

— É uma pena — lamentou Dawkins. — Queria que ele não tivesse fugido.

O olhar da sra. Mão me provocou um calafrio. Dawkins me ajudou a levantar e disse:

— Sabe qual é o outro jeito de acabar com eles? Destruindo a Mão.

Olhei para Greta, que estava praticamente em coma, e para Dawkins, ensanguentado e ferido. Eu estava com raiva de Dawkins por ter me abandonado na estrada, mas estava com mais raiva ainda de mim mesmo. Eu fora testado e fracassara uma vez após a outra. Nós passamos a noite toda fugindo daquela mulher e de seus capangas de olhos vazios, e eles continuavam atrás de nós. Não iam desistir nunca. Talvez devêssemos parar de fugir.

— Destruindo a Mão? — repeti. — Então é isso que temos que fazer.

— Tudo a seu tempo — prometeu Dawkins. — Tudo a seu tempo.

CAPÍTULO 22

GRETA, PURA E SIMPLES

Comparado ao que havíamos acabado de passar, escalar a cerca no topo do barranco foi fichinha. Demos em uma rua de pequenos comércios: posto de gasolina, loja de conveniência e, na esquina, uma lanchonete de fast-food onde havia um carro esportivo prata parado no drive-thru.

— Vai servir — anunciou Dawkins, e logo em seguida saiu correndo.

O jovem por trás do volante parecia sonolento, mas acordou num estalo quando Dawkins abriu a porta do carro, o agarrou pela lapela da jaqueta de couro preta e o ergueu do banco do motorista. Dawkins pôs o homem atarantado de pé, o girou de costas e o empurrou para longe.

— O que você está fazendo? — berrou o homem. — Socorro!

— Eu sinto muitíssimo — desculpou-se Dawkins. — Greta, sente-se no banco de trás. Ronan, vá na frente. — Nós entramos no carro.

— Você não vai levar nada, gente fina — contrariou o homem, erguendo os punhos feito um boxeador.

Naquele instante, a janela do drive-thru se abriu, e um braço estendeu um saco e um café. Dawkins pegou o saco e o jogou para o homem, gritando:

— Pega!

Assustado, o homem apanhou o objeto.

Aquilo dera tempo para que Dawkins saltasse no banco de motorista e se apressasse para fora do estacionamento. Ele dobrou um punhado de curvas, até chegarmos a uma rua larga, de várias faixas.

— A Avenida Wisconsin — anunciou ele. — Ela vai de Maryland, onde estamos agora, até Georgetown, onde se encontra a casa do sr. Sustermann.

— Não acredito que você acabou de roubar o carro daquele cara! — protestei.

— Por que você ainda fica surpreso quando faço esse tipo de coisa, Ronan? — retrucou Dawkins. — Francamente, achei que você não esperaria menos de mim a esta altura.

Pouco mais de uma hora depois, Dawkins entrou numa rua repleta de árvores e casinhas de tijolos. Elas me lembraram da minha própria casa. No Brooklyn, não em Stanhope.

— Chegamos — anunciou Dawkins. Fazia séculos que ninguém falava nada. Ele deu uma volta no quarteirão antes de encostar-se ao meio-fio e desligar o motor. — Só queria ter certeza de que não vamos topar com nenhum convidado indesejado. Não há razão para crer que a Curva Sinistra tenha identificado Greta... mas nunca se sabe.

— Greta? — chamei-a, chacoalhando-a. — Greta, você está em casa.

Ela levantou a cabeça e despertou imediatamente.

— Em casa?

— Na casa do seu pai. — Dawkins indicou uma casa de tijolos com janelas brancas.

Greta se endireitou no banco, limpou os olhos e passou a mão pelos cabelos embaraçados.

— Preciso de um prendedor de cabelo.

— Por que você não vai fazer uma reuniãozinha entre pai e filha? Depois eu e Ronan entramos e nos sentamos para conversar. Eu vou explicar a ele o que aconteceu e talvez lhe peça para nos ajudar.

Ela abriu a porta de trás do carro.

— Tudo bem, estou indo. Ronan, você está bem?

— Estou ótimo. Vá ver seu pai.

Nós a observamos desaparecer por trás dos arbustos, perto da porta da frente.

— Você me largou à beira da *morte* — falei, olhando para a frente. — Você só pegou Greta.

— Eu não tinha como carregar vocês dois. E cheguei à conclusão de que você tinha maiores chances de sobrevivência.

— Maiores chances? Quer dizer então que você parou para avaliar quais eram nossas chances?

— Não, eu não calculei as chances de ninguém. Eu peguei Greta porque ela é um dos Puros — disse ele devagar.

— Como é? — Eu me virei para Dawkins. Ele estava seríssimo e parecia muito, muito velho. — Um dos Puros? Você está me dizendo que Greta é uma daquelas trinta e seis pessoas especiais?

— Estou lhe dizendo que foi bom você não ter usado a Lente da Verdade para olhar para *ela*. Teria sido o contrário daqueles capangas da terceira idade, no trailer. A chama da alma de Greta teria cegado seus olhos por um instante.

— Greta Sustermann é uma Pura — repeti.

— Sim, Ronan. Sua mãe, Bree, era uma das guardiãs dela no Brooklyn, porém, depois do incêndio, tirou licença da ordem.

Eu balancei a cabeça, confuso.

— Mas Greta não é nenhuma santa. Inclusive... ela chega a ser até meio arrogante e cheia de si.

— Os Puros não são *santos*, Ronan. Não são pessoas certinhas; são apenas indivíduos profundamente e inelutavelmente *bondosos*. Eles tornam todo mundo melhor, simplesmente por existir.

Subitamente, percebi que aquilo era verdade.

Eu fizera mais e fora mais corajoso nas últimas dezesseis horas do que no resto da minha vida inteira. Será que foi porque Greta estava ao meu lado? Ela fazia tanta questão de agir corretamente que talvez isso tivesse respingado um pouquinho em mim. Consultei meus sentimentos e percebi que não queria que ela pensasse menos de mim. Pelo contrário, parte de mim queria exatamente o oposto: ser digno da sua estima. Então era isso que um Puro fazia por todo mundo?

— Não entendo. Se Greta é vigiada pelos Guardiões, por que não havia nenhum no trem?

— É por isso que eu estava lá — revelou Dawkins, batendo no peito. — Quando Greta viaja da casa do pai para a mãe, e vice-versa, eu a sigo, ou Ogabe ou algum outro Vigilante, e nos certificamos de que ela seja entregue aos cuidados dos dois Guardiões que ficam no Brooklyn.

— Você não estava lá por minha causa?

— É por isso que instruí sua mãe a colocá-lo naquele trem em específico. Era um lance do tipo dois coelhos numa cajadada só. Se eu soubesse que haveria tantos agentes da Curva atrás de você, teria pedido reforços. — Ele suspirou. — Isso virou uma bagunça danada. Ela jamais deveria ter cruzado nosso caminho.

— E foi por esse motivo que você pegou Greta em vez de mim.

— Claro. Eu teria me sentido péssimo se aquele ônibus tivesse atropelado você, Ronan, mas não havia escolha: *eu tinha que salvar Greta*. Ela não pode morrer.

— É por isso que a Curva Sinistra está nos perseguindo? Porque ela é uma Pura?

— Acho que não. Se fizessem alguma ideia de quem ela é, sua amiga, a sra. Mão, jamais a teria deixado escapar. — Ele cutucou meu ombro. — Não, eles estão nos perseguindo por sua causa. Mas ainda não sei por quê.

— Dois guardas no Brooklyn, não é? Mais dois aqui em Washington. — De repente, uma coisa se tornou clara para mim. — E você sabia onde o pai de Greta mora. O pai de Greta está na ordem?

Dawkins passou a mão no cabelo e respondeu:

— Está, o pai dela é um Guardião do Sangue. Nós o recrutamos pouco depois que Greta nasceu. Ele era um homem da lei, de modo que já era um candidato ideal. E é por isso que o pai dela é tão... rígido, digamos assim, com essa história de fazer com que Greta saiba cuidar de si mesma. Não é só porque ele trabalha no FBI, coisa que ela repete tanto. Ele acredita na autossuficiência. Assim como sua mãe.

Uma batida na janela nos assustou.

Era Greta, de volta da casa do pai. Ao vermos a expressão de terror no seu rosto, saímos do carro imediatamente.

— O que foi? — perguntou Dawkins, segurando-a pelos ombros. — Greta, qual é o problema?

— É o papai — disse ela em voz baixa. — Ele não está aqui! A casa... está virada de cabeça para baixo, e tem sangue no corredor, e, e, e...

— Respire, Greta — instruiu-a Dawkins.

Ela respirou trêmula e profundamente.

— E no escritório do porão tem um cadáver.

CAPÍTULO 23

OGABE PERDE A CABEÇA

Greta nos conduziu com cuidado através da bagunça na sala de estar da casa do pai. Não restara nenhum livro sobre as prateleiras, nenhum quadro nas paredes. Tudo fora derrubado ao chão.

— O que eles estavam procurando? — perguntei.

— Qualquer coisa que pudesse levá-los a mais membros da ordem — esclareceu Dawkins. — Ou a um Puro.

— Não entendo. Por que viriam atrás de papai? — Greta nos conduziu escada abaixo até o escritório. Havia uma escrivaninha enorme no meio da sala, coberta de papéis e coisas empilhadas. As gavetas foram puxadas para fora e estavam jogadas pela sala.

— Onde está o tal cadáver de que você falou? — indagou Dawkins.

— Ali atrás, no lugar da cadeira — indicou Greta, com a voz trêmula. — Ele está sem a cabeça, mas tenho certeza de que não é papai.

— Levaram a *cabeça*? — indagou Dawkins.

— Acho que vou esperar aqui mesmo — decidi, postando-me à porta.

— Ogabe! — gritou Dawkins, agachando-se atrás da escrivaninha. — O que fizeram com você?

Ele reapareceu logo depois, ajudando um corpo decapitado a se pôr de pé. Ogabe era um homem negro, com mais de um metro e oitenta, mesmo sem a cabeça. Vestia um terno risca de giz azul ensanguentado, uma camisa social branca e uma gravata classuda. Mas onde deveria estar sua cabeça, havia apenas uma superfície de pele enrugada. Não sei como é um pescoço decepado. Sangrento e ossudo, imagino. Mas com certeza não é daquele jeito. Ogabe arrumou as mangas da jaqueta e endireitou a lapela.

— Greta, Ronan, esse é Ogabe. Tenho certeza de que ele diria algo do tipo "é um prazer conhecê-los", caso tivesse boca para dizer alguma coisa e ouvidos para ouvir a resposta.

Dawkins levou as mãos de Ogabe ao próprio rosto, e então elas tatearam minuciosamente os seus traços e se embrenharam em seus cabelos longos e ensebados. Ao terminar, o corpo de Ogabe deu um abraço quebra-costela em Dawkins, levantando-o no ar.

Dawkins bateu nas costas de Ogabe e disse:

— Calma lá, grandalhão!

Assim que voltou ao chão, Dawkins ajeitou a cadeira da escrivaninha e guiou o homem até ela.

— Como ele consegue se mexer? — perguntou Greta.

— Ele não tem *cabeça*.

— Seus poderes de observação são de uma agudez impressionante — brincou Dawkins.

Eu não disse nada, hipnotizado pela visão daquele homem, sentado confortavelmente à escrivaninha, tateando a madeira envernizada.

— Ele é um Vigilante, que nem eu — explicou Dawkins.

— Ele não morre, nem se lhe arrancarem a cabeça e fugirem com ela. E é exatamente por esse motivo que a Curva Sinistra fez isso: para impedi-lo de revelar suas ações. Acharam que o silenciariam, mas estavam enganados.

— Quer dizer que ele ainda consegue falar? — indagou Greta, a voz hesitante.

— Ele não tem boca, Greta, como vai falar? — Dawkins repousou a mão no ombro de Ogabe. — Mas onde quer que esteja, a cabeça de Ogabe ainda consegue se comunicar com o corpo. Não importa quão grande seja a distância que os separa, os dois permanecem conectados. Algo de que podemos tirar muita vantagem.

— Não devíamos levá-lo ao hospital? — Greta apertou minha mão com tanta força que chegou a machucar.

— Ele não corre risco de *morrer* ou algo do tipo?

Dawkins fez um gesto desdenhoso.

— Hospitais não podem fazer nada por ele. A única solução para o problema é reunir a cabeça e o corpo. Pode precisar de um pouquinho de fita adesiva, epóxi, ou algo parecido — disse ele, pensativo. — Vamos deixar para tirar essa pedra do caminho quando chegarmos nela.

Greta contemplou a bagunça ao redor, o cenho franzido.

— Mas não consigo entender. Por que tem um Vigilante dos Guardiões do Sangue aqui, e papai está desaparecido?

— Boa pergunta — disse Dawkins, olhando-a nos olhos. — A resposta é que seu pai, assim como a mãe de Ronan, é membro dos Guardiões do Sangue. Sinto muito por você ter que receber a notícia desta forma.

— Você é *maluco*! — retrucou Greta, cruzando os braços. — Segundo você, *todo mundo* é membro dessa porcaria de Guardiões do Sangue.

— Todo mundo, não. Só a mãe de Ronan e seu pai. E eu, claro.

— Não acredito em você. Se papai fizesse parte de algo do tipo, de todas as pessoas que existem no mundo, seria para mim que ele contaria.

— Não tenho dúvidas de que sim, Greta, porém a prova está aí. Estamos conversando sobre um corpo sem cabeça, um corpo plenamente funcional e, pelo jeito, impaciente. — Ogabe tamborilava os dedos na escrivaninha. — E você me viu morrer na parada de caminhões e logo depois voltar para lhes resgatar.

— Nós estávamos nos saindo muito bem no nosso próprio resgate. — pontuei.

— É verdade, Ronan, você estava tocando o terror com aquela cadeira. Mas, Greta, não há outra explicação: os Guardiões do Sangue são reais. E seu pai, que é um bom homem, é um de nós.

— Só vou acreditar quando ouvir isso da boca dele.

Enquanto eles discutiam, eu me inclinei para perto do corpo.

— Por que o pescoço está liso desse jeito? — perguntei. A pele emitia um leve brilho, feito uma queimadura recém-cicatrizada.

— Quando um Vigilante perde uma parte do corpo, a ferida se cicatriza. No começo, sai muito sangue e dói como você nem imagina, mas então o encantamento entra em ação e a ferida se fecha. — Dawkins encontrou um lápis em meio aos papéis sobre a escrivaninha.

Ele o encaixou na mão do homem e a colocou sobre uma folha de papel.

A mão rabiscou por alguns instantes, e Dawkins estreitou os olhos para ver o que estava escrito.

— O que ele disse? — perguntei.

— Está difícil de ler — resmungou Dawkins. — Ainda bem que você não pode me ouvir, amigo, porque sua caligrafia é *terrível*.

Eu me aproximei e olhei para o papel.

— Acho que está escrito "você está atrasado, para variar".

— É a cara do Ogabe dizer isso. — Dawkins começou a remexer os objetos amontoados na escrivaninha. — Precisamos de alguma coisa na qual ele possa digitar. Mas eles levaram o computador do seu pai. — Havia um monitor, mas o cabo pendia no ar, atrás da mesa.

— Meu laptop antigo está no andar de cima, na minha caixa de brinquedos. Vou buscar. — Então, Greta saiu em disparada e voltou alguns minutos depois com um laptop rosa de criança. Ela o ligou sem demora e, em seguida, Dawkins o pôs na escrivaninha e direcionou as mãos de Ogabe. Seus dedos encontraram a barra de espaço e se posicionaram sobre as teclas com cuidado.

Então, Ogabe, com muita elegância, digitou: *Não sei muito bem como vamos nos comunicar, já que não tenho ouvidos, mas vou lhe dizer o que sei.*

— É como se o corpo dele tivesse um controle remoto — observei.

— É exatamente isso. Só que nós perdemos o controle. — Dawkins pegou a mão de Ogabe, virou-a para cima e, usando um lápis, escreveu lentamente na palma aberta. Enquanto escrevia, ele pronunciou em voz alta:

— O que aconteceu?

Gaspar estava preocupado com a filha, digitou Ogabe.

— Gaspar é meu pai — sussurrou Greta, a voz trêmula.

De pronto, Dawkins voltou a escrever na palma de Ogabe.

Após um instante, ele retomou a digitação. *Aqui?*

— Avisei a ele que vocês estão aqui — explicou Dawkins. — Você e Ronan. — Ele ficou escrevendo na mão de Ogabe por algum tempo, provavelmente o lembrando de não discutir a verdadeira natureza de Greta enquanto ela estivesse presente no recinto. Depois disso, o homem pôs as mãos de volta no computador e começou a digitar bem rápido, empilhando frase em cima de frase.

A Curva devia estar vigiando este lugar. A campainha tocou, e, quando Gaspar atendeu, a porta se escancarou e uma equipe de agentes da Curva Sinistra invadiu a casa.

Dawkins escreveu alguma outra coisa na mão de Ogabe.

Em resposta, Ogabe digitou: *Eles tinham o elemento surpresa. Nós os enfrentamos, mas eram numerosos e nós estávamos desarmados. Nocautearam Gaspar, me encurralaram no escritório e vieram todos contra mim. Foram precisos cinco deles para me segurar.* Ele pausou por alguns instantes. *O Mão deles parecia feliz por poder cortar fora minha...* ele se deteve abruptamente, cerrando os punhos.

— Sinto muito, amigo — consolou-o Dawkins, escrevendo na mão dele.

Eu me recuperei do choque há pouco e estou observando os arredores em silêncio desde então. Ainda consigo ver e ouvir e, se chegarem perto, morder. Não que tenham sido burros a esse ponto. Eles enfiaram minha cabeça dentro de uma fronha de travesseiro. Mas isso não importa. Acho que sei aonde me levaram. Bree está com você?

Dawkins balançou a cabeça e escreveu a resposta.

Que pena.

Dawkins voltou a escrever e disse em voz alta:

— Onde você está afinal? Somos todos ouvidos.

Sua insensibilidade não tem limites? Estou tentando ajudar e você vem com piadinhas.

— Não tive intenção de... deixe para lá. Prossiga.

Estamos debaixo da terra. Chegamos de barco, dava para sentir o cheiro do rio e ouvir a água batendo no casco. Quando finalmente tiraram minha cabeça da fronha, eu vislumbrei uma pequena doca à entrada de uma caverna. Estamos na Garganta dos Lamentos, tenho certeza. Eles me jogaram em uma cama, dentro de um escritório minúsculo, um dos vários transformados em celas de cadeia.

— Nós interceptamos uma mensagem da Curva Sinistra que mencionava um lugar com esse nome — disse Dawkins, olhando para nós. — Mas nunca descobrimos o que significava. Só que a Garganta dos Lamentos era uma localização essencial para a Curva Sinistra.

A Garganta dos Lamentos é uma rede de cavernas localizada no Rio Potomac, que mais tarde se tornou lar da Subestação do Parque East Potomac, uma pequena usina hidrelétrica fechada nos anos 1970. Tem um arquivo com toda a nossa pesquisa, incluindo um mapa do lugar, no computador de Gaspar.

— Eles levaram o computador. Mas acho que tenho o mapa. — Ele enfiou a mão na jaqueta e desembolsou o diagrama que havia pegado no esconderijo da Curva Sinistra. Desenrolou-o em cima da escrivaninha, correu os dedos sobre uma dobra e voltou a escrever na mão de Ogabe. — É um complexo subterrâneo de dois andares. Aqui fica o corredor de escritórios onde você deve estar preso, e aqui fica a entrada da doca. Deve ser nesse lugar mesmo.

Seja lá o que for que a Curva Sinistra está tramando, é algo que requer muita energia. Mais do que conseguiriam puxar de uma rede elétrica urbana. Eles reabriram uma antiga subestação, modernizaram os equipamentos e a puseram na ativa de novo. Até aí Gaspar já sabia, mas ele não conseguiu descobrir por que precisam de tanta energia.

— Essa parte nós já sabemos — escreveu Dawkins.

Não sei por que levaram Gaspar, mas boa coisa não é. Um deles mencionou "cobaias de teste" durante a viagem para a Garganta dos Lamentos.

— É melhor não fazerem nada com papai — ameaçou Greta, com a voz baixa.

— Nós vamos encontrá-lo — assegurei-lhe. Eu queria reconfortá-la, mas não sabia muito bem como, então tudo o que fiz foi passar o braço sobre os ombros dela, dando-lhe um abraço muito canhestro. — Vamos trazer ele e meus pais de volta, e vamos deter o pessoal da Curva Sinistra. É isso que os amigos fazem, ajudam uns aos outros, não é? — Eu nunca na vida havia chamado Greta de amiga até termos nos encontrado no trem, no dia anterior, mas eu nutria um sentimento diferente por ela naquele momento.

— Você não parece muito confiante — desdenhou ela.

— Não tenho muitos amigos. É meio que novidade para mim.

Dawkins escreveu uma série de perguntas na mão de Ogabe e, a cada uma delas, os dedos do homem dançavam pelo teclado.

Eles vieram em seis à casa de Gaspar, uma Mão e uma equipe de cinco agentes. Mas eu ficaria surpreso se essa for a única equipe a postos na Garganta dos Lamentos.

— Como podemos pegá-los de surpresa?

Gaspar descobriu outra entrada. A subestação está ligada ao esgoto da capital. Ou seja, quando a hidrelétrica transborda, o excesso de água vai para as bocas de lobo e volta ao rio. Tudo o que temos a fazer é retraçar o caminho, seguindo o esgoto até a subestação.

Dawkins escreveu algumas palavras na palma de Ogabe, e então o corpo se ergueu da cadeira.

Dawkins olhou para mim e para Greta.

— Estou num dilema. É perigoso demais deixar vocês dois aqui sozinhos. E, no entanto, também é perigoso demais levá-los conosco.

— Sem chance que eu vou ficar de braços cruzados enquanto você e um corpo sem cabeça tentam resgatar papai. Nunca vi equipe mais fajuta!

— Ah, Ogabe não vai resgatar coisa nenhuma. Ele não consegue nem ver onde está indo. Vou deixá-lo no carro que pegamos emprestado.

— Dawkins — disse Greta —, você vai precisar de ajuda. Nós vamos com você.

— Vocês dois não têm treinamento nenhum. Eu sei, eu sei — acrescentou ele, assim que fiz objeção. — Você fez aula de luta corpo a corpo, esgrima e não sei o que mais, porém vamos enfrentar um bando de gente da Curva Sinistra, todos eles loucos para matá-los.

O som das teclas fez com que todos nos voltássemos para Ogabe. Ele estava curvado sobre o laptop mais uma vez, beliscando furiosamente as teclas.

NÃO TEM DISCUSSÃO, JACK.

Você sempre faz isso, fica balançando o beiço enquanto todo mundo fica à sua disposição. Há vidas em jogo. O tempo está correndo. Os riscos são altos demais para arriscarmos uma derrota.

E nem PENSE em me deixar no carro.

— Ele o conhece bem mesmo, hein? — comentei com Dawkins, fechando o laptop e colocando-o nas mãos de Ogabe. — Mas ele tem razão. Gostando ou não, estamos nisso juntos.

CAPÍTULO 24

DESCENDO A GARGANTA DO GIGANTE

— Então é *assim* que vamos entrar? — indagou Greta.

— Já que vocês se recusam a me escutar e ficar no carro — resmungou Dawkins —, parece que sim.

Passava um pouco das nove da manhã, e nós estávamos no gramado de um parque deserto, à sombra de um braço enorme, parte de uma escultura sinistra de metal de um gigante emergindo da terra, na pontinha do Parque East Potomac.

O braço direito do gigante se erguia a cinco metros de altura, o ombro e o bíceps flexionados, os dedos arranhando o vazio. A trinta metros de nós, a mão esquerda despontava no solo, o pulso ainda enterrado. Dava para ver os dedos do pé direito do gigante mais ao longe, e o joelho esquerdo dobrava-se, desenhando um arco tão alto que eu poderia passar por baixo dele, contanto que baixasse a cabeça. Isso tudo era feito a partir de um metal escuro de cor prateada e frio ao toque.

O rosto do gigante fitava cegamente o céu límpido, a boca escancarada. Estaria nervoso? Sofrendo? Triste por despertar em um mundo que não acreditava mais nele?

— Garganta dos Lamentos, faz sentido — ponderei.

— Parece triste mesmo.

— É um *pouquinho* macabro — confessou Dawkins.

— Mais macabro do que dirigir por aí com um homem sem cabeça no banco do carona? — indaguei.

— Só aquela mulher percebeu, e quem vai dar ouvidos a ela? Um homem sem cabeça num carro esportivo? Isso é conversa de maluco! — exclamou ele, fitando Ogabe.

— O nome dessa escultura é *O despertar* — revelou Greta. — Papai me trouxe aqui no inverno passado. Ele disse que queria me mostrar uma coisa legal. Mas acho que só estava investigando o lugar.

— Nada impede que ele estivesse fazendo as duas coisas ao mesmo tempo — falei.

— Chega de conversa fiada, vocês dois — chamou Dawkins. Ele conduziu Ogabe ao rosto barbado do gigante. A língua prateada se dobrava para trás na escuridão, por trás dos dentes enormes. A boca exalava um bafo frio. Durante a viagem, Ogabe explicara que embaixo do gigante havia um poço que se ligava ao esgoto.

— Todos estão com suas luzes? — conferiu Dawkins, soerguendo uma lanterna. Nós aquiescemos, e ele apoiou as mãos de Ogabe no lábio inferior do gigante. — Tomara que dê certo.

Ogabe mergulhou de ponta na boca do gigante. Após alguns instantes balançando as pernas no ar e sendo empurrado por Dawkins, ele deslizou garganta abaixo e desapareceu na escuridão.

Dawkins se inclinou sobre a boca, recuando logo em seguida.

O gigante cuspiu um disco de metal, que voou para fora da boca e rolou na terra, como se fosse um botão de camiseta.

— Parece que Ogabe destampou um bueiro — comentou Dawkins, enfiando as pernas na boca do gigante. — A queda é um pouco alta, mas vou estar lá embaixo para segurá-los. — Então, ele se jogou, sumindo de vista.

— Você primeiro — falei a Greta.

Ela se apoiou no nariz do gigante e enfiou os pés dentro da boca da estátua.

— Isso é... meio sinistro — comentou ela. — Se bem que aconteceram muito mais coisas mil vezes mais sinistras ontem. — Quando apenas suas mãos e sua cabeça estavam visíveis por cima da língua dobrada do gigante, ela disse: — Obrigada, Ronan.

— Pelo quê?

— Não sei. Por tudo? Por me ajudar a procurar papai. Por me aturar, mesmo eu sendo uma chata. Por ser, sei lá, meu amigo.

E em seguida ela se soltou, despencando antes que eu pudesse responder. Eu queria lhe dizer que era *ela* quem merecia o agradecimento, e não eu, que eu não era como ela. Sempre que eu fazia algo de bom, era por acidente, ou porque alguém me mandara fazer aquilo. Mas Greta tentava fazer o certo simplesmente porque era o certo.

Dei uma última olhada ao redor do parque vazio e subi na boca do gigante. Senti a grande língua de metal fria contra minha barriga, um fedor de água rançosa. Eu me dependurei e deixei os pés balançando no ar.

— É para hoje, viu? — gritou Dawkins, lá de baixo.

Eu me soltei e caí cerca de três metros, bem nos braços de Dawkins.

— Ogabe e Greta já desceram — disse ele, pondo-me de pé.

Nós estávamos em uma câmara de concreto minúscula, onde mal havia espaço para nós dois. Aos nossos pés, havia um poço circular de concreto, com degraus presos à parede feito grampos gigantescos, sumindo em meio ao breu.

— Greta não deveria estar aqui por nada, mas é impossível impedi-la de procurar o pai. Estou contando com você para ficar na retaguarda e protegê-la.

— Pode contar comigo.

— Sei que posso — disse Dawkins, firmando o pé no primeiro degrau. — Só queria me assegurar de que *você* soubesse também.

Então, nós descemos.

Greta e Ogabe estavam esperando ao pé da escada, com as lanternas acesas. Estávamos em um tubo de concreto enorme, com uns quatro metros de altura: o esgoto.

— Qual é o caminho? — perguntou Greta.

Iluminei o mapa que Ogabe nos mandara imprimir.

— Parece que temos que ir para o norte — avaliei. Não havia ligação entre os dois bueiros e a subestação no mapa, mas Ogabe garantiu que havia uma passagem.

Dawkins foi na frente. Quatro metros de corda o ligavam a Ogabe. Atrás dele vinha Greta, e eu ia na retaguarda.

Em dado momento, o túnel deu em uma grade de metal. Ela se estendia de uma parede à outra, e do chão ao teto, feito as barras de uma cela de cadeia. Filetes de musgo pendiam das barras.

— É a passagem de que Ogabe nos falou — disse Dawkins. — Devemos estar na mesma altura do primeiro andar da subestação.

Ogabe postou-se em frente às grades, como se as inspecionasse, muito embora não enxergasse nada sem a cabeça. Ele estendeu os braços e forçou as grades, mas elas não se mexeram um centímetro.

Dawkins passou a luz por elas.

— Normalmente tem uma porta em algum lugar... ali! — Rente à parede da direita, o feixe de luz revelou um cadeado enferrujado.

— É impossível arrombar uma fechadura tão antiga sem as ferramentas adequadas — avaliou Greta, examinando-o.

Dawkins sorriu e fez surgir um saco de couro.

— Senhorita Sustermann, permita-me apresentá-la ao kit de arrombamento do seu pai.

Greta ofereceu-lhe um sorriso largo em troca, e sua voz tremulou ao dizer:

— Quanta falta senti de vocês! — Ela alisou o couro desgastado, desatou o laço e abriu o saco. No interior, havia quatro bolsos cheios de lâminas gancheadas. — Isso aqui é praticamente uma chave.

Ela se lançou ao trabalho. A princípio, achei estranho que ela e o pai compartilhassem daquele passatempo, mas depois admito que cheguei a ficar enciumado. Já havia muito tempo que eu e papai não fazíamos mais nada juntos. Pelo menos Greta e seu pai se uniam por meio do arrombamento de fechaduras.

Produzindo um clique, o cadeado se abriu.

— Tenho certeza de que Gaspar ficaria orgulhoso — elogiou Dawkins, sorrindo. — Muito bem, vamos entrar na subestação. O plano: eu deixo vocês dois aqui, num canto seguro, enquanto entro para procurar a cabeça de Ogabe. Prendo a cabeça de volta, então eu e ele vamos procurar seu pai, Greta, e nós três vamos destruir o tal Olho da Agulha.

— Não! — objetou Greta. — Você precisa de ajuda, foi isso que Ogabe disse. E nós vamos ajudar.

— Eu deixei vocês virem até aqui, porque era perigoso demais deixá-los na casa do seu pai ou sozinhos naquele carro roubado. Mas eu *não* vou colocar vocês em perigo.
— Beleza, vamos ficar longe do perigo, mas vamos entrar assim mesmo. Não é, Ronan?
Eu me lembrei de que ela havia me agradecido mais cedo e de que nossos pais deviam estar em algum lugar adiante.
— Greta tem razão. Você precisa do máximo de ajuda possível. Nós podemos acompanhá-los e não nos arriscarmos. Prometo.
Dawkins jogou as mãos para cima.
— Não sei por que desperdiço saliva com vocês dois.
Ele abriu o portão e todos nós o atravessamos.

Nós dobramos um túnel atrás do outro, até escutarmos um ronco profundo adiante. Dawkins desligou a lanterna e nós tratamos de fazer o mesmo.
— Que barulho é esse? — indagou Greta.
— Geradores — sussurrou Dawkins.
O túnel dava no canto de uma sala imensa, parecida com um depósito. O chão era igual a um tabuleiro de xadrez, feito de blocos de vidro transparentes e placas de aço. Oito máquinas enormes ocupavam a sala, cada uma do tamanho de um caminhão de lixo. Eram elas a fonte do ronco.
— Turbinas — sussurrou Dawkins, indicando-as. — A água do rio passa dentro daqueles tubões ali.
Canos gigantescos se erguiam do chão e margeavam o compartimento do motor central de cada uma das turbinas.
— E a pressão da água faz girar a hélice dos geradores, produzindo eletricidade. Deveriam estar desativa-

das, mas, como podem ver, a Curva Sinistra as botou na ativa de novo.

Painéis de controle do tamanho de geladeiras se alinhavam ao longo do corredor central, um à base de cada turbina. Refletores pendiam do teto, mas estavam apagados. A única iluminação que havia no recinto vinha da sala debaixo, através dos blocos de vidro.

— A Curva Sinistra deve precisar de bastante energia para operar...

— O Olho da Agulha? — perguntei, mas Dawkins não respondeu.

Nós saímos do túnel em fila indiana: Dawkins, Ogabe, Greta e, por fim, eu. Nós nos agachamos entre as turbinas ronronantes. No meio do caminho, Dawkins se deteve para espiar por um dos blocos de vidro do piso.

— Parece que dá para ver o que estão fazendo através do piso desta sala — disse ele. Os blocos de vidro serviam como claraboias no andar de baixo. Os primeiros blocos pelos quais espiamos revelaram uma sala desabitada, porém repleta de escrivaninhas e computadores sob coberturas de plástico. Na parede defronte, havia uma porta dupla branca, a única saída, além do túnel pelo qual viéramos.

— Temos que passar por ali para chegar ao andar de baixo — avaliou Dawkins, indicando a porta. — Mas, antes de descermos, vamos fazer uma busca sistemática pelos nossos amigos através do piso de vidro e nos esforçar para não sermos vistos por quem estiver no andar de baixo. Greta, você fica com o lado direito da sala; Ronan, o esquerdo; vamos deixar Ogabe ao lado da saída; e eu procuro no meio.

Conferi dez blocos, dos quais seis davam em salas vazias, e os outros quatros cobriam um corredor, e então olhei para baixo e vi algo redondo, em cima de uma cama: uma cabeça negra. Ela me viu, piscou para mim, e então abriu um sorrisão.

— Ei! — sussurrei. — Estou vendo Ogabe!

— Esqueça isso — chiou Greta. — Tem algo muito estranho acontecendo aqui! — Ela estava agachada junto à parede, fora de alcance da luz que subia da sala abaixo.

Dawkins e eu nos abaixamos ao lado dela e assistimos a uma cena estranha.

A câmara abaixo era uma mistura bizarra entre sala de cirurgia e laboratório de informática. Havia painéis com monitores e teclados ao longo de uma parede e, no meio, cinco pessoas se reuniam em torno de uma mesa de operação. Uma delas falava alguma coisa, um homem grisalho de jaleco e máscara cirúrgica. Ele balançava uma mão no ar, enquanto a outra posicionava um grande anel de metal na ponta da mesa. O anel estava acoplado a um braço de metal, igual a uma máquina de raios X, em um consultório de dentista. Tinha o tamanho de um bambolê, era feito de partes segmentadas de cromo e estava apinhado de fios e cabos.

Seja lá o que fossem fazer, boa coisa não era.

— É melhor nos afastarmos — ponderei. — Antes que alguém nos veja.

— Xiu — sibilou Dawkins, silenciando-nos. Dava para ouvir o mais tímido dos murmúrios, inclusive uma conversa numa sala distante. — Deve ter algum jeito de ouvirmos o que estão dizendo.

Dawkins sacou uma chave de fenda do bolso. Em seguida, ele se dirigiu a uma série de grades de ventilação, na base da parede, e removeu uma delas. Imediatamente, o murmúrio se tornou um pouco mais claro.

— Vejamos — disse ele, enfiando-se no duto. Alguns minutos depois, emergiu, coberto de poeira, com um par de filtros na mão. — Tive que remover algumas obstruções.

— Xiu! Eles vão ouvir você — sussurrou Greta.

Todos na sala pararam o que estavam fazendo e olharam para cima, através dos blocos de vidro.

Corremos para longe da vista deles, ocultando-nos em meio ao breu. Nós, porém, ainda podíamos vê-los, paralisados, olhando para cima.

Por fim, vindo do duto de ventilação, ouvimos o eco longínquo de uma voz masculina.

— Não é nada. Esta subestação é antiga e faz todo tipo de ruído, igual casa velha.

Outra voz, dessa vez feminina, respondeu:

— Parecia gente conversando.

— Você se preocupa demais — disse o homem por trás da máscara cirúrgica. — Como eu dizia, o Olho da Agulha está quase pronto. Por favor, puxe a alavanca, Donald. — As luzes na sala esmoreceram por um instante, e uma rede luminosa e vermelha surgiu no lado interno do aro.

Os feixes entrecruzados luziam com tanta intensidade que nossos olhos levaram algum tempo para se acostumar.

— É belíssimo! — exclamou um homem, e todos no grupo pareceram concordar.

Nós nos abeiramos do bloco de vidro novamente, enquanto o homem de máscara cirúrgica posicionava o aro.

— Como podem ver, a mesa está em cima de um trilho, de modo que será bem prático passar nossas cobaias através do Olho da Agulha. A alma passa por uma peneira e é aprisionada aqui, no Conceptáculo. — Ele tocou uma garrafa de vidro com a ponta do dedo e a encaixou ao lado do aro. — O frasco possui revestimento duplo e passou por um encantamento complexo, capaz de prender qualquer alma pelo tempo que desejarmos.

— E o que acontece com a... cobaia? — perguntou a mulher.

O homem de máscara pausou para refletir por um instante.

— Suponho seja *possível* mantê-la viva, em estado vegetativo, ligada a aparelhos respiratórios e coisas do tipo, mas não vejo por que alguém se daria ao trabalho. — E então ele riu como se tivesse acabado de contar uma piada.

Eu estava tão tenso de raiva que tive vontade de vomitar. Depois das últimas dezoito horas, eu me acostumei ao medo. Mas raiva? A cena nutriu um desejo novo em mim: a determinação para deter aquela gente. Senti os primeiros sinais à beira da estrada, enquanto observava a sra. Mão; agora, porém, era esmagador. Alguém tinha que deter a Curva Sinistra, e não fora para isso que mamãe viera me preparando secretamente, afinal?

— Ele disse *cobaia* — sussurrou Greta, com a respiração acelerada. — Ogabe falou alguma coisa a respeito disso. Eles vão usar papai como cobaia de teste?

— Antes de removermos a alma do nosso primeiro Puro — prosseguiu o homem —, temos que fazer alguns testes para calibrar o Olho e para nos certificarmos de que o Conceptáculo vai abrigar a essência da alma da cobaia de forma adequada. — O homem fez um gesto e a rede iluminada do aro se apagou. — Donald? — chamou ele. — Traga-me o garoto.

Um instante depois, uma voz familiar disse:

— Dr. Warner, quer dizer, papai, o que está acontecendo? — E então um emaranhado de cabelos negros adentrou a sala, escoltado por um cara musculoso de terno. — Estou perdoado?

— Está perdoadíssimo, Samuel — declarou o dr. Warner. — Sabemos que você não passava de um peão inocente nas mãos daquele povo.

Mesmo lá de cima, por trás dos blocos de vidro, deu para ver os ombros de Sammy se relaxarem.

— Foi o que eu disse para todo mundo, mas ninguém me escutava.

— Está tudo bem, filho. Nós o chamamos aqui para lhe pedir ajuda. Estamos testando um escâner novo e precisamos de alguém para examiná-lo.

— Um escâner — repetiu Sammy, e eu o vi se tensionar novamente, enquanto olhava ao redor. Então, aquiesceu. — Claro. Tudo bem. O que eu preciso fazer?

— É só deitar nessa maca aqui. Nós vamos passá-lo através desse aro de metal. Você vai sentir um leve puxão, um esticão dentro de você. Não ligue para isso. Não vai durar muito tempo.

— Obedeça ao seu pai — instruiu uma moça miúda de cabelos loiros e vestida de jaleco.

— Tá bom, mamãe. — Sammy subiu na maca. — Pode deixar.

Apoiei as mãos no vidro, querendo gritar para Sammy, querendo alertá-lo do perigo, porém o fôlego e as palavras me faltavam. *Eles não podem fazer isso.* Mas era tarde demais: Sammy já estava na mesa, preso pelos pulsos, pelo peito e pelos tornozelos.

Greta balbuciava, incapaz de dizer qualquer coisa, e quando se virou para Dawkins ele já corria para longe, com a chave de fenda cerrada no punho.

CAPÍTULO 25

HOMEM EM CHAMAS

— Façam barulho! — gritou Dawkins. — Chamem a atenção deles! Distraiam-nos!

Greta esmurrou o vidro, fazendo todos olharem para cima.

— Sammy! — berrou ela. — Saia daí!

— Greta? — respondeu Sammy, sorrindo e forçando a vista contra a luz. — O que está fazendo aí em cima?

— Donald — instruiu o dr. Warner com calma —, mande alguém para cuidar deste problema. — Ele segurou Sammy na maca com delicadeza. — Não ligue para eles, filho.

— Não confie nele! — bradei. — Ele está mentindo para você!

— Ronan! — exclamou Dawkins. — Preciso da sua ajuda.

Ele se ajoelhou ao lado de um gerador enorme e fez uma alavanca com a chave de fenda para arrancar uma placa de aço do chão. Sob a placa, havia um tubo no qual corria um cabo trançado com um revestimento preto de plástico.

— O que é isso? — perguntei, ao me aproximar.

— Um conduíte — respondeu ele, respirando com dificuldade. — Toda a energia dos geradores vai para a estação por meio desses cabos.

— Eles vão matá-lo, Sammy! — alertou Greta, batendo no vidro.

— Eis o que vamos fazer — explicou-me Dawkins. — Eu vou perfurar o cabo com a chave de fenda. Isso vai provocar um curto no sistema e interromper o fornecimento de luz.

— Mas você vai... ser eletrocutado. Vai morrer.

— Geralmente é isso que acontece com quem é eletrocutado, né? Mas morrer? Eu? Jamais! — Ele despiu a jaqueta de couro. — Ainda assim, depois que a luz acabar, *vou precisar* que você dê um murro no meu peito para me trazer de volta.

— Murro no peito, entendido.

— Você vai ter que bater com *muita força*. É como se estivesse reiniciando meu coração. Caso contrário, ele vai proceder com toda a calma do mundo, esse bicho preguiçoso, mas tenho que voltar depressa.

— Sammy conseguiu soltar um dos braços! — informou-nos Greta.

— Bom saber — respondeu Dawkins. — Greta, junte-se a Ogabe ao lado da porta.

Em seguida, sussurrou algumas palavras e a chave de fenda tornou-se incandescente.

— Lembre-se: não encoste em mim até a energia ser cortada. Se encostar antes, eu ainda poderei estar conduzindo eletricidade. Ah, quase me esqueço: por favor, cuide de mim se eu pegar fogo. — Ele me estendeu a jaqueta. — Use isso para apagar as chamas.

Ele empunhou a chave de fenda com as mãos, ergueu-a acima da cabeça e a fincou no cabo.

Houve uma explosão e um clarão ofuscante, seguidos por um silêncio súbito, assim que todos os aparelhos se desligaram. A sala afundou em total escuridão. Após um instante, vi uma coisa laranja reluzir à frente.

Pisquei os olhos e acendi a lanterna.

A coisa laranja era Dawkins. O curto circuito o arremessara para trás, para longe do cabo. Com a luz da lanterna, consegui enxergar espirais de fumaça ascendendo suavemente do seu corpo. A boca pendia frouxa, os olhos abertos e vazios.

E a camiseta estava em chamas.

Fiquei paralisado durante um segundo, lançado de volta ao pesadelo que vivera no Brooklyn, quando acordei com o crepitar das chamas que lambiam a porta do meu quarto.

Então, despertei do transe. Era *meu amigo* que estava pegando fogo, um amigo que, para variar só um pouquinho, dependia de *mim* para salvá-lo.

Bati com a jaqueta nele, usando-a para apaziguar as chamas.

E fiz o que ele me pedira: esmurrei seu esterno. Uma, duas, três vezes.

Não aconteceu nada.

— Qual é? — resmunguei. Eu me sentei em cima dele, entrelacei as mãos e as trouxe abaixo com toda a minha força.

Ele respirou bem alto e tossiu, dobrando as costas.

Não me contive: eu ri. Ele estava vivo! Era imortal, mas ainda assim eu tive medo de deixá-lo na mão, de deixá-lo morrer.

Ele disse algo ininteligível, flexionou os dedos e as mãos, depois perguntou:

— Por que... você está... *sentado*... em cima de mim?

Rindo novamente, eu o pus de pé, passei o braço dele por cima dos meus ombros e o carreguei para onde estavam Greta e Ogabe, ao lado da porta, encostados na parede, de mãos dadas. Ouviu-se o som de uma corrente trincando do outro lado da porta.

— Acho que tem alguém vindo — disse Greta.

— A porta vai nos esconder — sussurrou Dawkins —, mas temos que andar sem fazer barulho.

Do outro lado da sala, vi que havia esquecido a lanterna no chão. Eu fui pegá-la, mas Dawkins me segurou.

— Vai servir de isca para eles.

Greta soltou a mão de Ogabe e abraçou Dawkins.

— Você salvou Sammy!

— Aham, salvei. Agora, cale a boca.

As portas se abriram e quatro homens equipados com lanternas muito potentes adentraram a sala. Todos estavam perfeitamente alinhados e vestiam os ternos escuros que pareciam ser o uniforme da Curva Sinistra. À luz das lanternas, vi que três deles empunhavam espadas, enquanto o quarto levava um rifle Tesla. Sem falar nada, foram direto ao feixe da minha lanterna.

Dawkins segurou a porta antes que ela se fechasse, e nós quatro deslizamos para o outro lado em silêncio, Greta guiava Ogabe pela mão. No chão, diante da porta, havia um cadeado aberto e uma corrente, com a qual Dawkins amarrou os puxadores da porta. Ele trancou o cadeado.

— Isso deve segurá-los por alguns minutos.

Logo em seguida, uma série de pequenas lâmpadas vermelhas se acenderam. Elas iluminavam bem o bastante para que víssemos aonde estávamos indo, mas não tanto para que enxergássemos tudo perfeitamente.

— Geradores reserva — falou Dawkins. — Eu estava torcendo para não terem.

Adiante, havia uma escada para o andar de baixo. Dawkins fez um gesto para que o seguíssemos.

— Vamos com calma — sussurrou ele, enquanto nos embrenhávamos na escuridão.

A escadaria deu em um corredor. À esquerda, havia uma porta dupla, parecida com aquelas que se veem nos hospitais, com janelas grandes e quadrangulares na parte de cima. Através do vidro, vimos luzes piscando. Lanternas, possivelmente, ou a iluminação dos geradores reserva.

— Eles vão terminar o que estavam fazendo com Sammy? — questionou Greta.

— Acho que os geradores reserva não conseguem fornecer energia suficiente para aquela máquina funcionar — ponderou Dawkins. — Afinal, o motivo pelo qual precisam de sua própria subestação é porque o Olho da Agulha consome energia demais. Ou seja, Sammy *provavelmente* está a salvo. Por enquanto.

Havia várias portas no corredor.

— Ronan, onde foi que você viu a cabeça de Ogabe?

Fechei os olhos e tentei me lembrar da distância entre a claraboia da sala de cirurgia, onde Greta estava agachada, e a sala onde estava a cabeça.

— Foi aqui — falei, correndo até a segunda porta do corredor. — Acho que foi aqui.

Dawkins experimentou a maçaneta, deu um passo atrás e abriu-a com um chute.

— Para dentro, todo mundo. E nada de lanternas! Lembrem-se, há claraboias no teto. — Depois que todos entraram, ele fechou a porta devagar.

Dawkins levou o dedo aos lábios. Do outro lado da porta, ouvimos o som de passos apressados. Alguém bradava ordens.

Depois que se foram, Dawkins sacou o Zippo do bolso e volteou a mão em torno dele. À pouca luz que lhe escapava por entre os dedos, vimos que a sala antigamente era um escritório. E havia sido transformada em cela. A escrivaninha fora empurrada contra a parede e à frente dela havia uma cama de campanha.

Em cima da cama estava a cabeça raspada de um rapaz negro. Ela sorriu, então o corpo de Ogabe abriu caminho entre nós, foi até a cama e a apanhou cuidadosamente.

— Quem está com a fita? — perguntou Dawkins aos sussurros.

— Fita? — repeti. — Você não falou nada sobre fita!

— Tenho certeza de que pus um rolo de fita adesiva na bancada de Gaspar quando separei o kit de arrombamento e a chave de fenda.

— Você só trouxe a chave de fenda — revelou Greta.

— Não tem fita nenhuma.

Nas mãos de Ogabe, a cabeça virou os olhos. Ele girou a cabeça de lado e a enfiou debaixo do braço, feito uma bola de futebol americano, e fez um gesto com a mão direita que claramente queria dizer "vamos em frente".

— Me desculpe, amigo. Eu me distraí. — Dawkins suspirou.

O corpo sem cabeça deu de ombros, mas a cabeça debaixo do braço lançou uma piscadinha para Dawkins.

— Onde será que isso vai dar? — indagou Dawkins, apontando para uma porta na parede esquerda. — Greta?

Ela desenrolou o kit de arrombamento e, alguns segundos depois, estávamos adentrando o escritório vizinho.

— Quem está aí? — perguntou uma voz feminina assim que entramos.

Deitada de bruços na cama, de mãos algemadas às costas e pés amarrados, havia uma mulher vestindo calça jeans suja de tinta e uma camisa de botão masculina azul. Seu rosto estava machucado, e havia um corte muito feio sobre o olho direito.

Era mamãe. Dura na queda, infalível, fodona, brilhante, protetora destemida de Greta Sustermann e a pessoa de que eu mais gostava no mundo inteiro. Havia uma mancha nova nas suas roupas: sangue, talvez. Depois não vi mais nada direito, meus olhos marejaram.

É, eu estava à beira das lágrimas. E daí? Lá no fundo, eu acreditava que alguém fosse encontrar mamãe morta em algum canto. Sem ela, eu ficaria completamente sozinho no mundo. Teria papai, mas então saquei algo que jamais havia compreendido: papai não contava tanto assim.

Ela se revirou na cama até nos ver, estreitando os olhos à luz fraca do Zippo.

— Ronan?! — exclamou ela, em tom bravo e descrente. — Você *não* deveria estar aqui!

Tentei dizer "mamãe", mas só consegui produzir um ruído estrangulado, então me lancei sobre ela e a abracei.

— Você está bem! — disse por fim.

— Vou ficar assim que me livrar dessas algemas. O que você está fazendo *aqui*, Ronan?

— Não se mexa, Bree. Greta vai soltar você — instruiu Dawkins.

— Greta está aqui também? Greta *Sustermann*? Eu vou matar você, Jack! — Ela se debateu por alguns instantes, mas relaxou de modo que Greta pudesse arrombar a algema.

— Suas ameaças não me assustam nem um pouco. Já morri duas vezes de ontem para hoje. Vou explicar a situação das crianças depois, mas vai por mim, elas não me deram escolha.

Mamãe não disse nada, mas lançou-lhe um olhar que eu conhecia bem. Significava que a morte seria a menor das preocupações de Dawkins. Alguns instantes depois, as algemas se abriram, mamãe se sentou na cama e desamarrou as pernas sem demora. Ela se levantou e me envolveu num abraço apertado, depois me afastou e me olhou nos olhos.

— Você está bem?

— Estou ótimo. Juro.

Ao piscar de uma luz no andar de cima, nós nos calamos.

— Estão nos procurando! — chiou Dawkins, apagando o Zippo. — Todo mundo, contra a parede!

Nós nos jogamos contra as paredes, ao passo que o feixe da lanterna varria os blocos de vidro no teto. Após um instante, ela se foi.

— Você encontrou papai? — perguntei a mamãe depois que ficou escuro de novo. — Ele está bem?

Mamãe me fitou na escuridão, então se voltou para Dawkins novamente:

— Por que foi trazer as crianças? — questionou ela, sua voz traía desespero. — Não tem lugar *pior*. Você sabe o que estão fazendo aqui?
 — Infelizmente, sim. Vimos uma demonstração alguns minutos atrás, logo antes da luz cair.
 — Por que você está fedendo a queimado? — indagou ela, fungando. Então, ela se virou para Ogabe: — E o que aconteceu com a cabeça dele?

Em mais um escritório contíguo, a echarpe de uma mulher cobria a cama, e um copo d'água manchado de batom repousava na mesa. Dawkins tocou a cama e disse:
 — Está quente. Tinha alguém aqui e nós não a encontramos por pouco.
 Ouvimos passos no corredor, e alguém abriu a porta de um dos escritórios. Ficamos todos paralisados. Aparentemente satisfeitos, os passos seguiram adiante.
 — Quando conferirem a cela de Ogabe, vão descobrir por onde entramos — avaliou Dawkins. — Temos que nos apressar.
 Na sala após o escritório da echarpe, havia um homem deitado na cama, todo amarrado, que nem mamãe quando a encontramos.
 — Papai! — gritou Greta.
 Gaspar Sustermann não era um homem grande, mas tinha os ombros largos e fortes, e as entradas nos cabelos ruivos lhe davam um ar ainda mais imponente, como se fosse um militar à paisana. Greta o abraçou, ainda deitado na cama. Ela repousou a face sobre o ombro do pai e lhe disse:
 — Senti tanta saudade! Tive um dia horrível, papai, primeiro o trem e as espadas, depois o caminhão atropelou nosso amigo, daí eu e Ronan tivemos que...

— Meu anjo — interrompeu Gaspar Sustermann —, é ótimo ver você e tudo o mais, mas você faria um favor ao seu velho e destrancaria estas algemas?

— Nossa! — exclamou Greta, sentando-se e passando o dorso da mão pelos olhos. — Claro que sim! Me desculpe!

Na última cela vazia, Dawkins mandou Greta arrombar a porta que dava para o corredor, enquanto ele contava resumidamente a mamãe, Gaspar e à cabeça de Ogabe o que havia visto.

— Essa tal máquina chamada Olho da Agulha está funcionando, e eles planejam experimentá-la em algumas almas de teste, a começar por um menino chamado Sammy, pobre coitado. E depois imagino que em vocês dois.

— Menino? — questionou mamãe. — Acho que está enganado. Eles têm uma mulher do Brasil, uma Pura que trouxeram ao país ilegalmente. — Ela examinou o machucado acima do olho e contorceu o rosto. — A menos que esteja me dizendo que eles estão com *dois* Puros?

— Não, o menino não é Puro, é só uma criança adotada que enfiaram nesta confusão. Nós cortamos a luz antes que fizessem mal a ele. Mas, se estão com uma Pura aqui, onde está ela?

— A echarpe — lembrei. — Você disse que a perdemos por pouco.

— Deviam estar preparando-a para logo depois que terminassem os testes. — Mais preocupado do que eu jamais o vira, Dawkins descansou a mão no ombro de Greta. — Precisamos da porta aberta agora, Greta. Temos que encontrar essa mulher antes que a coloquem naquela máquina.

— Mas Sammy não iria primeiro? — perguntei. Porém, quando vi a expressão de Dawkins, emendei: — Não que isso seja uma coisa boa!

— Sabem que estamos aqui, não vão ficar de lenga-lenga com as cobaias. Vão roubar a alma da Pura assim que for possível.

— Que bom que não tem energia, então — ponderou Gaspar.

Ouviu-se um clique e, logo depois, Greta abriu uma beiradinha da porta.

No corredor vazio, as luzes vermelhas de emergência piscaram e foram ficando mais fracas até se apagarem.

— O que está acontecendo? — sussurrei.

Dawkins abriu a porta da cela e nós saímos para o corredor escuro feito breu.

— A única razão pela qual o gerador de emergência pararia de funcionar — murmurou ele — é se...

Ouviu-se um crepitar elétrico e o corredor foi banhado em luz branca.

Os geradores estavam ligados de novo.

Capítulo 26

O Olho da Agulha

Dawkins correu até a porta dupla, no fim do corredor, se jogou contra ela, caiu para trás e disse:

— Tem uma barra do outro lado. — Ele ergueu os punhos e esmurrou o vidro aramado de uma das janelas para chamar a atenção das pessoas lá dentro. — O prédio está cercado! — gritou-lhes. — Parem o que estão fazendo e saiam com as mãos onde possamos vê-las!

— Você trouxe ajuda? — perguntou o pai de Greta.

— O lugar está cercado?

— Não — respondeu Greta, franzindo o cenho e balançando a cabeça. — Dawkins ligou para alguém, mas estavam longe demais para chegarem a tempo. Viemos sozinhos.

— Essa é a hora em que uma daquelas armas Tesla viria bem a calhar — falei. Fui até a outra porta e espiei o lado de dentro.

A sala era pequena. No meio, estava a maca, porém, em vez de Sammy, havia uma mulher presa nela. Ela era mais nova que mamãe, mas não muito. E estava visivelmente apavoradíssima, olhando de uma pessoa para a outra, falando sem parar, provavelmente suplicando, mas ninguém na sala prestava atenção nela.

Ao pé da mesa, estava o pai adotivo de Sammy, o dr. Warner, e próximo a ele, a mulherzinha loira que era sua esposa. Ao lado, estava o agente da Curva Sinistra chamado Donald e um outro cara de cabelos pretos e cavanhaque. Eles seguravam Sammy, que parecia aterrorizado.

À ponta da maca, havia um homem que eu não havia visto lá de cima, um homem cujo rosto se ocultava por trás de uma máscara vermelha.

— Que coisa é aquela? — sussurrou Greta. — É horrível!

A máscara se *mexia*, contorcendo-se no rosto como se estivesse viva, vibrando e mudando de forma a cada suspiro do homem. Uma hora, a máscara era comprida e estreita, o nariz e as maçãs do rosto protuberantes sob os cabelos armados feito arame farpado; de repente, o nariz volteava sobre si mesmo, achatava-se e desaparecia por completo. Noutra, o queixo e a testa alargavam-se, robusteciam-se, os olhos sumiam sob as dobras de carne, à medida que as bochechas inchavam. As transformações não cessavam nunca, a máscara metamorfoseava-se sobre o rosto do homem feito um pesadelo vivo. Ao vê-la se contorcer, meu estômago revirava, mas eu não conseguia desviar os olhos.

A única parte da máscara que *nunca* mudava era um terceiro olho grande e amendoado, logo acima dos outros dois. Ele estava fechado, mas foi fácil concluir do que se tratava: era o Perceptor. O olho verde fluorescente que Dawkins dissera ser o equivalente da Lente da Verdade da Curva Sinistra.

Se o homem por trás da máscara olhasse para Greta através do Perceptor, será que veria a chama intensa da sua alma? Será que descobriria que minha amiga era um dos Puros que estava procurando e viria atrás dela? Poderia matá-la?

Empurrei Greta para longe do vidro.

— Ei! — Ela se agarrou a mim, puxando-me para trás. — O que está fazendo?

— Me desculpe, mas é horrível demais! Eu, hã, não consigo nem olhar.

Àquela altura, mamãe e Dawkins já haviam entrado na sua frente para bloquear a visão do mascarado.

— Ronan tem razão — disse ele. — Isso é exatamente o tipo de coisa da qual eu queria proteger vocês dois, deixando-os no carro.

O pai de Greta a escondeu atrás de si, mas eu ainda conseguia ver. O mascarado levou a mão ao rosto e tocou alguma coisa.

Lentamente, o terceiro olho se abriu. Ele luzia uma luz verde fosforescente.

Fiquei com o ar preso na garganta. Não é por menos que a primeira filha adotiva dos Warner sentia pavor daquela máscara. Não é por menos que Sammy tivesse medo daquele cara.

Então, nossa visão foi bloqueada por outro rosto: a sra. Mão.

Ela devia estar lá dentro esse tempo todo. Sorrindo, fitou cada um de nós; em seguida, me olhou nos olhos e articulou uma só palavra.

— O que foi que ela disse? — perguntou Greta, atrás de mim.

— Observem — sussurrei. — Ela disse "observem".

Ela saiu da frente a tempo de vermos o sr. Warner administrar uma injeção na mulher que estava deitada na maca, um tipo de sedativo, imagino, pois ela se aquietou e parecia ter caído no sono.

Atrás da mulher, a sra. Warner se dirigiu a um painel de controles e virou uma alavanca. A rede abrasadora de luzes vermelhas se entrecruzou uma vez mais no interior do Olho da Agulha. O dr. Warner encaixou o Conceptáculo de prata no lugar certo, e todos ao redor da maca deram um passo atrás.

— Não podemos ficar de braços cruzados! — bradei. — Temos que *fazer* alguma coisa.

Mas era tarde demais: o dr. Warner já estava empurrando a mesa de metal através do Olho. Nós assistimos aterrorizados à máquina fazer aquilo que havia sido inventada para fazer: arrancar a alma da mulher de dentro do corpo.

Fosse qual fosse o sedativo que haviam lhe dado, não adiantou nada: assim que o processo se iniciou, ela despertou e começou a se debater e a berrar conforme a maca passava por dentro do aro.

Sammy berrava também, um uivo longo e ululante que me fez ter vontade de tapar os ouvidos.

E então, de súbito, a mulher se calou e continuou imóvel, as costas arqueadas, um filete esbranquiçado de fumaça ascendendo da boca aberta. Ela parecia estar morta, mas então vimos seu corpo voltar a se distender, e o peito subir e descer conforme ela respirava.

O Cabeça ergueu a mão e fechou o Perceptor, enquanto a sra. Warner desvirava a alavanca. A rede de luzes desapareceu do aro, provocando um estouro de eletricidade estática.

Aquilo levara menos de um minuto.

Ao passo que o dr. Warner desencaixava o Conceptáculo e o guardava em uma caixa de aço reforçado, Donald deixou Sammy às mãos da mãe adotiva, a sra. Warner. Ela o puxou para perto de si, no que poderia ter sido um abraço, caso ela não tivesse acabado de tentar sacrificá-lo. Ele resistiu, mas ela o segurou com firmeza.

— O que está acontecendo? — perguntou Greta, atrás de mim.

— Eles tiraram a alma da mulher — respondi. — Conseguiram tirar.

Donald e o cara do cavanhaque carregaram a caixa de aço através de uma porta, no lado oposto da sala, enquanto o Cabeça, os Warner e a sra. Mão ficaram observando. Eu esmurrei o vidro, e o Cabeça olhou bem na minha cara enquanto aquele treco pulsava e se contorcia sobre seu rosto.

Foi aí que Sammy se soltou.

Ele mordeu a mão da mãe adotiva, passou correndo por baixo da sra. Mão e se jogou contra a porta. Ouviu-se o barulho da barra de metal se mexendo, o clique de algo se desencaixando, porém a sra. Mão já estava em cima do menino. Ela o agarrou pela camiseta e o puxou para trás.

Mas ele já fizera o bastante.

Dawkins e Ogabe empurraram a porta, e a barra de metal que a bloqueava se estatelou no chão.

Recuando, a sra. Mão bradou:

— Saiam daqui! — O Cabeça e os Warner fugiram pela saída dos fundos, largando Sammy para trás.

Do outro lado da maca, erguia-se a sra. Mão com a lâmina da espada desembainhada contra o pescoço da mulher inconsciente.

— Parados, ou eu mato a Pura.

— Vocês já não fizeram o bastante com essa pobre mulher? — inqueriu Dawkins, mas obedeceu à ordem e estacou. Ogabe fez o mesmo.

— É muita gentileza de sua parte nos trazer Evelyn — disse ela, olhando para mim. — Receávamos tê-lo perdido de vez, mas, graças a vocês, minha missão foi cumprida.

— Por que querem matá-lo? Por que um adolescente aborrecido de treze anos importa tanto assim para a Curva Sinistra?

— *Matá-lo?* — repetiu ela, rindo. — Não, nunca tivemos intenção de matá-lo...

Algo a atingiu no rosto.

Ogabe arremessara sua cabeça.

A sra. Mão recuou e ergueu a espada. Naquele instante, o corpo de Ogabe tomou a mulher inconsciente nos braços e disparou corredor afora. Sua cabeça rolou sobre a maca e caiu no chão.

— Bree, Gaspar, Greta — chamou Dawkins —, encontrem aquela alma. Eu e Ronan vamos cuidar disto aqui.

Mamãe, Greta e o pai dela deslizaram por trás de Dawkins e saíram correndo atrás dos Warner e do Cabeça.

— É tarde demais — disse a sra. Mão, dando a volta na maca e brandindo a espada no ar.

Ela bateu o pé em alguma coisa e olhou para baixo. Com um grito de nojo, ela chutou a cabeça de Ogabe como se fosse uma bola de futebol. A cabeça voou através da porta e saiu rolando atrás dele no corredor.

— Você tem uma espada — ponderou Dawkins, margeando a mesa na direção dela. — E tudo o que me resta é meu charme. Não me parece muito justo.

— Chegue mais perto — convidou a sra. Mão, apontando a espada para a frente —, vamos pôr seu charme à prova.

— Tentador! — replicou Dawkins. — Mas acho que vou recusar o convite. Pelo menos até encontrar algum meio de me defender.

A sra. Mão rodeava a mesa atrás de Dawkins quando passou por cima de Sammy, que estava encolhido no chão feito uma bola, provavelmente imaginando que o garotinho não lhe apresentava perigo, ou talvez sequer o tenha notado ali.

Mas então ele se lançou às panturrilhas dela, como um jogador de futebol americano.

Ela grunhiu de susto e estendeu as mãos para aparar a queda.

A espada deslizou pelo chão.

Sammy foi voando atrás dela. Com a espada na mão, se afastou da mulher.

— Quem é que manda agora, hein? — perguntou ele.

— Passe isso para cá, Samuel — mandou a sra. Mão assim que se pôs de pé. — Você ainda está em tempo de se reconciliar com seus pais. De provar seu valor a eles.

— Eles deveriam provar seu valor a *mim*! — gritou Sammy, e jogou a espada para mim. — Ronan, pegue!

Até que não foi um arremesso ruim, mas eu não tive chance.

A sra. Mão se inclinou sobre a maca, agarrando a espada pela empunhadura e desferindo um golpe no lugar onde estaria meu braço, caso eu tivesse tentado apanhá-la.

Eu me abaixei e rodeei a maca até chegar ao lado de Sammy.

— Foi mal — desculpou-se ele. — Foi mal por tudo.
— Não se preocupe — tranquilizei-o, inclinando-me para longe da ponta da espada da sra. Mão e o puxando junto comigo. — Vamos voltar até sair do alcance dela.
— Não temos para *onde* voltar.
Nós colidimos contra uma superfície irregular. Tateei às minhas costas. Botões, mais botões e uma alavanca: o painel de controle. Nada que eu pudesse usar para bloquear a lâmina da sra. Mão.
— Não era para eu matá-lo, Evelyn — admitiu a sra. Mão, com aquele sorriso frio dela. — Mas acidentes acontecem. — Ela ergueu a lâmina.
Atrás dela, Dawkins dava a volta na maca com uma bandeja cirúrgica de metal na mão. Mas ele estava longe demais de nós, longe demais para detê-la.
Eu estava desarmado, mas *os Guardiões do Sangue transformam em arma tudo o que tiverem à mão*. Quando ela desferiu a cutilada, eu agarrei a única coisa ao meu alcance.
O Olho da Agulha.
Eu o puxei para a frente, e a espada dela se enterrou fundo no aro.
A lâmina ficou presa. Grunhindo, a sra. Mão puxava a espada para lá e para cá. Antes que a soltasse, eu me dei conta de que o que estava espetando minhas costas era a alavanca que a sra. Warner acionara, então a puxei uma vez mais.
O Olho da Agulha se acendeu e a teia de feixes vermelhos se cruzou no espaço vazio, no centro do aro. O cara que disse que a máquina era belíssima sabia do que estava falando: de perto, a rede de luzes não se parecia com nada que eu já tinha visto.

Mas então algo deu errado: os feixes começaram a falhar e a se romper e tentáculos de luz vermelha irrompiam da máquina, feito raios, lambendo a lâmina da espada e engolindo a sra. Mão.

O corpo dela ficou rígido, os cabelos cor de palha se arrepiaram, centelhas saltaram dos dentes enquanto, em meio a um esgar, ela me olhava nos olhos. O rosto e as mãos brilhavam e ardiam cada vez mais, até ela começar a faiscar de tanta energia, assim como a espada, branca de tanto calor, ainda empunhada. Após um último chiado, ela explodiu numa chuva grotesca de cinzas.

Após um arquejo alto e engasgado, finalmente voltei a respirar.

— Ronan? — Dawkins repousou a mão no meu ombro. — Você já pode desligar a luz agora.

Empurrei a alavanca de volta, e enfim aquela situação terminou. A espada da sra. Mão continuava fincada no Olho, a eletricidade fazia a empunhadura estalar, enquanto ela esfriava.

— Quem vive pela espada, morre pela espada — sentenciou Dawkins, espezinhando as cinzas. Em seguida, levantou o braço e puxou a lâmina.

Sammy tremia, os olhos arregalados.

— Ela se foi? — perguntou ele, indicando as cinzas.

— Pelo jeito, não volta mais — respondi.

— Amigo — disse Dawkins a Ogabe, que se postava sob o vão da porta, segurando a mulher e a cabeça nos braços —, preciso que fique aqui e se assegure de que nada mais aconteça à Pura. Eu e Ronan vamos atrás da alma dela.

Ogabe fez sinal de positivo.

— Sammy? Greta? Quero que fiquem aqui com Ogabe.

Sammy olhou para Ogabe, cuja cabeça sem corpo sorriu e respondeu:

— Beleza, vou ficar aqui com Greta e esse cara sem cabeça.

Logo antes de passarmos pela porta através da qual a Curva Sinistra havia saído, Sammy falou:

— Ei, Ronan? Foi mal mesmo por...

Mas eu nunca soube o que Sammy queria dizer.

A porta levava a uma junção de corredores. No centro, havia um balcão de recepção vazio e, caídos no chão, ao redor dele, vários homens trajados com ternos azul-escuros. Homens como o sr. Quatro, embora eu não o visse entre eles. Eles estavam claramente mortos.

— O que aconteceu com esses caras? — perguntei.

— A Mão deles, sua amiga, a sra. Mão, morreu — respondeu Dawkins. — Ela era a única coisa que lhes animava o corpo. Quando a Mão se queimou, o mesmo aconteceu com a força vital deles.

Dawkins analisou o mapa.

— Tem corredores demais para procurarmos. Precisamos nos separar. Meu palpite é de que o ponto de carga e descarga seja a saída mais provável que eles usaram, então é para lá que vou. Você, Ronan, vai pegar outro caminho. Se encontrá-los, não faça nada, venha me procurar.

— Certo — respondi, e saí correndo.

O corredor para o qual ele me enviou dava em uma escadaria. Assim que comecei a subir, a energia voltou a cair e mergulhei em escuridão.

Eu me arrastei devagar, procurando os degraus com os pés, até os geradores reserva serem acionados novamente e as luzes vermelhas se acenderem. No topo da escada, havia uma porta de aço reforçado. Estava entreaberta.

Eu a abri e me encontrei em uma passagem inacabada. Os blocos de concreto da parede não tinham revestimento, e o piso era de placas de aço. A porta se fechou atrás de mim, com o baque surdo de uma fechadura magnética se trancando.

Mas eu não estava preocupado com isso, porque na outra ponta da passagem havia cinco pessoas que eu já havia visto antes: o dr. e a sra. Warner, depois Donald e o Barbicha, que carregava a caixa com a alma da mulher e, na frente, liderando-os, o Cabeça. Antes de pensar no que eu estava fazendo, gritei:

— Parados! Não deem nem mais um passo, ou...

Sabe o que é engraçado? Eles *pararam* mesmo, pelo menos por um instante.

— Ou o quê? É *você* quem vai nos deter, por acaso? — perguntou o Cabeça, virando-se. — Sozinho? — A máscara vermelha aterrorizante continuava se contorcendo sobre o rosto, o terceiro olho aberto.

Eram cinco deles e eu estava só, sendo que dois, Donald e o Barbicha, carregavam espadas.

Já eu não estava armado com nada.

— Hum... — comecei a dizer. — Esqueçam isso. Sintam-se livres para prosseguir.

Um deles abriu a porta na outra extremidade do corredor. O Cabeça me fitou, inclinando o rosto abominável.

— Esta é a única saída, filho.

Eu pensei na fechadura magnética que ouvira estalar atrás de mim.

— Ora essa. — O tom do Cabeça era calmo, suave e estranhamente familiar por trás da máscara. — Eu e você não deveríamos ser inimigos.

Procurei ao redor algo que pudesse usar para me defender. Não havia nada sequer remotamente parecido com uma arma por perto, apenas uma vassoura e uma pá de plástico.

O Cabeça fez um gesto para que os companheiros seguissem em frente.

— Guardem a alma no barco. Eu e Donald chegaremos assim que tivermos tomado conta desse garoto.

— Ele se virou de volta para mim, levou a mão ao rosto e removeu a máscara. Aquela coisa sinistra parou de se mexer assim que o rosto verdadeiro do Cabeça se revelou.

Era um homem qualquer de meia-idade, tinha barba e cabelos curtos, com um início de calvície. Deveria ter sido um alívio ver alguém tão normal por trás da máscara, porém descobri a verdadeira identidade do Cabeça.

Papai.

Capítulo 27

Em família

— Você é o Cabeça?
— Ronan! — Ele sorriu, enfiando a máscara, então inerte, sob o braço. — Estou tão feliz por você estar aqui, filho.

Ofeguei, tonto, incapaz de respirar direito. Apoiei a mão na parede, com medo de desmaiar.

— Você não foi sequestrado? — Aquilo não fazia sentido. Mamãe disse que ele fora levado pela Curva Sinistra, não foi? Ela partira para resgatá-lo. — Então, quem revirou nossa casa?

— Eu estava procurando informações que sua mãe havia escondido. Poderia ter sido mais cuidadoso, é verdade — admitiu ele, dando de ombros.

— O Puro — falei, pensando em Greta. — Você estava tentando encontrar o Puro que ela protegia. — Minha vista começou a escurecer; eu estava hiperventilando.

O sorriso dele se desmanchou e uma rigidez que eu jamais vira tomou suas feições.

— Então você tem conhecimento disso. — Ele cerrou os punhos e contemplou a aliança de casamento. — Sempre me perguntei o quanto sua mãe lhe contava a respeito do trabalho dela.

— Só fui saber dos Guardiões de Sangue ontem — revelei, ainda me esforçando para manter a respiração sob controle. — Quando ela foi me buscar na escola.

— Pois é — disse ele, abrindo outro sorriso. — Ela chegou antes de mim. Eu enviei uma equipe para buscá--lo, primeiro na escola, depois na estação de trem. Você e seus amigos nos fizeram mesmo de bobos.

— Aquilo era você?

— Um pessoal que trabalha para mim. — Ele entregou a máscara para Donald e abriu os braços. Sua voz estava embargada de tanta emoção quando ele disse: — Nossa família estava separada, e eu queria meu filho comigo. Sinto saudades de você. Isso é tão terrível assim?

Ao ouvi-lo dizer aquilo, uma dor que eu sequer sabia existir me apertou o peito. Sentia saudades dele também, sentia saudades dele havia anos. Mas então eu me lembrei da fuga turbulenta através da escadaria do estacionamento, da luta de espadas no trem, da carreta atropelando Dawkins. O sr. Quatro ameaçando Greta com um machado, Izzy tentando me empalar. A sra. Mão. Sammy prestes a passar pelo Olho da Agulha.

— O pessoal que trabalha para você tentou me matar. Tentou matar *todos nós*.

— Não é bem assim! Pode ter *parecido* que sim, mas, confie em mim, as ordens eram se livrar de quem estivesse com você, porém capturá-lo com o mínimo de ferimentos.

— O mínimo de ferimentos — repeti. *Isso sim* era algo que papai diria, o homem que abandonara a família para empilhar números no seu cargo de auditor. Mas, logo que pensei isso, me dei conta de que aquele trabalho devia ser mais uma invenção dele.

— Eu amo você demais para permitir que algo de ruim lhe aconteça, Ronan. Se você não estiver do meu lado, o trabalho que faço na Curva Sinistra não significa nada. É tudo por você: você representa o futuro.

Sabe o que é mais triste? Eu queria acreditar nele.

O orgulho que mamãe sentia por mim transparecia em todas as suas palavras, mas com papai não era assim. Seu parco sorriso de aprovação era a coisa que eu mais almejava e quase nunca conseguia. Quando eu era pequeno, éramos chegados, mas isso mudou havia muito tempo, pouco depois de mamãe começar a me treinar. Será mesmo que ela havia tomado essa decisão porque estavam tirando sarro de mim na escola? Ou porque temia que, um dia, eu tivesse que enfrentar outro inimigo, um inimigo maior? Não papai, mas a Curva Sinistra, que, no fim das contas, eram a mesma coisa.

— Você pode achar que fui desonesto por esconder quem sou, mas não fui o único. Sua mãe mentiu para você também. Acha mesmo que ela não sabia para quem eu trabalhava?

— Se mamãe mentiu, foi para me proteger de você. — Ela não fora atrás de papai para salvá-lo; estava tentando detê-lo.

Foi por isso que Sammy fugiu de nós na estrada, por isso reagiu de forma tão estranha depois que o resgatamos. Ele ouviu meu nome e o reconheceu. Não essa porcaria de *Evelyn* que mamãe me dera, mas o *Truelove* que recebi de papai. O mesmo nome do Cabeça a quem ele tanto temia.

O Cabeça que quase lhe roubou a alma, porque queria testar uma máquina qualquer.

— Você ia matar Sammy.

— Quem? — Ele balançou a cabeça, com um sorriso solto. — Deixe isso para lá. Não importa. Venha. Obedeça ao seu pai. Nosso tempo está se esgotando.

— Você provocou o incêndio no Brooklyn. — Minha intenção era fazer uma pergunta, porém, no meio da frase, eu me dei conta de que já sabia a resposta.

— Isso é história antiga — disse ele, com um gesto de desdém. — Não era para você estar em casa. A ideia era fazer sua mãe entrar em pânico e nos revelar sua verdadeira identidade. Achamos que, ao destruir sua antiga vida, nós a forçaríamos a nos levar a... alguém, seu Vigilante, outro Guardião, talvez até mesmo a pessoa a quem ela protegia. Mas não. — Ele massageou as têmporas. — Eu gastei mais de uma década nesse casamento, e o que ganhei com isso? Nada.

E quanto a *mim*? Senti vontade de perguntar. *Eu* fora um fruto daquele casamento. Ou eu não passava de apenas mais uma parte daquela farsa?

Papai arregaçou a manga e conferiu o relógio.

— Não temos tempo, Ronan. Parece que terei que levar você à força. — Ele fez um gesto, e Donald deu um salto à frente. Uma aura rosa pálida reluziu ao redor da lâmina que ele empunhava na mão direita, margeando as runas entalhadas no aço.

— Seja lá o que sua mãe tenha lhe falado a respeito da Curva Sinistra, não é verdade. Nós vamos criar um mundo novo, um mundo melhor. E eu quero que você, meu único filho, faça parte dele. Você sabe o quanto eu amo você, o quanto eu sempre amei você.

De um salto, agarrei a vassoura e a pazinha.

— Vai fazer uma faxina? — zombou Donald, traçando pequenos círculos com a ponta da espada.

— Não há necessidade de discutirmos isso agora. — Papai apontou para minha testa. — O Perceptor me revelou que você não carrega o emblema. Você não faz parte da ordem. Ainda não é tarde para se juntar a nós, não é tarde para tomar a decisão certa. — Ele estendeu a mão esquerda, com a palma para cima.

Foi então que me dei conta: não havia decisão a tomar. No fundo, eu sabia que mamãe era do bem. Assim como Dawkins. E, mesmo que eu não fosse um Guardião do Sangue oficialmente, eu era Guardião onde mais importava: no coração.

Papai havia roubado a alma de uma mulher inocente e a deixara à beira da morte, e estava disposto a fazer o mesmo com outras trinta e cinco pessoas inocentes, caso tivesse a oportunidade.

Faria isso com Greta, se soubesse quem ela era.

Eu arremessei a pazinha.

Ela girou em torno de si mesma, jogando terra por todos os lados enquanto sobrevoava Donald, e então acertou papai bem na cara.

Ele esbravejou e cambaleou para trás.

— Donald, livre-se de meu antigo filho e me encontre na doca — ordenou ele, massageando o queixo. Em seguida, estacou sob o vão da porta. — Eu lhe ofereci a *vida*, Evelyn. E como você me agradece? Jogando uma *pazinha* em mim. Uma pazinha! — Ele deu meia-volta e foi-se embora.

— Não me chame de Evelyn! — berrei, antes da porta se fechar.

O sorriso de Donald se alargava à medida que ele avançava, como se estivesse vindo me dar um abraço, e não golpes de espada.

— Ora, Donald — retruquei, brandindo a vassoura.
— O que está esperando?
Soltando um rugido, ele deu o bote.
Deixei meu treinamento entrar em ação: o mesmo treinamento de que vinha me valendo desde que mamãe foi me buscar na escola, no dia anterior.
Eu o acertei na cara, com a escova da vassoura. Ele se virou, cuspindo as cerdas, então enganchei a vassoura no seu pescoço e o derrubei no chão.
Firmei-a no piso e usei-a para pegar impulso, pulando por cima de Donald. Ele tentou me acertar com a lâmina, mas eu já estava a toda corredor afora, com a vassoura ainda em mãos.
— Ei! — exclamou ele. — Espere!
Fechei a porta de saída às minhas costas e girei a maçaneta que a trancava.
Deparei com outra escadaria, que me levou a uma porta de aço com uma barra de puxa-empurra. Eu me joguei contra ela e me vi em uma varanda de concreto.
O Potomac estava à frente, num laço azul-acinzentado que cintilava à luz do entardecer. À esquerda, estendia-se uma calçada de concreto, serpenteando ao redor do prédio.
Eu a segui e fui dar numa construção parecida com um hangar, em cima de um morrinho. Ali havia uma pequena doca de carregamento, com vaga para um caminhão e um barco. Na vaga para barcos, havia uma lancha aberta, e dentro dela estavam os Warner, o Barbicha e papai. A mala onde estava a alma roubada jazia ao lado dele, no convés da lancha.
Ele olhou para cima, me viu, balançou a cabeça, se virou e deu a partida no motor. O Barbicha desatou as

amarras e, sem olhar para trás, papai manobrou o barco para fora da vaga. Pensei em arremessar a vassoura, mas concluí que não adiantaria nada.

Em vez disso, fiquei assistindo ao barco se afastar até perdê-lo de vista.

— Me desculpe, mãe — pensei, em voz alta. — Tentei fazer o que era certo.

Os clangores de uma luta de espadas no hangar chamaram minha atenção.

Eu não fora capaz de deter papai. Mas ainda podia ajudar mamãe.

Agachei-me e circundei a doca de carregamento para obter uma visão melhor.

O interior do hangar estava vazio, isto é, com exceção de mamãe e do pai de Greta, que travavam uma luta feroz contra cinco agentes da Curva Sinistra. Mamãe empunhava uma espada enorme na mão direita, e de poucos em poucos segundos ela girava em cima de um pé só, feito um peão, tornando-se um borrão e aparando as lâminas dos três agentes que a atacavam, forçando-os a recuar. Gaspar empunhava uma espada curta em cada mão, bloqueando um agente com uma e atacando um segundo agente com a outra.

Na ponta da doca de carregamento, um homem de terno escuro assistia ao combate. Com uma das mãos enluvadas e brilhantes, ele parecia conduzir uma pequena sinfonia, gesticulando para lá e para cá, dobrando os dedos e os projetando para fora.

Era um Mão.

Um misto turbulento de emoções irrompeu em mim: orgulho de mamãe, medo de que ela se ferisse e, acima de tudo, uma raiva de papai que me fez sair correndo antes mesmo de saber o que estava fazendo.

O Mão não estava esperando que alguém chegasse por trás.

Não sou um grande jogador de beisebol, mas mamãe me colocou na Liga Infantil quando eu tinha oito anos, de modo que eu sabia como bater numa bola. Cerzindo o cabo da vassoura como se fosse um taco, eu mirei a cabeça do homem como quem quer jogar a bola para fora do estádio.

Foi uma tacada de craque.

Soltando um leve "ai!", o homem foi abaixo. No mesmo instante, os agentes da Curva em volta de mamãe e do pai de Greta desabaram e ficaram se debatendo no chão.

Em meio ao silêncio súbito do hangar, mamãe me chamou:

— Ronan? Você está bem? — Ela largou a espada e correu para me abraçar.

— Você devia ter me contado — reclamei, contra seu ombro. Senti o corpo dela se tensionar. — Sobre o papai.

— Sinto muito — pediu ela, me soltando e dando um passo atrás. — Eu não sabia como lhe dar a notícia. Já estava tudo confuso demais, eu tendo que lhe contar sobre mim e sobre a ordem. Se também tivesse que explicar a questão de seu pai e da Curva Sinistra... não tive coragem. Sinto muito mesmo, Ronan. — Mamãe não é muito de lágrimas. Ela não é mulher de chorar, nunca foi, mas juro que naquele momento seus olhos marejaram. — Vacilei com você.

— Quando você descobriu? Que papai fazia parte desse negócio de Curva Sinistra?

Ela se empertigou toda, então respondeu:

— Quando tive *certeza*? Ontem. Mas antes do incêndio eu já tinha fortes suspeitas de que havia algo errado com seu pai. Ele sempre foi um pouco diferente, mas se tornou, de fato, estranho nos últimos anos. — Ela engoliu em seco e desviou o olhar. — Eu o *amava*, Ronan. Pelo menos antigamente, sim. Talvez por isso eu não enxergasse em quem ele estava se tornando. Ou quem sempre fora.

— Tudo bem. — Aquela história toda não me deixava nem um pouco contente. Greta, mamãe, papai... ninguém era quem aparentava ser. — Então, esse tempo todo, ele estava com os caras do mau.

— Ele é um dos *piores* — emendou mamãe, apertando minha mão. — Sinto muito, querido.

De repente, a porta dos fundos do hangar se escancarou, e Greta saiu correndo. Ela abraçou o pai, e então eles começaram a amarrar os agentes da Curva, o tipo de atividade entre pai e filha que os dois faziam sempre, pelo jeito. Estavam quase terminando quando Dawkins saiu do prédio, conduzindo Sammy e Ogabe, que ainda carregava a Pura nos braços. Dawkins absorveu a cena rapidamente, com os olhos arregalados, e proclamou:

— Bom trabalho, time!

Ele se dirigiu ao local onde eu e mamãe esperávamos ao sol.

— Tenho que dizer, Bree, seu filho agiu como um verdadeiro herói, mantendo a si mesmo e a Greta longe de confusão.

— Você também sabia sobre papai? — perguntei a ele.

Ele lançou um olhar para minha mãe e então de volta para mim.

— Olhe, Ronan sua mãe não tinha certeza, nenhum de nós tinha. Mas, mesmo que ela *tivesse* certeza, não é fácil dar a um garoto esse tipo de notícia sobre o próprio pai. Você teria ficado devastado.

Como eu teria reagido se papai tivesse chegado a mim antes de mamãe? E se ele me contasse sobre seu trabalho na Curva Sinistra, revelando que mamãe era uma mentirosa e levava uma vida secreta? Será que eu teria ficado do lado dele? Teria comprado sua visão de um novo mundo? Teria eu sentido por mamãe o que sentia naquele momento por papai, aquela espiral angustiante de decepção, traição e medo?

— Em vez disso, ela deixou que você seguisse seu coração. Deu-lhe liberdade para decidir o que era certo: os Guardiões do Sangue ou a Curva Sinistra, caso um dia tivesse que optar por uma das duas. Uma decisão que, no papel de mãe, ela desejava que você nunca tivesse que tomar.

— Eu sinto muito *mesmo*, Ronan — reafirmou mamãe, olhando bem fundo nos meus olhos. — Mais do que jamais conseguirei exprimir em palavras. Mas não me arrependo de absolutamente nada do que fiz.

— Nada? — perguntei, devolvendo-lhe o olhar. — Você me batizou de *Evelyn*.

— Seu tio-avô foi o melhor homem que já conheci. E *também* era membro dos Guardiões do Sangue — revelou-me ela, beijando o meu ombro.

— Você tem que superar isso, cara. — Dawkins sorriu. — É um nome *magnífico*.

CAPÍTULO 28

DESTINOS TRAÇADOS

Um pouco depois, Greta me encontrou e me perguntou:
— Tudo bem com você, Ronan?

Eu não sabia o que dizer. Não estava ferido, nem nada do tipo, mas estava confuso e um pouco nervoso. *Bem* eu não estava. Não que eu pudesse explicar isso a Greta. Em vez disso, respondi:

— Estou feliz por seu pai estar bem.

Ela abriu um sorriso tão largo que, por um minuto, até me esqueci de que estava irritado.

— Eu também! E estou feliz pela sua mãe. — Greta contemplou as águas agitadas do Potomac e retomou: — Ela conseguiu encontrar e resgatar seu pai? Ele está bem?

— Foi apenas um mal-entendido — menti, desviando o olhar dela e me voltando para o hangar. — Papai jamais esteve em perigo.

Naquele instante, surgiu um esquadrão dos Guardiões do Sangue em meia dúzia de vans brancas, livrando-me de ter que continuar aquela conversa. Eles chegaram tarde demais para salvar a Pura, ou impedir que papai escapasse e, por alguma razão, eu me senti culpado por isso, como se o erro tivesse sido meu de alguma forma. Os dezoito homens e mulheres eram liderados por um Vigilante carrancudo chamado Bruce, que bradava ordens enquanto a equipe vasculhava o prédio.

— Toda essa gente faz parte dos Guardiões? — perguntei a Dawkins assim que ele voltou.

— Não, nem todos são da ordem exatamente, mas eles... nos ajudam. Toda organização precisa de gente para manter as coisas organizadas, até mesmo uma sociedade secreta de protetores — explicou ele, balançando a cabeça.

Eles arrebanharam os agentes da Curva Sinistra em uma das vans, carregaram a Pura em coma para uma ambulância, e recolheram o Olho da Agulha.

— Vamos rezar para conseguir fazer a engenharia reversa desse negócio — resmungou Bruce, alisando a barba. — Não sei quanto tempo a manteremos viva sem a alma. Mas, se usarmos esse negócio para devolver a alma *de volta* ao corpo dela, talvez possamos desfazer o que fizeram. — Ele olhou feio para nós sete. — Dawkins, Ogabe. Truelove, Sustermann. Ninguém culpa nenhum de vocês pelo que aconteceu aqui hoje, mas, como posso dizer? Foi um desastre total e absoluto.

— Sim, senhor — concordou mamãe. — Mas eu gostaria de...

Porém Bruce passou por cima dela:

— A Curva Sinistra fugiu com a alma dessa mulher. O Cabeça escapou. O Olho da Agulha foi arruinado. Vocês estarem *vivos* já é sorte demais.

— Compreendemos o que quer dizer, senhor — encetou Dawkins —, mas a situação...

— A situação é que estamos *ferrados* — interrompeu Bruce, conferindo o relógio. — A reunião será no abrigo secreto de Arlington, uma em ponto. Depois, nós nos mobilizaremos.

Bruce saltou no banco de carona da van que ia na frente. Assim que deram a partida, ele se inclinou pela janela aberta e disse:

— Ah, e Ogabe? Coloque essa cabeça de volta. Você está ridículo.

Nós esperamos em silêncio enquanto eles iam embora, todos um pouco envergonhados, acho eu.

Todos exceto Dawkins.

— Isso nos dá duas horas — disse ele, quebrando o silêncio. — Alguém mais está com fome?

O sr. Sustermann nos levou à casa segura em uma das vans brancas que Bruce e sua turma haviam deixado para trás. O tempo todo, mamãe e Dawkins discutiram qual era a melhor forma de recolocar a cabeça de Ogabe.

— Cola não vai dar certo — ponderou Dawkins.

— Posso costurar um ponto cruz bonitinho se me derem linha e agulha — sugeriu mamãe.

— A linha *não* vai dar conta de segurar essa cabeçona do Ogabe — objetou Dawkins. — Precisamos de algo forte e resistente, algo que quebre o galho até o ferimento cicatrizar.

Acabaram optando pela fita adesiva.

Eu me perguntava como é que a pele do pescoço decepado de Ogabe se prenderia de volta à cabeça, mas parecia que ninguém estava preocupado com isso e, sem demora, estávamos encostando o carro na entrada da garagem de um sobrado muito simpático, que se erguia atrás de uma fileira de árvores.

Na garagem, enquanto Ogabe segurava a cabeça no lugar, Dawkins deu várias voltas no pescoço do parceiro com uma fita multiuso. Ele arrancou a sobra com a boca e colou a ponta.

— Pronto! Novinho em folha.

Sob a fita, a cabeça e o pescoço de Ogabe se juntaram ao som de um *slurp* molhado, o que, embora mal desse para ouvir, foi bem nojento.

— Irado — murmurou Sammy. — É só isso que você tem que fazer? Já está bem agora?

Ogabe fez uma careta e limpou a garganta.

— Nem pensar! Vou ter que usar essa fita por, no mínimo, uma semana — reclamou ele, numa voz bem mais aguda do que eu imaginava. Em seguida, coçou por baixo da fita. — E isso coça pra diabo. — Então, fitou seu reflexo de vários ângulos diferentes. — Eu estou *horrível*. Como é que vou passar despercebido com um monte de fita enrolada no pescoço?

— Meu amigo, você tem dois metros de altura e cento e vinte quilos. Não há *nada* que você possa fazer para passar despercebido.

Como que para provar o argumento, o estômago de Ogabe roncou bem alto.

— Exatamente o que eu estava pensando! — exclamou Dawkins. — Não precisa nem dizer duas vezes.

— O grande dilema — disse Dawkins, meia hora depois, limpando a boca com um guardanapo —, vai ser o que fazer com vocês três.

Nós estávamos sentados ao redor de uma grande mesa de cavaletes, dentro do abrigo secreto, os restos do almoço diante de nós.

— Normalmente — disse o sr. Sustermann —, vocês, crianças, não ficariam sabendo de nada disso: nem dos Guardiões do Sangue, nem da Curva Sinistra nem de qualquer atividade nossa. O que fazemos é secreto, e assim tem sido há séculos.

— É um pouco tarde para segredos, não é, papai? — objetou Greta.

O sr. Sustermann se ocupou da comida, sem erguer os olhos.

— Existe um método por meio do qual a ordem pode apagar memórias — revelou Ogabe, olhando para o teto.

— Não é muito, hum... preciso. Para apagar alguns dias, temos que eliminar anos.

— NÃO! — protestou Sammy, levantando-se. — Sem chance. Minhas lembranças são o único lugar onde mamãe ainda está viva. — Ele se agarrou ao braço de Greta.

— Diga a eles, Greta. Ronan? Não deixem eles fazerem isso comigo.

— Mãe — pedi. — Vocês não podem fazer isso. Seria tão ruim quanto o que os Warner iam fazer.

— Calma lá, gente — disse Dawkins. — Ogabe não está recomendando que façamos nada. Só mencionou um método que Bruce e os outros Vigilantes poderiam sugerir. Eu já penso diferente. — Ele sorriu. — Mas antes, Ronan, o que você acha que deveríamos fazer?

A solução parecia óbvia.

— Vamos nos juntar aos Guardiões do Sangue.

O sr. Sustermann gargalhou como se eu tivesse contado uma piada, mas se calou ao ouvir Dawkins responder:

— Precisamente!

— De forma alguma — disse mamãe, desviando os olhos de mim e fitando Dawkins. — Não acredito que sugeriu isso!

— Mas Ronan tem razão — ponderou Greta. — O único lugar seguro para nós é *dentro* da ordem. A Curva Sinistra sabe quem somos. Nunca vão nos deixar em paz.

— E eu — chamou Sammy. — Não se esqueçam de mim.

— Vá por mim — tranquilizou-o Ogabe. — Ninguém vai se esquecer de você.

— Não foi para isso que você me treinou a vida toda? — perguntei a mamãe. Então, fitei Greta. — O que achou que fosse acontecer?

— Você só tem treze anos — respondeu mamãe num tom calmo até demais. Aquela calmaria que indicava que uma tempestade estava prestes a desabar.

— E quantos anos *você* tinha quando foi recrutada, Bree? — perguntou-lhe Dawkins.

Ela ficou em silêncio, sinal de que não gostava da resposta que tinha para dar.

— Os Guardiões do Sangue estão lascados — prosseguiu Dawkins. — Bruce me contou que não fomos o único grupo atacado nas últimas vinte e quatro horas, e é de se supor que há mais ardis da Curva Sinistra por vir. Nossas identidades foram comprometidas. E nós permitimos que a alma de uma Pura fosse capturada. — Ele lançou um olhar para todos ao redor da mesa. — Há uma batalha se aproximando, e não falta muito. Vamos precisar de toda a ajuda que nos oferecerem.

— Estou preparado — afirmei, porém Dawkins ergueu a mão em sinal de silêncio.

— *Ninguém* está preparado para o que está por vir, Ronan — declarou ele, suspirando. — Não obstante, prefiro tentar preparar vocês três o máximo possível. Isso significa treiná-los. Não será fácil. Pelo contrário, mais candidatos fracassam do que são bem-sucedidos. Mas é isso o que temos a lhes oferecer: um provável fracasso, se for o que quiserem.

— Eu quero — respondi, olhando para mamãe e desafiando-a a dizer o contrário.

Ela parecia estar me avaliando. Após um instante, concordou com a cabeça.

— É o que quero também — decidiu Greta.

O pai dela e Dawkins trocaram um olhar cujo significado não foi difícil adivinhar: Greta precisaria de proteção sempre, de qualquer forma; que jeito melhor do que cercá-la de Guardiões do Sangue e treiná-la nos seus métodos?

Ou isso, ou eles tinham pavor de dizer "não" a Greta. Eu teria.

— Eu quero também — disse Sammy, voltando a se sentar. — Quer dizer, não quero ir para outra família adotiva. Isso não deu muito certo, se entendem o que quero dizer.

— Os Guardiões podem conseguir uma nova família para você — disse Ogabe. — Uma família dentro da ordem. Uma família na qual você estará em segurança.

— Pode ser. Vou pensar a respeito e depois falo para vocês o que decidi. — Ele baixou os olhos para o prato e sorriu.

— Justo — concluiu Dawkins, juntando as mãos, enquanto um carro estacionava na entrada da garagem. Eram Bruce, mais três outros. — Hora da reunião.

Eles nos mandaram esperar na sala de estar.

Eu, Sammy e Greta ficamos sentados no sofá, olhando por cima dos ombros para a porta fechada da sala de jantar, onde nossos pais, Dawkins e Ogabe discutiam nosso destino com outros quatro Vigilantes dos Guardiões do Sangue.

— Prometam que não vão deixá-los bagunçar minha cabeça — suplicou Sammy.

— Vão ter que passar por cima da gente primeiro — garanti.

— Passar por cima de você é fácil — retrucou ele. — Já Greta, é outra história.

Era frustrante ficar sentado ali.

— Por que estão demorando tanto? — perguntei a mim mesmo. Quanto mais esperávamos, maior a chance de a mulher morrer, ou de a Curva Sinistra capturar a alma de outro Puro, ou de papai fugir para tão longe que jamais o deteríamos, ou de...

— Você não acha estranho estarem tanto meu pai, quanto sua mãe na ordem, Ronan? — indagou Greta, virando-se para mim. — Quem você acha que eles estão protegendo?

— Não faço ideia — menti, pensando na Lente da Verdade guardada no bolso. Eu teria que tomar cuidado para que Greta nunca se visse através da Lente. — Pode ser que não estejam protegendo ninguém neste exato momento.

— Pode ser *você*, Ronan — falou Greta. — Talvez seja por isso que você sobreviveu ao incêndio no Brooklyn. Talvez os Guardiões do Sangue tenham salvado sua pele.

— Que nada — retruquei, pensando em papai e sentindo a face enrubescer. — Foi pura sorte, simples assim.

— Bem, sabemos que não pode ser eu — afirmou Greta, aos muxoxos. — Eu arrombo fechaduras. Eu... eu sou orgulhosa e meio convencida. Chego a sentir orgulho de ser convencida, de tão ruim que eu sou.

— Você é *ruim* que dá e sobra — concordei, apesar de saber que os Puros não levavam vidas perfeitas. Porém, não havia necessidade de contar isso a Greta. — Quem será que pode ser?

— Galera, não é óbvio? — interviu Sammy. — Sou *eu*. Meus pais adotivos me prenderam naquela mesa e iam me passar naquele treco, o Olho da Agulha.

— É verdade — refletiu Greta. — Talvez seja você mesmo.

— Aposto que sou eu — reafirmou Sammy. Um segundo depois, perguntou: — Mas e aí, que negócio é esse de Puro?

A voz de Dawkins ribombou antes que eu tivesse tempo de responder:

— Deixe isso para lá, Sammy. A pergunta que vocês deveriam estar se fazendo é: e agora, o que vem pela frente? — As portas da sala de jantar se abriram e os oito adultos adentraram a sala de estar. Eu, Greta e Sammy nos levantamos juntos e demos meia-volta. Enfim, tinha chegado a hora de conhecermos nosso destino.

— Beleza — falei. — Então, diga-nos: o que vem pela frente?

— Bem, Ronan, Greta, Samuel — disse Dawkins, erguendo os braços feito um vendedor prestes a propor uma barganha —, receio que vá ser um pandemônio dos diabos. Imagino que vão achar isso um tiquinho perigoso e, provavelmente, uma loucura completa.

— Você está com sorte — retruquei, abrindo um sorriso. — Eu sou perfeito... *nós* somos perfeitos para o trabalho.

Dawkins arreganhou um sorriso de volta.

— É exatamente a resposta que eu esperava. Venham cá. Temos trabalho a fazer.

AGRADECIMENTOS

Se essa história dos Trinta e Seis tiver uma pontinha de verdade, então, tive, ainda que eu não seja merecedor, a ventura de estar cercado por bem mais do que meu quinhão de pessoas abençoadas. Sorte a minha.

As pessoas a seguir merecem muito mais consideração do que jamais serei capaz de transpor para uma simples página:

Margery Cuyler, Kelsey Skea, Tim Ditlow e Larry Kirshbaum do selo infantil da Amazon, pioneiros bem-humorados que apostam em novos escritores;

Melanie Kroupa, editora gentil de paciência infindável e voz perfeita, assim como Kerry Johnson, que me fez o favor de consertar várias frases truncadas; Katrina Damkoehler e Vivienne To, que tornaram o livro bonito, além de divertido;

Alice Swan, Genevieve Herr, Stephanie Thwaites, Sam Smith e John McLay, baluartes britânicos, inclementes em sua inteligência sagaz e afiada;

Ted Malawer e Ruth Katcher da Inkhouse, que fazem tudo para apoiar seus escritores e suas histórias;

Dan Bennet, Bruce Coville, Christopher Stengel, amigos verdadeiros.

Beth Ziemacki, pois sem ela: nada.

Raoul, parceiro felino por quase dezessete anos. Ele faleceu durante a revisão do livro, e sua ausência é sentida diariamente. Boa noite, meu chapa.

Impressão e Acabamento:
LIS GRÁFICA E EDITORA LTDA.